Zoran Drvenkar
PANDEKRASKA PAMPERNELLA

Zoran Drvenkar

PANDE KRASKA PAMPER NELLA

BELTZ
& Gelberg

Dieses Buch ist erhältlich als:
ISBN 978-3-407-75827-9 Print
ISBN 978-3-407-75828-6 E-Book (EPUB)

© 2021 Zoran Drvenkar (www.drvenkar.de)
© 2021 Beltz & Gelberg
in der Verlagsgruppe Beltz · Weinheim Basel
Werderstraße 10, 69469 Weinheim
Alle Rechte vorbehalten
Illustrationen und Umschlag: Martin Baltscheit
Herstellung: Elisabeth Werner, Weinheim
Satz/Gestaltung: Corinna Bernburg
Druck und Bindung: Beltz Grafische Betriebe, Bad Langensalza
Printed in Germany
1 2 3 4 5   25 24 23 22 21

Weitere Informationen zu unseren Autor_innen
und Titeln finden Sie unter: www.beltz.de

*für Corinna,
meine große Liebe,
mein bester Freund*

DIE MISSLUNGENE ERZIEHUNG
DER PANDEKRASKA PAMPERNELLA

Pandekraska Pampernella stand nur auf ihrem linken Zeh und versuchte das Gleichgewicht zu halten. Dabei war sie so clever, nicht nach unten zu schauen. Unter ihr lag in einer Tiefe von zweihundert Metern das Florinische Tal ausgebreitet wie ein gewaltiger Teppich aus Wäldern und Flüssen. Es war durchzogen von Schluchten und Wiesen und mittendrin hockte ein Kaninchen unter einem Gebüsch und wollte nicht gesehen werden. Da war auch ein See, der nur darauf wartete, dass man sich auszog und hineinsprang. Doch Pandekraska Pampernella verschwendete keinen Blick auf die prächtige Landschaft oder das Kaninchen. Auch dachte sie nicht daran, sich auszuziehen und in den See zu springen.

Sie hatte ein ganz anderes Problem.

Unsere Heldin balancierte im vierten Stockwerk des Schlosses Florin auf der schmalen Balustrade eines Balkons und hatte den rechten Arm hochgestreckt, als wollte sie der Sonne den Bauch kraulen. Und wie sie da so stand, erinnerte sie ein klein wenig an die Freiheitsstatue in New York. Ein großer Unterschied war, dass die Freiheitsstatue auf ihrem Kopf einen *Victorian Bouffant* hatte, während das Haar von Pandekraska Pampernella zu einem stilvollen *Donut Bun* frisiert war. Aber ein noch viel größerer Unterschied zwischen der Statue und unserer Heldin bestand darin, dass Pandekraska Pampernella keine Fackel hochhielt – auf ihrer Fingerspitze saß ein Buntfalke.

Der Falke hatte schon vor einer Weile aufgehört, darüber nachzudenken, was er hier eigentlich verloren hatte. Man konnte ihm ansehen, dass er am liebsten woanders gewesen wäre, denn es war nicht das erste Mal, dass er auf dieser Fingerspitze landen musste. Er schwankte leicht, weil seine Krallen kaum Halt auf der Fingerspitze fanden. Sie war recht klein, wie nun mal jeder Zeigefinger einer Elfjährigen klein ist, wenn sie nicht gerade eine Basketballspielerin ist.

»Fall bloß nicht runter!«, rief die Königin von Florin, die es nicht mochte, einfach nur Mutter genannt zu werden. Sie klang immer so, als hätte sie eben den Zug verpasst.

»Fall bloß nicht auf unseren Tisch!«, rief der König von Florin hinterher, der es nicht mochte, einfach nur Vater genannt zu werden. Im Gegensatz zu seiner Frau klang er immer etwas pikiert, als wäre seine Kaffeetasse leer und kein Diener in der Nähe, um sie aufzufüllen.

»Dieser blöde Falke wird immer fetter«, murmelte Pandekraska Pampernella, die zwar eine Prinzessin war, es aber überhaupt nicht mochte, wenn man Prinzessin zu ihr sagte. Sosehr aber unsere Heldin auch vor sich hinmurmelte, der Falke hatte sie gehört und schaute beleidigt zu ihr runter. Er spürte schon seit einer Weile, dass er nicht mehr geliebt wurde. Und es gibt kaum etwas Schlimmeres, als wenn sich die Liebe von einem abwendet und in die andere Richtung schaut.

Zur Verteidigung unserer Heldin muss gesagt sein, dass der Falke wirklich fett geworden ist, wie ein Tier eben fett wird, wenn es nicht selbst jagen muss. Seit Monaten versuchte Pandekraska Pampernella ihn zu dressieren, dabei wollte der Falke bloß in seinem Käfig hocken und ab und zu nach einer Maus picken, die ihm einer der Diener vor den Schnabel setzte. Stattdessen musste der arme Vogel jetzt jeden Morgen auf Pandekraska Pampernellas kleinem Finger landen und sich anhören, was für Kunststücke er ausführen sollte.

»Jetzt heb den linken Flügel!«
»Jetzt leg den Kopf nach hinten und schrei mal!«
»Jetzt reib deinen Schnabel an meiner Hand!«

Bis zu diesem Tag hatte der Falke geduldig mitgespielt – er hob den Flügel, er schrie und rieb seinen Schnabel an der Hand seiner Herrin, als wäre er ein zufriedenes Kätzchen. Doch nachdem er eben so offen beleidigt worden war, sträubten sich seine Nackenfedern und er beschloss, dass es an der Zeit war, zu meutern.

Er pickte einmal in die Fingerspitze unserer Heldin.

Es klingt zwar harmlos, es war aber kein harmloses Picken. Es war die typische Rache eines Buntfalken, der zu fett geworden ist. Pandekraska Pampernella gab einen zischenden Laut von sich. Im selben Moment löste sich ein Blutstropfen aus ihrer Fingerkuppe, floss den Finger hinunter und rollte als eine rote Perle in die Innenfläche ihrer Hand. Der Falke wartete nicht die Reaktion seiner Herrin ab, sondern breitete die Flügel aus und verschwand in Richtung seines Käfigs.

Und so kam es zu einem außergewöhnlichen Moment, in dem unsere Heldin an einen Grashalm erinnerte, der vom Wind bewegt wurde. Kaum war der Falke von ihrer Fingerspitze verschwunden, begann Pandekraska Pampernella das Gleichgewicht zu verlieren, und es geschah, was eben geschieht, wenn jemand auf einer schmalen Balustrade balanciert und sein gesamtes Gewicht auf den linken Zeh verlagert. Erst kippte Pandekraska Pampernella ein wenig nach hinten, dann kippte sie ein wenig nach vorne, wo die Schwerkraft hungrig nach ihr schnappte und sie zu sich herabzog, sodass unsere Heldin nachgeben musste und dem Tal mit einem lautlosen Schrei entgegenfiel.

In jeder anderen Geschichte wäre der König aufgesprungen und hätte seine Tochter gerettet. So was erwarten wir von mutigen Vätern, die ihre Kinder lieben und alles für sie tun.

Dummerweise saß der König ein Stockwerk tiefer an einem prachtvoll gedeckten Frühstückstisch und aß eines von zwei Croissants, die jeden Morgen aus der hundert Kilometer entfernten Konditorei *Chez André* eingeflogen wurden. Der König hätte sich eher selbst vom Balkon gestürzt, als eines seiner Croissants unbeachtet auf dem Teller liegen zu lassen.

Nein, mit seiner Hilfe konnten wir nicht rechnen.

Da war aber noch die Königin.

In jeder anderen Geschichte wäre die Königin aufgesprungen und ihrer Tochter zu Hilfe geeilt. So was erwarten wir von liebevollen Müttern, die nur ein Kind haben und kein zweites wollen.

Die Croissants waren in diesem Fall weniger das Problem, da die Königin nichts zum Frühstück oder zum Mittag aß. Selbst zum Abend hin rührte sie kein Salatblatt an, denn ihre einzige Nahrung war die Sonne, der sie sich jede Minute des Tages wie eine Blume entgegenstreckte. Manch einer von euch mag jetzt denken: *Mensch, die Mutter ist doch meschugge und bestimmt so klapperdürr wie ein abgebranntes Streichholz.* Ihr dürft das denken, aber dem ist nicht so. Seit der Geburt unserer Heldin lebte die Königin ausschließlich von eisgekühltem Zitronenwasser und strahlendem Sonnenlicht. Und seit elf Jahren sah sie jeden Tag besser aus.

Daraus sollte mal jemand schlau werden.

Dennoch war die Königin an diesem Morgen keine große Hilfe, denn sie saß neben dem König auf der Terrasse, nippte von ihrem Zitronenwasser und konnte nur staunend beobachten, was für akrobatische Verrenkungen ihre Tochter ein Stockwerk über ihnen mal wieder vollführte. Und so tat sie, was viele liebevolle Mütter sehr gut können – sie setzte ihr Glas ab, hielt sich schockiert eine Hand über die Augen und rief:

»Auweh!«

Und unsere Heldin fiel und fiel.

Hier also endet unsere Geschichte über das kurze, aber dramatische Leben eines elfjährigen Mädchens, das seit seiner Geburt jeden Tag eine neue Frisur hatte, reiten, fechten und einhändig jonglieren konnte, beim Segeln keine Rettungsweste trug und sich beim Schachspiel die Augen verbinden ließ, damit der Gegner auch mal eine Chance hatte. Es gab kaum etwas, was Pandekraska Pampernella nicht erlebt hatte. Sie war dreimal zu Gast bei der Oscar-Verleihung gewesen, der Modedesigner Galliano hatte eine Kollektion in ihrem Namen kreiert und es gab ein

Handy auf dem Markt, das sich nur einschalten ließ, wenn man viermal hintereinander Pandekraska Pampernella sagte. Und zwar mit französischem Akzent, bitte schön.

All diese kleinen Wunder des Lebens beeindruckten unsere Heldin wenig. Es gab kaum etwas, was sie wirklich beeindruckte. Außer einem guten Espresso vielleicht.

Espresso war ihr Lieblingsgetränk, sie trank ihn heiß und schwarz und ohne Zucker. Mit normalem Kaffee durfte man ihr nicht kommen. Sie aß kein Fleisch und auch bei Fisch rümpfte sie die Nase. Sie hatte eine große Leidenschaft für Süßkartoffeln und an einem Schokopudding wäre sie nie vorbeigegangen, ohne den Finger zum Kosten einzutunken. Sie hatte noch nie eine Freundin – nicht im Leben und auch nicht im Internet –, denn dafür war sie zu wählerisch. Sie hatte aber eine lebenslange Erzfeindin, über die wir nicht reden durften. An ihrer Seite befand sich immer ein Leibwächter, der auf den klangvollen Namen Xien Xien Yu hörte und dem Treppensteigen so sehr verhasst war, dass sich jede Treppe duckte, sobald er in ihre Nähe kam. In diesem Moment stand der Leibwächter auf dem Vorhof des Palastes, hatte den Kopf in den Nacken gelegt und sah seine Herrin hinabstürzen.

Auch er konnte ihr nicht helfen.

Alles in allem hatte Pandekraska Pampernella seit ihrer Geburt mehr Glück gehabt, als so manch einer. Aus diesem Grund dachte sie auch keine Sekunde daran, so plötzlich zu sterben. Dennoch endet unsere Geschichte hier, weil jede normale Geschichte hier enden würde.

Nein, das tut sie nicht, dachte Pandekraska Pampernella und stürzte an dem Königspaar und den Bediensteten vorbei, die in einer ordentlichen Reihe neben dem Frühstückstisch standen und immer bereit waren, alle Wünsche der Herrschaften zu erfüllen. Auch wenn diese Wünsche manchmal nicht erfüllbar waren.

»Fangt sie auf!«, rief der König ihnen zu.

»Tut was!«, rief die Königin.

Die Bediensteten sprangen mit ausgestreckten Armen vor, aber natürlich war es längst zu spät – Pandekraska Pampernella segelte auch an ihnen vorbei dem Tal entgegen, das bis eben noch ihr bester Freund gewesen war und sich jetzt in ihren ärgsten Feind verwandelt hatte, denn so ein Tal besteht zwar aus gemütlichen Wiesen und einem kleinen See, aber gleichermaßen aus Geröll, scharfen Felsen und Baumstümpfen, die einen in Fetzen reißen, wenn man aus einer Höhe von zweihundert Metern auf sie hinabstürzt.

Auch wenn unser Heldin nicht wusste, wie dieser Sturz ausgehen würde, so wusste sie, dass sie nicht so plötzlich sterben wollte.

Nicht jetzt und nicht später, dachte sie.

Da die Geschichte von Pandekraska Pampernella hier und jetzt doch nicht enden darf, schauen wir uns mal an, was unserer Heldin in ihrem freien Fall alles widerfährt.

Sie fiel und fiel.
   Sie fiel und fiel.

Hier traf Pandekraska Pampernella ein Ast, da traf sie ein Ast, dort flatterte sie zwischen Tannen hindurch, da schubberte ihre Nasenspitze so heftig gegen einen Felsen, dass sie ein wenig zu schielen begann. Ein Baumstamm stieß sie nach links, einer nach rechts und dann erschreckte sie unser anfangs erwähntes Kaninchen, das die Augen weit aufriss und ein paar Kötel fallen ließ, ehe es zur Seite kippte und so tat, als wäre es tot.

Nach weiteren achtzig Metern war es plötzlich vorbei mit dem Fallen. Pandekraska Pampernella landete auf einem Heuteppich, den die Dienerschaft jeden Tag zusammenschob, damit ihre Herrin eine sichere Landung hatte. Sie federte mit einem Juchzen ab und wurde in die Luft geworfen, um zwanzig Meter enfernt auf der nächsten Lage Heu zu landen, von der sie dann den restlichen Weg zum See auf ihrem Hintern hinabschlidderte, um direkt vor einem Holzhaus zu landen.

Genau dort lag sie jetzt etwas verbeult und prüfte, ob ihre Frisur noch richtig saß, dann erst stand sie auf und wischte sich das Heu von ihrer Jeans.

»Langsam reicht es mir«, sagte sie laut und schaute zum Himmel auf, als könnte sie den Falken dort oben fliegen sehen. Der Falke war nicht dumm. Er saß natürlich längst schon wieder in seinem Käfig und tat, als wäre nichts passiert. Pandekraska Pampernella ballte eine Faust und hielt sie den Wolken entgegen, daraufhin wanderte ein Donnern über den Himmel und unsere Heldin senkte zufrieden die Faust.

Sie war aber noch nicht fertig mit ihrer Empörung.

Mit aufgeregten Schritten lief sie auf den Steg raus, an dessen Ende ein Mann saß und von seinem Schreibblock aufschaute, als er sie kommen hörte. Dieser Mann hatte die Beine im Wasser baumeln und war niemand anderes als meine Wenigkeit, und meine Wenigkeit rückte seine Brille zurecht und wunderte sich, wann Pandekraska Pampernella endlich davon müde werden würde, diesen dämlichen Falken zu dressieren.

»Wie oft hast du es jetzt versucht?«, fragte ich.

Pandekraska Pampernella zählte die Versuche an ihren Fingern ab. Es dauerte eine Weile.

»Dreiundachtzig Mal«, antwortete sie schließlich und warf einen Blick auf den Schreibblock, auf dem ich alles notierte, was unserer Heldin widerfuhr, denn ich war ihr offizieller Chronist, der sie seit ihrem zweiten Lebensjahr begleitete.

Ihr ruft jetzt bestimmt: *Nee, das ist nicht möglich, niemand hat mit zwei Jahren seinen eigenen Chronisten!*

Ihr dürft das rufen, denn ihr kennt Pandekraska Pampernella nicht. Alles ist möglich, denn sobald dieses Mädchen et‚was will, wird es möglich gemacht. Der Wunsch nach einem Chronisten war der dritte Satz, den sie formuliert hatte, als sie mit zwei Jahren zu sprechen begann.

Ihr erster Satz war: »Das hat aber lange gedauert.«

Ihr zweiter Satz lautete: »Wieso habe ich noch kein Pferd?«

Und schließlich sagte sie: »Und jetzt will ich einen, der alles aufschreibt, was ich denke und tue. Und er muss nicht nett zu mir sein, aber er sollte sich lieber Mühe geben. Ich will …«

Hier zögerte Pandekraska Pampernella einen Moment, weil ihr das Wort nicht einfiel, dann aber hatte sie es.

» … einen Chronisten, und zwar flott!«

Und so kam ich ins Spiel.

Mein Name ist Domingo Yglesias De Sacramento, aber Pandekraska Pampernella nennt mich Don Pluto, also bin ich für die ganze Welt Don Pluto, der offizielle Chronist Ihrer Hoheit, die jetzt über meine Schulter schaute und las, was ich eben geschrieben hatte. Sie tippte auf eine Zeile und sagte:
»Das ist falsch.«
Ich schaute auf die Zeile.

Pandekraska Pampernella gab einen zischenden Laut von sich.

»Was ist daran falsch?«
»Niemals konntest du das hören.«
»Ich konnte es sehen«, sagte ich und tätschelte das Fernglas, das neben mir auf dem Steg lag und ohne das ich am Morgen das Haus nicht verließ. Seit vier Monaten versuchte Pandekraska Pampernella ihren Falken zu bändigen, seit vier Monaten saß ich hier jeden Morgen und beobachtete die Abstürze der Hoheit, wie man ein Kleinkind beobachtet, das gerade laufen lernt. Ohne das Fernglas wäre es nur der halbe Spaß.
»Es war kein zischendes Geräusch«, sagte Pandekraska Pampernella.
»Was war es dann?«
»Es war ein empörtes Geräusch.«
»Mach mal ein empörtes Geräusch.«
Pandekraska Pampernella empörte sich.
»Das klingt wie ein Zischen«, sagte ich.
»Iwo, soll ich mal ein zischendes Geräusch machen?«
Ich nickte.

Pandekraska Pampernella machte ein zischendes Geräusch.
»*Das*«, sagte sie, »war ein zischendes Geräusch.«
»Mach noch mal ein empörtes Geräusch«, bat ich sie.
Pandekraska Pampernella empörte sich.
Es klang genau wie ihr Zischen.
Ich war Chronist und Diplomat zugleich. Ich war kein Dummkopf.
»Aha, ich verstehe«, sagte ich.
»Du lügst«, sagte sie.
»Ich bin dein Chronist«, erinnerte ich sie. »Ich kann nicht lügen.«
Damit gab sich Pandekraska Pampernella zufrieden und blätterte in meinen Notizen.
»Wolltest du nicht aufschreiben, wie mich die Professorin fand?«, fragte sie.
Ich nickte, das war der Plan, aber es gab da ein kleines Problem.
»Ich war nicht bei deiner Taufe«, sagte ich.
»Und?«
»Vielleicht solltest du diese Geschichte erzählen«, schlug ich vor.
Pandekraska Pampernella hielt nichts davon.
»Ich bin doch die Heldin«, sagte sie. »Ich erzähle doch nicht meine eigene Geschichte, das wäre doch dämlich.«
»Es gibt für alles ein erstes Mal«, sagte ich. »Denk darüber nach.«
Sie legte den Kopf schräg und dachte eine Minute lang darüber nach.
»Niemals«, sagte sie und damit war das Thema für sie abgeschlossen.

AUS DEN PRIVATEN CHRONIKEN
VON PANDEKRASKA PAMPERNELLA

Endlich. Es wurde aber auch Zeit, dass ich über mich selbst schreibe. Es gibt ja nichts Schlimmeres als eine Heldin, die immer nur die Klappe hält. Vielleicht gibt es doch etwas Schlimmeres. Zum Beispiel eine Heldin, die Pandekraska Pampernella heißt und gar nicht mehr aufhört zu reden.

Aber so eine Heldin bin ich nicht.

Da ich in letzter Zeit viele E-Mails von euch erhalten habe, die mir alle dieselbe Frage stellten, beantworte ich diese Frage jetzt mal flott, damit ihr eure Ruhe habt: Ich habe keine Ahnung, woher mein Name kommt. Die Königin sagte, sie hätte ihn geträumt. Der König sagte, er hätte den Namen in einem Buch gelesen und eine Woche gebraucht, ehe er ihn richtig aussprechen konnte.

Manche Leute sind ein Peter oder eine Lucy, andere sind eine Ursula oder ein Hermann. Mein Name ist, was ich bin: ein Mädchen, das weiß, was es will.

Und manchmal stolpere ich.

Und manchmal komme ich ins Taumeln.

Den Rest der Zeit über laufe ich aufrecht durchs Leben.
Das bin ich.

Und falls ihr euch wundert, warum ich hier weitererzähle, obwohl ich nicht erzählen wollte: Ich schreibe das alles auf, weil seit Kurzem ein großes Unglück mein Leben bestimmt.
Auch genannt das *grand malheur*.
Seitdem laufe ich nicht mehr ganz aufrecht, ich taumel mehr oder weniger durch die Gegend. Meine Patentante sagt, jedes Unglück löst sich am besten auf, wenn man es in Worte fasst. Deswegen schreibe ich auf, was mir widerfahren ist, und suche einen Weg, um dieses Unglück aufzuhalten. Mein Leben soll kein *grand malheur* sein. Damit das nicht passiert, brauche ich eure Hilfe. Bitte, steht mir zur Seite. Wenn ihr dieses Buch gelesen habt und eine Lösung wisst, ruft sie mir zu oder schreibt mir eine Nachricht und lasst mich wissen, was ihr tun würdet. Denn ich muss bald eine Entscheidung treffen und bin vollkommen ratlos, wie ich das anstellen soll.
Aber erst mal erfahrt ihr, wie mich meine Patentante fand.

Bei meiner Taufe im Petersdom saß Professorin Zaza Moss in der siebten Reihe und bekam kaum Luft. Der Petersdom war an diesem Donnerstag bis auf den letzten Platz besetzt. Mehr als 60000 Menschen hatten seit dem Morgengrauen vor der Kirche angestanden und drängten sich jetzt auf Bänken und Hockern. Sie quetschten sich an die Mauern und Säulen und fächelten sich Luft zu, während sie darauf warteten, dass sich das Königspaar zeigte. Überall waren Bildschirme aufgestellt, Fernsehkameras filmten und Lautsprecher beschallten jeden Winkel mit einem engelsgleichen Gesang. Die Professorin ertrug den Lärm kaum. Sie hatte sich Taschentuchfetzen in die Ohren gesteckt und erinnerte an jemanden, der beim Zahnarzt darauf wartet, dass die Spritze endlich wirkt.

Ich wusste noch nicht, wer sie war.

Endlich betrat das Königspaar den Dom und wurden mit Applaus und lautem Rufen begrüßt. Der König strahlte, die Königin hatte ein breites Lächeln auf den Lippen und ich lag in ihrem Arm und wusste nicht, was die ganze Aufregung sollte. Niemand hatte mir die Taufe erklärt, ich musste sie mir selbst zusammenreimen und fand die Idee allgemein blöde. Aber was wusste ich schon. Ich war zwei Jahre alt, trug noch Windeln und hatte noch kein einziges Wort gesagt. Ich war wie eine Flasche, die sich nicht öffnen lässt. Dennoch brach die Hälfte der Besucher in Tränen aus, als sie mich sahen. Die andere Hälfte machte Oh und Ah.

Ich schaute mich um.

Außer der Professorin gab es niemanden, der sich nicht bekreuzigte. Deswegen fiel sie mir auch sofort auf. Sie saß in der siebten Reihe und tat, als wäre sie woanders. Ihre Stirn war gerunzelt und die Taschentuchfetzen ragten aus ihren Ohren wie Unkraut. Sie verrenkte sich als Einzige nicht den Hals, während der Papst das Königspaar begrüßte und vor den Altar trat. Die Leute kamen zur Ruhe. Die Musik verstummte, eine samtige Stille legte sich über das Innere des Petersdoms und der Papst tat seine Arbeit.

Ich wurde getauft.

Als mich der Papst danach unter den Achseln packte und wie eine Trophäe in die Luft hielt, kam wieder Bewegung in die Menge. Sie trampelten mit den Füßen und winkten mit den Armen. Im selben Moment wurden in allen Ecken weiße Tauben freigelassen, die der hohen Decken engegenflogen. Das Geflatter klang wie Meeresrauschen und der Papst lachte dazu laut und erinnerte an einen Seemann, der ein Kleid trägt und sich freut, endlich wieder festen Boden unter den Füßen zu haben. Zumindest sah er genau so aus, als ich von oben auf ihn runterschaute. Anscheinend dachte er überhaupt nicht daran, mich wieder runterzulassen. Langsam hatte ich genug davon. Ich strampelte ein wenig mit den Beinen, jammerte einmal laut und sah mich nach Hilfe um.

Genau da geschah es.

Die Professorin schaute mir direkt in die Augen.

»Halt!«

Das Wort hallte wie ein Kanonenschuss durch den Petersdom. Die Leute schraken zusammen und auch der Papst bekam einen Schreck und hätte mich beinahe fallen gelassen. Einige der Tauben flatterten panisch gegen die Fenster und regneten auf die Menge herab, doch das störte die Besucher nicht. Sie hatten sich alle der Professorin zugewandt, die von der Kirchbank aufgestanden war. Auch die Kameras schwenkten in ihre Richtung, sodass das Bild von Zaza Moss flackernd auf allen Bildschirmen zu sehen war – eine Professorin, die sich Taschentuchfetzen aus den Ohren zupfte.

Und so müsst ihr euch die Professorin vorstellen: Sie war einen Meter neunundachzig groß und wie eine Liane, der keine Machete was konnte. Ihr Haar war kurz geschnitten und berührte gerade ihren Nacken. Ihre Kleidung kam von einer Schneiderin aus Nizza, die Schuhe wurden von einem Schuster in Bremen hergestellt und das Parfüm mischte sie selbst. Vom Kopf bis zum Fuß war alles an der Professorin originell und sie selbst so imposant, dass manche Männer um Zentimeter schrumpften, wenn sie ihr gegenüberstanden.

Und all das hat die Professorin schon erreicht: Mit Mitte zwanzig erhielt sie den Nobelpreis für Astrophysik, mit Mitte dreißig hatte sie Flüchtlingsdörfer aufgebaut und eine Revolution organisiert. Lange bevor sie vierzig war, schrieb sie Bücher über die Klimakrise, exotische Nachtfalter und die Seidenstraße. Sie stürzte sich ohne Fallschirm aus Hubschraubern und hatte schon zweimal auf dem Gipfel des Mount Everest gefrühstückt. Sie war wie ein Kolibri, der nicht zur Ruhe kommt und unentwegt vom Leben naschen muss. Und niemand sagte Nein zu ihr, so wie ihr auch niemand sagte, was sie zu tun hatte.

Natürlich gab es Ausnahmen.

So wäre die Professorin zum Beispiel am liebsten nicht zu meiner Taufe nach Rom gereist. Aber die Königin von Florin war eine sehr gute Freundin von ihr und hatte darauf bestanden, dass sie sich blicken ließ.

Hätte die Professorin nicht eingelenkt, wer weiß, wo ich heute wäre.

Während der Taufe saß Zaza Moss also schlecht gelaunt in der siebten Reihe, obwohl vorne ein Platz für sie freigehalten wurde. Sie wollte die Taufe abwarten und sofort nach Hause zurückreisen, ohne großes Aufsehen zu erregen. Dann aber hob mich der Papst in die Luft, die Tauben flogen auf und die Professorin sah mir in die Augen.

»Halt!«, rief sie erneut.

»Zaza, meine Freundin«, rief die Königin zurück, »was geschieht?!«

»Ich tue es!«

Mit diesen Worten schob sich die Professorin aus der Kirchenreihe und marschierte nach vorne zum Altar, wobei sie sich durch die Menschenmenge quetschen musste.

»Ich tue es allein!«, sagte sie.

»Du tust *was* allein?«, fragte daraufhin der König und klang ein wenig nervös, denn er mochte es überhaupt nicht, wenn die Dinge nicht nach Plan verliefen.

»Ich alleine übernehme die Patenschaft für das Kind«, erklärte Zaza Moss.

Ein Raunen ging durch die Menge. Alle Blicke wandten sich der Fürstin von Monaco zu, die plötzlich wie ein Schluck Wasser neben dem Königspaar stand und an ihrer Perlenkette zupfte. Die Fürstin sah die Professorin auf sich zukommen und wäre am liebsten weggerannt. Da aber Wegrennen unter ihrer Würde war, stammelte sie nur:

»Aber ... aber ich soll doch die Patin ...«

Neben ihr stand Prinz Mikael von Schweden, auch er konnte nur stammeln:

»Ja ... und ich sollte doch ...«

»Papperlapapp«, unterbrach sie die Professorin und brachte die beiden zum Verstummen. »Setzt euch auf eure Plätze. Ich übernehme das jetzt.«

Auch wenn es sich so anhörte, war die Professorin noch nicht zufrieden mit ihrem Auftritt.

»Gib sie mir«, sagte sie und trat auf den Papst zu, der mich zwar nicht mehr in die Luft streckte, aber noch immer fest in seinen Händen hielt. Der Papst dachte nicht daran, mich wegzugeben. Er drehte sich weg, damit die Professorin nicht an mich herankam.

»Wagen Sie es nicht, Zaza Moss!«, warnte er sie laut. »Ich bin der Papst!«

Darauf schrie ich los. Nicht aus Not, sondern weil ich fand, dass es an der Zeit war, dass ich auch mal was tat. Außerdem wollte ich zur Professorin. Dieser eine Blick hatte mir genügt. Ich wusste, wir gehörten zusammen.

Zaza Moss reagierte blitzschnell auf den Schrei, denn sie war wirklich ein Genie, und so tat sie, was eben nur Genies erlaubt ist – sie sprang vor und rammte den Papst von der Seite, als wäre sie ein Rugbyspieler, der an den Ball kommen will. Der Papst hatte mit einer Menge gerechnet, damit aber nicht. Er verlor das Gleichgewicht und ließ mich fallen. Die Professorin war darauf vorbereitet. Sie berechnete in Sekundenschnelle meinen Fallwinkel, sank auf ein Knie runter und streckte die Arme vor, sodass ich sicher in ihren Händen landete.

Mein Schrei verstummte und wurde zu einem Schluckauf.

Alle Besucher schnappten nach Luft.

Die Professorin richtete sich wieder auf.

Wir sahen einander an und dabei stieg ein Funkeln in meine Augen und ich bewegte meine kleinen Lippen und sprach klar und deutlich meine ersten fünf Worte:

»Das hat aber lange gedauert.«

Die Menge brach in Jubeln aus.
Und so wurde Professorin Zaza Moss meine Patin,
Und so wurde ich das Patenkind der Professorin.

Danach gab es ein Festessen, an dem zweitausend ausgewählte Gäste teilnahmen. Sie gratulierten dem Königspaar, ließen sich mit dem Papst fotografieren und verschickten so viele Fotos von mir, dass das Internet für eine Weile einfror.
Ich bekam davon kaum was mit. Seitdem ich von der Professorin aufgefangen worden war, lehnte ich an ihrer Brust und war so zufrieden wie noch nie zuvor.
Die Professorin spazierte mit mir von Tisch zu Tisch. Sie flüsterte mir zu, wer wo saß, wer was redete und wer wer war. Es war meine erste Lehrstunde und ich sollte keines ihrer Worte vergessen. Auf diesem Rundgang beschloss ich auch, meinen zweiten Satz zu sprechen. Ein Pferdezüchter aus Brasilien unterhielt sich mit einem Pferdezüchter aus Niedersachsen und mitten in ihr Gespräch hinein, hob ich meinen Kopf und fragte:
»Warum habe ich noch kein Pferd?«
Als wäre ich müde vom vielen Reden, schloss ich die Augen, lehnte den Kopf wieder an die Schulter der Professorin und schlief ein.
Am nächsten Morgen standen zwei Pferde auf dem Hof des Königshauses.

Das eine Pferd war eine weiße Lusitano-Stute, die den Namen Schneeflocke bekam, das andere Pferd war ein schwarzer Hengst aus der Arabischen Vollblutrasse, der wie eine Ölpfütze aussah, also nannte ich ihn Ölpfütze.

Nachdem ich meine morgendliche Wäsche hinter mich gebracht hatte und frisiert worden war, flitzte ich nach draußen, schob einen Hocker zwischen meine zwei Pferde und stellte mich drauf. Ich tätschelte Schneeflocke und Ölpfütze gleichzeitig den Kopf, danach ging ich zum Königspaar. Sie saßen wie jeden Morgen auf der Terrasse im ersten Stockwerk des Schlosses und frühstückten – der König bestrich sich sein Croissant mit Butter, während die Königin von ihrem Zitronenwasser nippte und in einer Zeitschrift blätterte. Und dort, im schönsten Sonnenschein mit Ausblick auf das Florinische Tal und dem Wiehern meiner Pferde im Hintergrund, beschloss ich das dritte Mal in meinem Leben zu sprechen.

»Und jetzt will ich einen, der alles aufschreibt, was ich denke und tue«, sagte ich. »Und er muss nicht nett zu mir sein, aber er sollte sich lieber Mühe geben. Ich will …«

Weiter kam ich nicht. Ich verstummte und runzelte meine winzige Stirn, denn mir fiel das passende Wort nicht ein. Vergesst nicht, ich war erst zwei Jahre alt. Ich konnte noch nicht jedes Wort wissen. Also hat es ein wenig gedauert. Das Königspaar blieb geduldig. Der König ließ sich von seinem Diener einen Espresso bringen, während die Königin einen Zitronenkern aus ihrem Glas fischte und in eine Serviette einwickelte. Genau da fand ich das richtige Wort.

»… einen Chronisten«, sagte ich, »und zwar flott!«

WIE DIE PROFESSORIN
DEN RICHTIGEN CHRONISTEN
FÜR PANDEKRASKA PAMPERNELLA FAND

Pandekraska Pampernellas dritter Satz sorgte für ein wenig Aufregung. Das Königspaar hatte keine Ahnung, wo es so flott einen Chronisten auftreiben sollte. Sie wandten sich an die neue Patentante, die keinen Moment zögerte und die Aufgabe übernahm.

»Wozu sind Patentanten sonst da«, stellte sie fest.

Zwei Wochen lang dauerte die Suche nach dem Chronisten. Zaza Moss stürzte sich in dieses Unterfangen, als wollte sie sich den nächsten Nobelpreis verdienen. Um ihrem Patenkind den richtigen Chronisten an die Seite zu stellen, studierte die Professorin alle Geschichtsschreiber und Historiker unserer Zeit. Sie las ihre Veröffentlichungen, sie sah sich ihre Vorträge auf YouTube an.

Dann erst traf sie ihre Wahl.

Das Telegramm erreichte mich, als ich gerade in der Oxford-Universität vor zweihundert Studenten stand und einen Vortrag über das Byzantinische Reich hielt. Der Bote klopfte nicht, sondern marschierte direkt in den Vorlesungssaal, als würde er das jeden Tag tun. Er überreichte mir das Telegramm mit einer leichten Verbeugung. Danach verschränkte er die Hände hinter seinem Rücken und betrachtete mich abwartend. Ich sah das königliche Emblem auf seiner Brust und den Namen, der unter das Emblem gestickt war. *Bobby B.* Seine aufrechte Haltung sagte mir, dass hier etwas sehr Ernsthaftes geschah.

In dem Telegramm stand, dass meine Dienste als Chronist für die Tochter des Königshauses Florin gebraucht wurden. Ich sollte meine Arbeit an der Universität bitte sofort niederlegen und mein altes Leben Goodbye küssen.

Da stand wirklich *Goodbye.*

Normalerweise hätte ich darüber gelacht, aber in der nächsten Zeile wurde mir eine Summe angeboten, die für zwanzig Leben gereicht hätte. Ich lachte also nicht und wurde stattdessen vor Ehrfurcht ein wenig blass, als ich sah, dass das Telegramm von Professorin Zaza Moss unterschrieben worden war.

Sie ließ mich im PS wissen, dass ich eine Bedenkzeit von sechzig Sekunden hatte.

Bobby B fischte eine Stoppuhr aus seiner Jacke und startete sie. Das Ticken füllte den Saal, als würde jeden Moment eine Bombe hochgehen.

Obwohl keiner wissen konnte, was vorne am Pult geschah, hielten meine Studenten die Luft an.

Ich brauchte keine Minute, ich nickte schon nach fünf Sekunden, worauf Bobby B sagte, ich müsse es laut aussprechen, sonst wäre es nicht gültig. Also sprach ich es laut und deutlich aus, sodass sich die Spannung auflöste und einige meiner Studenten loskicherten.

»Ich will der Chronist Eurer Hoheit Pandekraska Pampernella sein«, sagte ich klar und deutlich.

Bobby B nickte anerkennend.

Zehn Minuten später saß ich in einem Privatflugzeug, nippte an einem Glas Champagner und mein Leben war nicht mehr mein Leben.

AUS DEN PRIVATEN CHRONIKEN VON PANDEKRASKA PAMPERNELLA

Jetzt erzähle ich euch, wie ich meine ersten drei großen Entscheidungen traf. Es begann alles mit der Nummer eins: Ich weigerte mich, eine Krone zu tragen.
»Ich trage doch keine Krone«, sagte ich.
Seit vier Tagen waren wir zurück aus Rom, seit vier Tagen sprach ich und konnte endlich meine Meinung sagen.
Wir aßen zu Mittag und ich war empört.
Für das Königspaar wurde Lammkeule mit Spargel serviert, für mich gab es Pakoras mit Erdnusssoße. Wenn es nach mir gegangen wäre, hätte ich nichts anderes gegessen außer Teigtaschen, Nudeln und ab und zu einem Risotto. Neben meinem Teller hatte einer der Diener die Prinzessinnenkrone abgelegt. Die Königin dachte, ich würde mich freuen, auch mal eine Krone zu tragen. Ich freute mich überhaupt nicht. Ich saß mit verschränkten Armen auf zwei Samtkissen und war eine Prinzessin, die keine Krone brauchte. Der König bat mich, die Arme nicht so zu verschränken, denn ich würde ihn an eine Brezel erinnern. Also versuchte ich noch ein wenig mehr wie eine Brezel auszusehen.

»Kleines, warum willst du keine Krone tragen?«, fragte die Königin.

Ich hätte sie beinahe ausgelacht.

»Mensch, wegen meiner Frisur!«, sagte ich.

Das Königspaar betrachtete mich, als hätten sie eben erst bemerkt, dass ich Haare hatte.

»Du bist gerade mal zwei Jahre alt«, erinnerte mich der König, »und du bist noch keinen Meter groß.«

»Was hat denn das eine mit dem anderen zu tun?«, wollte ich wissen.

»Der König will damit sagen, dass du dir in deinem Alter keine Gedanken über Frisuren machen solltest«, erklärte die Königin. »Außerdem hast du nicht bedacht, dass eine Krone die Frisur hervorhebt.«

»Und sie macht dich größer«, schob der König hinterher.

Ich schüttelte den Kopf. Das Königspaar verstand mich nicht.

»Ich bin groß genug«, sagte ich, »und meine Frisur muss nicht vorgehoben werden. Sie ist, was sie ist.«

Bevor ihr euch wundert, was hier geschieht, solltet ihr wissen, dass ich seit meiner Geburt einige Angewohnheiten entwickelt hatte, die dem Königspaar gar nicht gefielen.

Da war meine Art, Spaghetti zu essen.

Da waren die Geräusche, die ich von mir gab, wenn ich ein Marmeladenglas öffnete.

Oder meine Zungenspitze, die neugierig aus dem Mundwinkel schaute, wenn ich mich konzentrierte.

Oder meine Frisur.

Es begann mit meiner Geburt, zumindest hat man es mir so erzählt. Ich kam zur Welt, wurde gebadet und gewickelt. Bis dahin war alles gut. Ich bekam die Brust und rülpste das erste Mal. Auch kein Problem. Dann aber schlief ich meinen ersten Schlaf, und als ich erwachte, kreischte ich plötzlich so laut, dass sich das halbe Krankenhaus die Ohren zuhalten musste.

Alle waren ratlos.

Die Königin versuchte, mir erneut die Brust zu geben, ich schob sie weg und schrie weiter. Der König zog Fratzen, klatschte in die Hände und schlug in dem Zimmer ein Rad. Nichts half. Ich kreischte und kreischte. Erst als eine der Krankenschwestern an das Bett trat und mir über meine wenigen Haar strich, um sie zu einer Frisur zu ordnen, verstummte ich mit einem Schlag und entblößte meinen damals noch recht zahnlosen Mund zu einem Grinsen.

Von diesem Tag an wurde es ein allmorgendliches Ritual, an das nicht nur das Königspaar dachte, auch die Bediensteten versäumten es nicht – kaum war ich erwacht, kaum war ich gebadet und gewickelt worden, bekam ich eine neue Frisur und vergoss nie wieder eine Träne.

»Warum sind dir deine Haare nur so wichtig?«, rutschte es dem König heraus.

Ich bin mir sicher, dass er diese Frage schon seit dem Tag meiner Geburt stellen wollte.

»Wie können mir meine Haare *nicht* wichtig sein?«, fragte ich verwundert zurück.

Der König zuckte mit den Schultern.

»Mir sind meine Haar nicht wichtig«, sagte er.

»Haare sind doch Haare«, sagte die Königin.

Manchmal war ich mir nicht sicher, ob sie wirklich meine Eltern waren.

»Eure Haare sind eure Haare«, sagte ich, »aber das hier ...«

Ich zupfte an einer Locke. Meine Frisur war an dem Tag ein *Curly Side Swept*, der aussah, als wäre ich einem eisigen Nordwind eine Minute zu lang ausgesetzt gewesen – aber nur von der linken Seite.

»... sind meine Haare«, sprach ich zu Ende, »und meine Haare wollen jeden Tag eine andere Frisur haben. So ist das nun mal, wenn man Haare hat, die einem selbst gehören.«

Das Königspaar wechselte einen Blick, der König sprach es aus.

»Woher hast du nur diese Gedanken?«

»Ich habe das gelesen.«

Das Königspaar lachte.

»Liebes Kind, du kannst nicht lesen«, erinnerte mich der König.

»Natürlich kann ich lesen!«, rief ich.

Die Königin strich mir über den Arm.

»Kleines, auch wenn du willst, du kannst noch nicht lesen.«

Mehr musste ich nicht hören. Ich kletterte von meinem Stuhl, rannte zu der Kommode, auf der immer die Tageszeitungen lagen, schnappte mir wahllos eine und kehrte mit ihr an den Tisch zurück. Und da stand ich dann bebend und entrüstet, hielt die Zeitung verkehrt herum und las selbstbewusst vor:

»*Auf mehreren Bahnstrecken in der Region war kein Zugverkehr möglich, wie die Bahn meldete. Vom Stromausfall betroffen war vor allem das Zentrum des Landes, von welchem aus das Unwetter Richtung Süden weiterzog. Techniker versuchten, die Stromversorgung so schnell wie möglich wiederherzustellen.*«

Zufrieden ließ ich die Zeitung sinken.

»Ich weiß, dass das nicht in der Zeitung steht«, sagte der König.

»Natürlich steht das da!«, kreischte ich erbost.

»Kleines«, sagte die Königin, »du sollst nicht lügen.«

Ich bekam vor Aufregung einen Schluckauf und schwieg.

»Wir wissen alle, dass du ein gutes Gedächtnis hast«, sprach die Königin weiter.

»So, wie wir wissen, dass dieses Unwetter vor einem halben Jahr stattfand«, sagte der König und nahm mir die Zeitung aus den Händen. Schon damals hasste ich es, angezweifelt zu werden. Ich wünschte mir so sehr, ich könnte schon lesen.

»Was machen die Japaner, wenn sie sich entschuldigen?«, fragte mich die Königin.

Ich drückte die Arme an meine Seite.

Das Königspaar hatte mir ein paar Benimmregeln beigebracht. Wie man zum Beispiel einen Knicks machte, wie man eine Gabel hielt oder sich unauffällig schneuzte. Besonders gefallen hatte mir, wie sich die Japaner verbeugen. Ich war aber noch nicht so gut darin. Ich verbeugte mich viel zu tief und landete komischerweise nicht auf der Nase, sondern auf meinem Hintern. Der Sturz wurde knisternd durch meine Windel abgefangen.

»Ich hasse Windeln«, sagte ich, »und ich hasse kurze Beine noch viel mehr.«

»Dann wachs doch schneller«, schlug die Königin vor und hob mich in ihre Arme.

Ich seufzte erneut, aber dieses Mal war es vor Erleichterung.

»Das Leben kann so schwer sein«, sagte ich.

Die Königin strich mir über den Kopf.

»Achtung!«, rief ich. »Meine Frisur!«

»Ich pass schon auf«, sagte die Königin und tätschelte mir den Rücken. Nach einer kleinen Pause fügte sie hinzu: »Keine Krone also?«

»Keine Krone«, sagte ich bestimmt.
»Vielleicht ein kleines Diadem?«
»Kein Diadem und keine Krone.«
»Ach, Kleines.«
Ich überlegte kurz, ehe ich zur Königin aufschaute.
»Was ist ein Diadem?«, fragte ich leise.

Meine zweite große Entscheidung folgte kurz darauf und war etwas komplizierter: Ich weigerte mich, Windeln zu tragen.

»Ich trage doch keine Windeln mehr«, sagte ich zu meinem Reitlehrer, nachdem ich das sechste Mal vom Pferd gefallen war. Er hatte schon Rückenschmerzen, weil er mich andauernd auffangen musste.

Es war eine Woche nachdem mir Ölpfütze und Schneeflocke geschenkt worden waren, und es gelang mir einfach nicht, mit einer Windel sicher im Sattel zu sitzen.

»Es ist nicht an mir, etwas über die Windeln Eurer Hoheit zu sagen«, stellte der Reitlehrer fest und setzte mich wieder auf Schneeflockes Rücken.

»Und wenn es an dir wäre, etwas zu sagen?«, fragte ich zurück.
»Was würdest du dann sagen?«
Der Reitlehrer rieb sich das Kreuz.
»Ganz ehrlich?«, fragte er.
»Ganz ehrlich«, bat ich.
»Ich würde sagen, dass eine Zweijährige nun mal Windeln tragen sollte, solange sie ihren Körper nicht unter Kontrolle hat.

Ein Fohlen kann auch nicht rennen, solange es nicht sicher auf seinen Beinen steht.«

Als ich das hörte, begannen meine Augen zu funkeln. Es gefiel mir zwar, mit einem Fohlen verglichen zu werden, ich fand es aber furchtbar, nicht sicher auf den Beinen stehen zu können. In dem Augenblick traf ich meine zweite große Entscheidung – ich würde von nun an ohne Windeln auskommen und lernen, auf meinen eigenen Beinen zu stehen.

»Das wäre doch gelacht«, sagte ich.

Leider hatte ich in den folgenden Tagen nichts zu lachen, denn die windellose Woche vor der Ankunft meines Chronisten sah mehr als trübe aus. Jede Nacht pinkelte ich ins Bett, jeden Morgen erwachte ich mit einem Schrecken und betrachtete den Fleck auf meiner Matratze.

»Ich habe Windeln unterschätzt«, knurrte ich und zog die nasse Bettwäsche ab und schleppte sie die zwei Stockwerke hinunter in die Waschküche, wo ich alles in die Waschmaschine stopfte. Da ich nicht wusste, wie die Maschine funktionierte, schloss ich den Deckel, trat einmal dagegen und kehrte in mein Zimmer zurück.

Morgen für Morgen für Morgen.

Und dann waren da noch die Unfälle tagsüber.

Mal saß ich auf der Wiese und beobachtete einen Schmetterling, da rumorte es in meinem Darm, und ehe ich auch nur einen Warnlaut von mir geben konnte, war es geschehen. Ein anderes Mal nahm ich an einem Teekränzchen der Königin teil. Zu Besuch waren eine Dame und ihre zwei Kinder, die älter waren als ich. Es gab Cremeschnitten und Kakao für die Kinder, es gab Tee und Canapés für die Erwachsenen. Ich aß natürlich die Cremeschnitten *und* die Canapés.

»Die Prinzessin trägt keine Windel mehr«, stellte die Königin irgendwann stolz fest.

»Oh!«, rief die Dame entzückt aus. »Wie ist dir das nur gelungen? Mein Sohn ist vier und fragt noch immer nach diesen Dingern. Meine Liebe, sag nur, wie hast du das geschafft?«

Ehe die Königin antworten konnte, ging ich dazwischen.

»Die Königin hat gar nichts geschafft«, sagte ich, »ich habe das ganz alleine ...«

Und pinkelte mich ein.

Mal geschah es nach dem Frühstück, mal während der Reitstunde, mal wenn ich ein Nickerchen machte oder gerade einen Ball in die Luft warf. Selbst wenn ich einfach nur herumstand, konnte es geschehen. Ich hatte meinen Körper überhaupt nicht im Griff, es war zum Verzweifeln.

Schließlich holte ich mir Rat bei meiner Patentante.

»Warum hast du mich nicht früher angerufen?«, fragte sie.

»Weil ich nicht wusste, dass es so was gibt wie Anrufen«, antwortete ich.

Mit meinen zwei Jahren hatte ich natürlich noch nie einen Computer bedient. Als ich am Nachmittag zum König sagte, dass ich meine Patentante dringend treffen müsste, überließ er mir kurzerhand sein Tablet. So saß ich also im Garten vor dem Bildschirm und sah meine Patentante an, die sich siebentausend Kilometer entfernt in einem tibetischen Kloster befand, das sie zweimal im Jahr aufsuchte, um ihrer Seele ein wenig Luft zu verschaffen.

»Ich habe deine grünen Augen vermisst«, sagte die Professorin zur Begrüßung.

»Und ich will ohne Windeln leben«, sagte ich geradeheraus.

»Das ist sehr direkt von dir.«

»Ich weiß, es ist aber auch wirklich furchtbar.«

Meine Patentante ließ sich das Problem genauer beschreiben. Danach überlegte sie kurz und bat mich, einen Moment zu warten.

Sie verschwand und ich saß da und wartete. Es war mehr oder weniger langweilig. Ich zupfte an einem Grashalm und betrachtete die Stelle, an der meine Patentante bis eben gesessen hatte – da war jetzt eine Steinmauer zu sehen und in der Mauer befand sich ein Fenster und dahinter eine Teeplantage, auf der Frauen arbeiteten. Ich wünschte mir sehr, ich wäre auch in Tibet. Ich atmete tief durch die Nase ein und glaubte, die Luft des Himalaya riechen zu können.

Endlich erklangen Schritte.

Es war aber nicht meine Patentante, die sich vor die Kamera setzte. Es war ein Mönch, der sich mir als Xien Xien Yu vorstellte. Damals wusste ich nicht, dass es sich bei Xien Xien Yu um den ersten tibetischen Sumoringer handelte, der vor einigen Jahren in Japan Weltmeister geworden war. Nachdem er sich den Titel geholt hatte, kehrte Xien Xien Yu in sein Geburtsland zurück und lebte seitdem als Mönch unter Mönchen. Er hatte im Kloster eine Kammer, schlief jede Nacht auf einer Bambusmatte und war sehr gut mit der Professorin befreundet, der er so manchen Ringergriff beigebracht hatte. Jetzt betrachtete mich Xien Xien Yu, als hätte er noch nie ein Kind gesehen.

»Deine Frisur ist chic«, sagte er.

»Deine Frisur ist aber auch nicht übel«, erwiderte ich.

An diesem Tag war mein Haar zu einen *Bonmot Lux 23* frisiert und Xien Xien Yus Haar war ein *Chonmage,* der an seinem Hinterkopf in einem langen geflochtenen Zopf endete. Ich wusste, dass ich so eine Frisur nie haben würde, denn dafür hätte ich mir fast alle Haare abrasieren und nur einen Zopf stehen lassen müssen. Eher ging die Welt unter. Der Mönch griff nach hinten und legte sich den Zopf über die Brust. Sein Haar war pechschwarz und geölt.

»Ich war in einem früheren Leben ein Otter«, sagte er.

»Otter ölen sich das Haar?«, fragte ich.

»Nein, *ich* öle mein Haar, um wie ein Otter zu sein.«

»Und warum?«

»Weil ich in meinem früheren Leben ein Otter war.«

Ich lachte.

»So kommen wir nicht weiter«, sagte ich.

»Da gebe ich dir recht.«

Der Mönch beugte sich ein wenig vor, sodass sein Gesicht ganz groß auf dem Bildschirm zu sehen war.

»Deine Patentante ist der Meinung, dass du eine sehr alte Seele besitzt«, sagte er. »Und sie glaubt, dass diese Seele viele Fragen hat. Da ich einiges über alte Seelen weiß, dachte ich, ich hör mir mal an, ob ich deine Fragen beantworten kann. Verrat mir, wie ich dir helfen kann, Pandekraska Pampernella.«

»Ich will keine Windeln mehr tragen«, sagte ich.

»Das ist verständlich.«

»Das wäre schon alles.«

Der Mönch schien überrascht zu sein und lehnte sich wieder zurück.

»Gar keine anderen Probleme?«, fragte er.

»Ich bin zwei Jahre alt, Xien Xien Yu, da hat man nicht so viele Probleme.«

Der Mönch nickte und überlegte, wie er mir helfen konnte. Er saß dabei ganz ruhig da, und ich saß ganz ruhig da und es fühlte sich an, als wäre mein Problem schon gelöst.

»Hast du schon den Gong in deinem Inneren angeschlagen?«, fragte er nach einer Weile.

»Ich habe keinen Gong in meinem Inneren«, antwortete ich.

»Das ist Pech. Dann musst du dir einen Gong aufhängen.«

»Und wie geht das?«

Xien Xien Yu legte sich links und rechts die Spitzen seiner Zeigefinger an die Schläfen.

»Du schließt die Augen und sagst deinem Körper: *Lieber Körper, jetzt ist es genug, ich bin doch nicht dumm und pinkel und kack mir andauernd ein. Ich will kein Baby mehr sein. Ich bin jemand, der weiß, was er will, und was ich will, das ist keine Windeln mehr zu tragen. Deswegen hänge bitte in meinem Inneren einen Gong auf, der angeschlagen wird, sobald ich auf die Toilette muss. Danke schön, lieber Körper, danke schön.*«

»Zweimal danke schön?«, fragte ich.

»Zweimal.«

»Und das funktioniert?«

»Wenn du es dir aus deinem Herzen heraus wünschst, funktioniert es.«

»Und woher weißt du, dass es funktioniert?«

»So habe ich es auch gelernt.«

»Wie alt warst du da?«

»Ein Jahr älter als du.«

»Vielleicht sollte ich noch warten, bis ich drei bin.«
»Es ist nie zu früh, um mit dem Windeltragen aufzuhören.«
Ich dachte nach.
»Vielen Dank für deine Hilfe, Xien Xien Yu«, sagte ich.
»Gern geschehen, Pandekraska Pampernella«, sagte er.
Wir schauten uns noch einen Moment lang an und konnten beide nicht wissen, dass Xien Xien Yu bald schon seine Mönchskutte ablegen, die Bambusmatte zusammenrollen und in einen Bus steigen würde, um zum Flughafen von Lhasa zu fahren. Dort würde er seine Matte wieder ausrollen und zwei Tage lang auf einen Flug warten, der ihn nach Singapur und von da aus nach Stuttgart und von da aus zum Flughafen Luxembourg bringen würde. Von Luxembourg aus war es eine gute Stunde mit dem Auto nach Florin, wo im Schloss ein Zimmer darauf warten würde, dass Xien Xien Yu seine Bambusmatte ausrollte und sich erschöpft niederlegte. Aber all das geschieht erst in drei Jahren.

Jetzt saß der ahnungslose Mönch in Tibet noch vor dem Tablet der Professorin und plauderte mit der ahnungslosen Pandekraska Pampernella.

»Dann verabschiede ich mich jetzt«, sagte Xien Xien Yu.
»Dann verabschiede ich mich jetzt auch«, sagte ich.
Der Mönche stand auf und ging weg.
Ich sah wieder auf die Steinmauer und das Fenster.
Meine Patentante kam ins Bild und setzte sich.
»Und?«, fragte sie. »Was sagst du zu Xien Xien Yus Ratschlag?«
»Ich probiere ihn gleich aus.«
Ehe meine Patentante etwas erwidern konnte, schloss ich die Augen und sprach mit meinem Körper. Ich bat ihn, einen Gong in meinem Inneren aufzuhängen. *Wie auch immer das geht,*

dachte ich, *mach mal, bitte.* Als ich die Augen wieder öffnete, war mir schwindelig.

»Da bin ich wieder«, sagte ich.

Meine Patentante aß eine Suppe. Sie hatte sich umgezogen und die Haare gewaschen. Die Spitzen waren noch feucht.

»Wie lange habe ich denn meine Augen zugehabt?«, fragte ich verwundert.

»Ungefähr eine Stunde. Ich dachte schon, du wärst im Sitzen eingeschlafen. Wie es aussieht, hast du das erste Mal meditiert. Wie fühlt sich das an?«

»Gut.«

»Und was hast du davon gelernt?«

Es war eine der liebsten Fragen meiner Patentante. Wann immer ich etwas erlebte, selbst wenn ich von einem Pferd fiel, fragte sie mich, was ich davon gelernt hatte.

»Ich habe gelernt, dass ich alles möglich machen kann.«

»Wenn?«

»Wenn ich darum bitte.«

»Richtig. Du hast Hilfe gebraucht, du hast Hilfe bekommen.«

»Ich habe auch um einen Chronisten gebeten.«

»Und ich habe mich darum gekümmert.«

Als ich das hörte, klatschte ich vor Freude in die Hände.

»War es sehr schwer?«, fragte ich.

»Es war mühevoll. Ich musste viel recherchieren und Vor- und Nachteile abwägen. Aber ich denke, jetzt habe ich den richtigen Chronisten für dich gefunden. In vier Tagen wird er anreisen.«

Ich war so aufgeregt, dass ich die Klappe nicht halten konnte.

»Danke, Tante Zaza, danke, danke. Es wurde aber auch Zeit,

denn ich habe schon so viel erlebt und mache mir Sorgen, alles zu vergessen. Wenn ich …«

Bong.

Der Gongschlag brachte mich zum Verstummen und meine Augen weiteten sich. Innerhalb von zwei Sekunden war ich aufgesprungen, achtzehn Sekunden später hatte ich die Toilette erreicht und saß auf der Klobrille und baumelte mit den Beinen und lachte über alle, die Windeln tragen mussten.

Und wurde in der Nacht zweimal von dem Gong aus dem Bett geschmissen.

Bong, Bong.

Und in der Nacht darauf schon wieder.

Bong. Bong. Bong.

Am dritten Tag konnte ich beim Frühstück vor Müdigkeit kaum aufrecht sitzen. Die Sonne war mir zu hell, die Vögel zu laut und als der König in seinen Croissant biss, hörte es sich an, als würde er mit den Zähnen einen Berg einreißen.

»Du hast ja Augenringe«, sagte die Königin.

»Aber ich trage keine Windel mehr«, hob ich hervor und fand, das hörte sich gut an, sodass ich es gleich noch mal wiederholte: »Aber ich trage keine Windel mehr!«

Der König war unbeeindruckt.

»Wer die ganze Nacht nicht schläft, der braucht auch keine Windeln«, ließ er mich wissen und biss noch ein Stück vom Berg ab. Ich wollte mir die Finger in die Ohren stecken. Die Königin legte mir eine Hand auf die Stirn.

»Meine Kleine, du hast doch kein Fieber?«

»Nein, ich werde erwachsen«, sagte ich und gähnte einmal lang und zweimal kurz, dann überkam mich plötzlich ein unfassbarer Durst. Das Zitronenwasser meiner Mutter wollte ich nicht und mein Tee war noch nicht serviert worden. Da nichts weiter in meiner Nähe stand, griff ich nach der Tasse des Königs und trank sie mit einem Schluck leer.

»Was war denn *das*?!«

Meine Stimme überschlug sich beinahe, als ich das rief. Ich schaute erschrocken in die Tasse und dann in den Himmel und glaubte nicht, was ich sah – alles war anders, die Sonne schien nicht mehr zu hell und der Vögellärm war nur noch Musik.

»Das war ein Jamaica Blue Mountain«, sagte der König. »Eine Kaffeebohne aus der Karibik, die ich---«

»Der ist ja bitter und furchtbar!«, unterbrach ich ihn mit strahlenden Augen, »aber auch furchtbar lecker und wunderbar bitter zugleich. Das ist ja wohl das Leckerste der ganzen Welt!«

Auch wenn ich bis zu diesem Zeitpunkt kaum was von der Welt gesehen hatte, ahnte ich schon, wie das Leckerste der ganzen Welt zu schmecken hatte.

»Du magst also Espresso«, stellte der König ein wenig stolz fest.

»Nein, ich liebe Espresso!«, krähte ich.

»Etwas mehr Benehmen«, sagte die Königin und goss sich Zitronenwasser nach.

Und so kam es, dass ich nicht nur meine zweite große Entscheidung durchsetzte, sondern auch meinen ersten Espresso trank.

WIE PANDEKRASKA PAMPERNELLA
IHRE DRITTE GROSSE ENTSCHEIDUNG TRAF

Nachdem ich Oxford mehr oder weniger überstürzt verlassen hatte und in Luxembourg aus dem Jet gestiegen war, holte mich Bobby B mit einem Rolls-Royce ab und fuhr mich nach Florin. Das Königreich schien an diesem Tag unter Wasser zu stehen. Es regnete in Strömen und ich hatte das Gefühl, als würden wir mit dem Wagen durch ein beleuchtetes Aquarium rollen.

Wir durchquerten verschlafene Dörfer und einen Wald, dann wand sich die Straße einen Berg hoch und wurde zu einer Allee, die uns direkt zum Schloss führte. Ich war schon auf einigen Burgen und Schlössern gewesen. Hier wurde ich ein wenig an die Burg Eltz erinnert, nur dass das Schloss Florin ungefähr doppelt so groß und perlweiß war.

Am Ende der Allee fuhren wir über eine Brücke. Das Eingangstor schwang elektrisch auf und wir rollten auf den Vorhof.

»Hier lasse ich dich raus«, sagte Bobby B.

Eine Frau wartete auf den Stufen des überdachten Eingangs. Auf dem Kopf hatte sie eine gestrickte Wollmütze, um ihre Hüfte war eine weiße Schürze gebunden und die Füße steckten in pinkfarbenen Turnschuhen. Bei ihrem Anblick musste ich an einen Gugelhupf denken.

Sie schaute auf ihre Armbanduhr, als der Rolls-Royce vor ihr zum Stehen kam, dann schaute sie in den bleiernen Himmel, aus dem der Regen unermüdlich herabfiel. Ich konnte ein Lächeln in ihren Mundwinkeln sehen. Die Frau freute sich eindeutig über das schlechte Wetter. Sie hieß Bonita und war die Köchin. Sie schüttelte mir die Hand so fest, dass ich es bis in die Zehenspitzen spüren konnte. Auch wenn sie sehr freundlich war, bat sie mich nicht in das Schloss hinein.

»Ihre Hoheit erwartet dich schon ungeduldig«, ließ Bonita mich wissen.

Sie duzte mich sofort, was mir sehr gut gefiel.

»Und wo erwartet mich Ihre Hoheit?«, fragte ich zurück und musste zugeben, dass ich mich schon ein wenig freute, das Königspaar kennenzulernen. Es gab Menschen, die standen Schlange, um den beiden die Hand zu schütteln.

Bonita zeigte hinter mich.

»Am Ende der Wiese«, sagte sie.

Es war keine Wiese. Die Grünfläche war größer als eine Golfanlage und an ihrem Ende lag ein Spielplatz, der mich an einen Freizeitpark erinnerte. Dort wurde alles angeboten, um zweihundert Kinder glücklich zu machen – Rutschen, Klettergerüste, Seilgruben und sechsunddreißig Schaukeln nebeneinander. Auf einer der Schaukeln saß Ihre Hoheit im strömenden Regen und hielt sich einen orangen Schirm über den Kopf.

»Sie sieht einsam aus«, sagte ich.

»Das täuscht«, sagte Bonito und verschwand im Schloss.

Ich blieb alleine auf den Stufen zurück. Da mein Regenschirm in einem der Koffer lag, dachte ich, was soll es, und spazierte über die Wiese und durch den Regen auf Pandekraska Pampernella zu. Sie schaukelte ganz leicht, indem sie mit ihren Gummistiefeln vor und zurück wippte. Ihr Haar war an diesem Tag zu vier Zöpfen geflochten, die Frisur ist bekannt als *Vier-Strang-Wasserfall-Fischschwanz-Geflecht*.

Nicht, dass ihr denkt, ich hätte damals irgendeine Ahnung von Haaren gehabt. Frisuren habe ich in den darauffolgenden Jahren notgedrungen studiert, um vor Pandekraska Pampernella nicht allzu unwissend dazustehen.

Ihre ersten Worte an mich waren nicht das, was ich erwartet hatte.

»Ich trage keine Windeln mehr«, sagte sie.

»Willkommen im Club«, sagte ich.

»Welcher Club ist das?«

»Der Club der Windellosen.«

Sie kicherte, ich kicherte, ihre Zahnlücke war entzückend, ich mochte ihre Art sofort. Dann holte die Hoheit Schwung und sprang von der Schaukel. Sie landete mit beiden Füßen in einer Pfütze, sodass der Schlamm bis zu meiner Stirn hochspritzte.

»Elegant«, sagte ich.

»Ich mag das Wort.«

»Weißt du, was es bedeutet?«

»Wenn jemand in eine Pfütze springt und jemand anderes den Schaden hat?«

»So oder ähnlich«, sagte ich und nahm meine Brille ab, um den Schlamm von den Gläsern zu wischen.

»Du bist mein Chronist«, stellte Pandekraska Pampernella fest.

Ich setzte meine Brille wieder auf.

»Zu deinen Diensten«, sagte ich und verbeugte mich leicht. »Mein Name ist Domingo Yglesias---«

»Ich nenne dich Don Pluto«, unterbrach mich Pandekraska Pampernella und dann nahm sie mich an die Hand und sagte: »Zwar könntest du dich unter meinen Regenschirm ducken, aber weil ich so klein bin, müsstest du auf den Knien laufen und das ist schwerer, als man denkt. Gleich siehst du, wo du wohnen wirst.«

Sie zog mich hinter sich her vom Schloss weg, als wäre ich ein Kind, dem sie zeigen wollte, wo es spielen konnte. Bonita war verschwunden, auch der Rolls-Royce mit Bobby B hinter dem Steuer war nirgends zu sehen. Meine zwei Koffer standen einsam unter der Überdachung und erinnerten mich daran, dass ich mein ganzes Leben in Oxford zurückgelassen hatte.

»Leider ist bei uns im Schloss kein Platz für dich«, sprach Pandekraska Pampernella weiter und neigte den Regenschirm ein wenig, um zu mir hochzuschauen, »denn jemand, der alles aufschreibt, der braucht Luft und Raum zum Denken.«

»Interessant. Wer sagt das?«

»Der König.«

»Der König?«

»Er will nicht, dass ich Vater sage.«

»Typisch König.«

»Ja, nicht wahr? Typisch König. Er hat dir ein Haus bauen lassen. Damit du deine Ruhe hast.«

Sie hielt mir ihren Daumen entgegen.

»Guck mal.«

Der Daumen sah aus wie jeder andere Daumen, nur an der Spitze war er ein wenig rot.

»Ich wollte einen Nagel mit dem Finger reindrücken, aber das ging nicht.«

»Wieso hast du keinen Hammer genommen?«, fragte ich.

Sie lachte und machte ein komisches Geräusch.

»Pfft, einen Hammer kann doch jeder nehmen!«

Wir spazierten durch ein kleines Waldstück. Der Regen ließ keine Sekunde nach, pladderte durch die Baumwipfel auf uns herab, trommelte auf den Schirm und scheitelte alle zwei Minuten mein Haar neu. Schließlich traten wir durch eine Reihe von Tannen und waren am Ziel.

Vor uns lag ein prächtiges Holzhaus, von dem ein Steg auf einen See hinausführte.

»Ihr habt das Haus wirklich nur für mich gebaut?!«, fragte ich erstaunt.

»Irgendwo musst du ja wohnen«, sagte Pandekraska Pampernella, »und das da ...«

Sie zeigte auf das Wasser.

»... ist der See Pluto. Du bist jetzt der Herr des Hauses und damit auch der Herr des Sees und deswegen bist du Don Pluto. Um zwei essen wir. Bonita macht die besten Momos der Welt, da kannst du dich jetzt schon freuen. Weißt du, was Momos sind?«

»Ich war schon mal in Nepal«, sagte ich.

»Oh.«

Pandekraska Pampernella schaute beeindruckt zu mir auf.

»Dann musst du mir aber bald alles davon erzählen.«

Ich versprach es ihr.

»Bis nachher!«

Sie winkte und spazierte mit ihrem orangen Regenschirm davon, während ich vor meinem ersten eigenen Haus stand und ihr hinterherschaute und nicht glauben konnte, dass sie erst zwei Jahre alt war. Kein Kind sprach in diesem Alter so flüssig und erwachsen. Und dann fragte ich mich, wenn das mit rechten Dingen zuging, wie würde dieses Mädchen erst sein, wenn sie älter war?

Und so kommen wir zum Anfang unserer Geschichte zurück.

Pandekraska Pampernella ist jetzt elf und ein Tornado und ein Taifun zugleich. Wenn sie eine Entscheidung trifft, dann ist diese in Zement gegossen. An dem Tag, an dem ich ihr das erste Mal begegnet bin, entschied unsere Heldin, dass ich der richtige Chronist für sie war. Sie sollte danach noch eine Menge Entscheidungen treffen, und auch wenn viele davon in Zement gegossen waren, bedeutete das nicht, dass keine ihrer Entscheidungen falsch war.

Wir alle machen Fehler.

Aber mehr dazu später.

DIE VERLORENEN JAHRE
VON PANDEKRASKA PAMPERNELLA

Von dem Tag meiner Ankunft an, bis zu dem Tag, an dem Pandekraska Pampernella zum dreiundachtzigsten Mal versuchte den Buntfalken zu dressieren, ist eine Menge Zeit vergangen. Unsere Heldin hat so viele Abenteuer erlebt, dass ich eine Bibliothek damit gefüllt habe.

Ich scherze nicht.

Ich bin ein gewissenhafter Chronist und habe alles aufgeschrieben, was Pandekraska Pampernella widerfahren ist. Die Bibliothek war ein Anbau des Schlosses gewesen. Es hatte dort eine Galerie, zwei Lesetische und kunstvolle Regale aus Kirschholz gegeben, in denen die Bücher standen. Die Bibliothek enthielt aber nur meine Arbeit über Pandekraska Pampernella – ihre Worte, ihre Gedanken, ihre Taten.

Dummerweise existiert diese Bibliothek in ihrer alten Form nicht mehr. Es gab einen Unfall und der Anbau ist im Januar bis auf den letzten Balken niedergebrannt, sodass nur ein dunkler Schatten auf dem Mauerwerk des Schlosses zurückblieb. Wir nennen das Feuer einen Unfall, obwohl wir alle wissen, dass es Brandstiftung gewesen ist.

Kein Gebäude geht einfach so in Flammen auf.

Das Feuer ist jetzt ein halbes Jahr her, und nachdem ich den Verlust verdaut hatte, begann ich wieder das Leben von Pandekraska Pampernella zu chronologisieren.

Ich schrieb alles mit der Hand nieder und präsentiere meine Arbeit am Ende der Woche unserer Heldin. Sie las die Seiten immer so, als wüsste sie nicht, was sie in den letzten Tagen erlebt hatte. Danach kritisierte oder lobte sie mich, dann sandte ich die Seiten an die Druckerei des Königshauses. Sie wurden mit der Hand gebunden und kehrten als Buch zurück, um ihren Platz zwischen den anderen Büchern über Pandekraska Pampernella zu finden.

Bis zum Feuer waren es 461 Bücher.

Jetzt sind wir bei Buch 32 angelagt.

Damit ihr aber nicht vollkommen im Dunkeln tappt, was das vorherige Leben von Pandekraska Pampernella angeht, habe ich aus meinen alten Notizen ein paar Highlights für euch herausgesucht. Sie werden euch helfen, unsere Heldin ein wenig besser zu verstehen. Da ich diese Geschichte hier aber nicht unnötig aufhalten will, wo sie gerade so schön in Fahrt kommt, und da in den Highlights ein paar Erinnerungen versteckt sind, an die Pandekraska Pampernella nicht erinnert werden will, hänge ich die Seiten hinten an dieses Buch. Schaut in den Anhang auf Seite 317 rein, wann immer ihr wollt.

Ich dagegen erzähle weiter von dem Hier und Jetzt.

PANDEKRASKA PAMPERNELLA IM HIER UND JETZT

Wir saßen auf dem Steg und ließen die Beine baumeln. Pandekraska Pampernella zeigte mir einen blauen Fleck an ihrem Ellenbogen und beschwerte sich erneut über den Buntfalken. Dann wurde sie still. Der See plätscherte vor sich hin und eine Libelle glitt so nahe über die Oberfläche, dass ihr Flügelschlag winzige Wellen auf dem Wasser hinterließ. Wir sahen einen Fisch aus der Tiefe aufsteigen und einen Kreis schwimmen.

»Glaubst du, er hat die Libelle gesehen?«, fragte Pandekraska Pampernella.

»Ich denke schon.«

Beim dritten Rundflug der Libelle, schoss der Fisch hoch und versuchte sie aus der Luft zu schnappen. Sein offenes Maul verfehlte die Libelle nur knapp. Sie verschwand zwischen dem Schilf, als wäre nichts gewesen, während der Fisch in die Tiefen hinabsank.

»Das war knapp«, sagte Pandekraska Pampernella und planschte ein wenig mit den Füßen, um den Fisch zu verscheuchen. Dann beugte sie sich vor und blickte aufs Wasser hinab.

»Meine Beine sind zu kurz«, stellte sie empört fest.

Ich folgte ihrem Blick, nur ihre Fußsohlen berührten die Wasseroberfläche, sie musste sich strecken, um Wellen zu schlagen. Meine Beine verschwanden bis zu den Waden im See.

»Mh«, machte Pandekraska Pampernella.

»Tu's nicht«, sagte ich.

Es war schon zu spät. Was ich jetzt auch sagte, es wäre vergeblich gewesen. Ich hätte genauso gut versuchen können, mich einem fahrenden Lastwagen in den Weg zu stellen.

Pandekraska Pampernella hielt mir ihre offene Hand hin.

Ich legte mein Handy hinein.

»Was glaubst du?«, fragte sie.

»Vielleicht dreißig Zentimeter«, sagte ich.

Pandekraska Pampernella tippte Bobby Bs Nummer ein, ohne die Oberfläche des Sees aus den Augen zu lassen. Wann immer unsere Heldin etwas brauchte, meldete sie sich zuerst bei Bobby B. Es schien mir immer, als würde er ihre Anrufe erwarten.

Auch an diesem Tag hob er schon nach dem zweiten Klingelton ab.

»Wir brauchen mehr Wasser im See«, sagte Pandekraska Pampernella.

Die Stimme des Butlers schallte aus dem Handy, sodass ich jedes Wort verstand.

»Wie viel?«, fragte er.

»So an die dreißig Zentimeter.«

»Ich kümmere mich darum.«

Pandekraska Pampernella gab mir das Handy zurück.

»Du solltest dir dein eigenes Handy zulegen«, sagte ich.

»Ich mag Handys nicht.«

»Dafür benutzt du sie aber sehr regelmäßig.«

Pandekraska Pampernella nickte, denn das war eine Wahrheit.

»Ich habe über den Buntfalken nachgedacht«, sagte sie, »und ich habe beschlossen, ich gebe auf. Soll er doch machen, was er will.«

»Das ist eine weise Entscheidung, Pandekraska Pampernella.«

»Danke, Don Pluto.«

Wir schauten über den See.

»Du weißt, warum ich hier bin, oder?«, fragte sie nach zwei Minuten.

»Angst?«, sagte ich.

Pandekraska Pampernella nickte.

»Angst«, sagte sie leise.

Viele von euch mag es verwundern, aber unsere Heldin besaß viele Ängste, die sie unbedingt loswerden wollte. Da war ihre Angst vor der Dunkelheit, ihre Angst vor Komplimenten und davor, dass jemand den Namen ihrer Erzfeindin laut sagte. Wir alle kennen Ängste dieser Art. Oft wissen wir nicht einmal, dass es Ängste sind, denn sie haben einen so festen Platz in unserem Leben eingenommen, dass wir sie als selbstverständlich betrachten. Niemand hat gerne Angst und lebt freiwillig mit ihr. Viele tun es aber, weil sie nicht wissen, dass es auch ohne geht. Angst ist kein Kumpel, Angst ist kein Haustier. Angst schwächt und ist wie Schimmel, der über das Leben wuchert und es unlebbar macht.

Eines Tages beschloss Pandekraska Pampernella, dass es genug war. Sie sagte es genauso. Und sie sagte:

»Nächste Woche gehe ich meine Ängste an.«

Nächste Woche war heute.

Ich war mir sicher gewesen, dass sie sich an ihr Versprechen erinnern würde. Nicht nur ist alles, was unsere Heldin beschließt, in Zement gegossen. Sie hat auch ihre eigenen Regeln, die sie niemals bricht. Versprechen sind ihr dabei ganz besonders wichtig. Und da ich das wusste, hatte ich mich vorbereitet.

»Warte hier«, sagte ich und verschwand in meinem Haus.

Als ich mit einem Hut in der Hand wieder nach draußen trat, hatte sich Pandekraska Pampernella nicht von der Stelle gerührt. Ich konnte an der Haltung ihrer Schultern sehen, dass sie angespannt war. Sie warf einen Blick in den Hut und sah die gefalteten Zettel.

»Du wählst einen aus«, sagte ich, »und wir gehen diese eine Angst an.«

»Du hast *alle* meine Ängste aufgeschrieben?«

»Auf jeden Zettel eine.«

»Und wieviele sind es?«

»Vierunddreißig.«

»Oje.«

Ich schüttelte den Hut, die gefalteten Zettel hüpften darin. Pandekraska Pampernella zögerte kurz und steckte ihre Hand hinein. Sie fischte zwischen den Zetteln herum und zog mit spitzen Fingern einen heraus, betrachtete ihn und sagte, sie wäre zu nervös, sie könnte ihn nicht öffnen. Ich faltete den Zettel auf und las.

»Dazu werden wir die Hilfe der Professorin brauchen«, sagte ich danach.

»Ist es so schlimm?«

»Es ist nicht schlimm, ich habe bloß keine Ahnung, wie wir diese Angst loswerden sollen«, gab ich zu.

»Gib mal her«, sagte Pandekraska Pampernella.
Ich reichte ihr den Zettel. Sie las ihn.
»Oje«, sagte sie nochmal und bekam einen Schluckauf.

Die Professorin war sehr erfreut, etwas für ihr Patenkind tun zu können. Sie sah ein wenig windgepeitscht aus, als sie unseren Anruf annahm, was daran lag, dass sie gerade in einem fahrenden Jeep saß, der durch die Arabische Wüste raste. Bis zum Ende des Sommers reiste Zaza Moss durch Ägypten und war Teil einer Forschungsgruppe, die fünfzehntausend Sonnenkollektoren aufstellen wollten. Sie bat den Fahrer anzuhalten, da sie bei dem Geruckel ihr Handy nicht ruhig halten konnte. Nachdem der Staub sich gelegt hatte, stieg die Professorin aus dem Jeep und entfernte sich ein paar Schritte. Sie sagte, sie sei jetzt bereit, und hielt ihr Handy so, dass wir nicht von der Sonne geblendet wurden. Als sie hörte, was für ein Problem ihr Patenkind hatte, zogen sich ihre Augenbrauen besorgt zusammen.
»Du hast keine Freundin?!«, fragte sie verwirrt.
»Nicht wirklich«, antwortete Pandekraska Pampernella.
»Keine einzige?«
»Ich habe eine Erzfeindin.«
»Das ist keine Freundin, Pandekraska Pampernella.«
»Ich weiß.«
»Wieso hast du keine Freundin?«
»Ich weiß es nicht.«
»Bist du so wählerisch?«
»Vielleicht.«

Die Professorin wischte sich den Schweiß von der Stirn und dachte nach. Wir konnten im Hintergrund sehen, wie der Fahrer des Jeeps sich gegen die Kühlerhaube lehnte und eine Zigarette rauchte.

»Bist du denn nie einsam?«, fragte die Professorin.

»Ich habe einen Chronisten und einen Leibwächter«, antwortete Pandekraska Pampernella, »Ich habe einen Butler und eine Patentante, wie soll ich da einsam sein?«

Sie erwähnte mit keinem Wort ihre Eltern.

Auch der Professorin fiel das auf, doch sie hakte nicht nach.

»Das sind alles Erwachsene«, sagte sie. »Eine Freundin ist etwas anderes.«

»Kannst du nicht meine beste Freundin sein?«

»Kleines, ich bin deine Patentante.«

Pandekraska Pampernella wusste nicht, was sie darauf sagen sollte und rieb über die Narbe auf ihrer Nasenwurzel. Die Professorin kniff die Augen ein wenig zusammen, als würde sie alle Gedanken auf einen Punkt konzentrieren. Ich warf einen Blick auf den Zettel, den Pandekraska Pampernella gezogen hatte.

Die Angst, niemals eine beste Freundin zu finden.

»Seit wann hast du diese Angst?«

Ich spitzte die Ohren, als die Professorin diese Frage stellte, denn ich kannte die Antwort nicht. Aber Pandekraska Pampernella anscheinend auch nicht, denn sie hob ratlos die Schultern.

»Es fühlt sich an, als wäre die Angst schon immer da«, sagte sie und dabei ging ihre Stimme ein wenig hoch. Niemand musste es der Professorin oder mir erklären: Pandekraska Pampernella hatte eben gelogen. Ich sah sie überrascht an. Unsere Heldin nahm den Blick nicht von ihrer Patentante.

»Wo auch immer diese Angst herkommt«, sagte die Professorin, »wir werden sie in den Griff bekommen, Kleines. Ich sag dir, was jetzt passiert. Wenn meine Arbeit heute Nachmittag hier getan ist, schreibe ich dir ein kleines Programm. Ich habe vor Jahren schon so was Ähnliches für ein Online-Dating-Portal gemacht. Den Algorithmus kann ich mit ein paar kleinen Änderungen problemlos noch einmal verwenden. Auf diese Weise finden wir in null Komma nichts die richtige Freundin für dich, einverstanden?«

»Einverstanden.«

»Gut, dann reich mal das Handy an Don Pluto weiter. Ich brauche noch ein paar Details über dich, mit denen ich das Programm füttern kann.«

»Was für Details?«

»Angewohnheiten, Macken, Träume.«

Pandekraska Pampernella schaute erschrocken.

»Aber ... Ich kann dir auch alle Details erzählen«, sagte sie.

»Nein, danke, ich brauche einen neutralen Blickwinkel.«

Pandekraska Pampernella gab mir das Handy.

»Ich mag das nicht«, flüsterte sie mir zu.

»Es wird nicht lange dauern«, flüsterte ich zurück und ging in mein Haus. Bei jedem Schritt spürte ich, wie mir die Blicke unserer Heldin folgten. Sie hatte keine Ahnung, worauf sie sich da einließ. Ihre Patentante und ich leider auch nicht.

Ich erzählte der Professorin alles, was ich über Pandekraska Pampernella wusste. Von ihren Träumen, was sie den lieben langen Tag über tat und worüber sie grübelte. Als ich nach zwanzig Minuten wieder aus dem Haus trat, saß Pandekraska Pamper-

nella noch immer auf dem Steg und schaute auf den See hinab. Die Libelle war zurückgekehrt und huschte ahnungslos über die Oberfläche, als wäre der Fisch nie da gewesen.
»Schau mal.«
Pandekraska Pampernella zeigte nach unten. Das Wasser war angestiegen und reichte ihr jetzt bis zu den Knien. Bobby B hatte gute Arbeit geleistet.
Ich setzte mich wieder neben unsere Heldin.
»Wie viele Details über mich waren es?«, fragte sie.
»Eine Menge. Willst du ein paar hören?«
»Lieber nicht.«
Sie seufzte.
»Und was geschieht jetzt?«
»Jetzt warten wir, dass sich deine Patentante meldet.«
»Glaubst du wirklich, sie findet eine Freundin für mich?«
»Ganz ehrlich?«
»Ganz ehrlich.«
»Wahrscheinlich wird es hundert Mädchen geben, die zu dir passen, wenn nicht mehr.«
Pandekraska Pampernella grinste.
»Ich brauche aber nur eine«, sagte sie.
»Wenn es zu viele Freundinnen regnet, besorg ich dir einen Schirm.«
Sie bewegte die Beine und schlug Wellen.
»Don Pluto«, fragte sie nach einer langen Pause, »wozu braucht man Freunde?«
»Um das Leben zu teilen. Um Abenteuer zu erleben.«
Sie runzelte die Stirn, das genügte ihr nicht, also schob ich hinterher:

»Um die Einsamkeit zu vertreiben und um mit seinen Gedanken nicht ganz allein dazustehen.«
»Aber ich habe doch Xien Xien Yu und dich«, sagte sie.
»Das ist wahr.«
»Ihr seid meine Freunde.«
»Aber wir sind nicht deine Freundin.«
»Macht das einen Unterschied?«
»Ja, einen sehr großen.«
»Welchen?«
»Eine Freundin ist etwas ganz anderes. Sie ist wie ein Licht, dass die Dunkelheit erhellt.«
Pandekraska Pampernella nickte, das konnte sie sich vorstellen.
»Denkst du, ich *brauche* eine Freundin?«, hakte sie nach.
»Ich denke, ohne wird dir immer was fehlen.«
»Du hast doch auch keinen Freund.«
»Ich habe Xien Xien Yu und ich habe noch andere Freunde, sie sind alle in Oxford.«
»Vermisst du sie?«
»Manchmal.«
»Ich vermisse niemanden.«
»Und wie fühlt sich das an?«
»Ganz ehrlich?«
»Ganz ehrlich.«
»Ein wenig traurig.«

Die Professorin meldete sich vier Stunden später. Es war Mittag und wir befanden uns im königlichen Garten. Pandekraska Pampernella übte zehn Meter von mir entfernt Bogenschießen, Xien Xien Yu presste Orangen und ich wendete auf dem Grill

Zucchinischeiben, als wäre ich in einem kleinen Dorf in Italien aufgewachsen. Bonita hatte ihren freien Tag und das Königspaar war zum Mittagessen beim schwedischen Premierminister in Stockholm eingeladen. Deswegen gab es für uns Spaghetti mit Parmesanflocken und gerösteten Zucchinischeiben.

Mein Handy piepte zweimal, ich zog es aus der Kochschürze und las die Nachricht.

Die Professorin schrieb, es wäre kein Problem gewesen, das Programm abzuwandeln. Aber die Angst ihres Patenkindes hätte sie schon ein wenig unruhig gemacht. So unruhig, dass sie den nächsten Flug gebucht hatte und morgen früh bei uns in Florin sein würde.

Ich wollte Pandekraska Pampernella die gute Nachricht zurufen, hielt mich aber zurück. Unsere Heldin hatte den Bogen gespannt und konzentrierte sich. Der Pfeil lag ruhig auf der Sehne und für einen kurzen Moment war Pandekraska Pampernella wie eingefroren. Dann löste sie die Sehne und der Pfeil schlug in das Zentrum der Zielscheibe ein. Erst als sie den Bogen sinken ließ, sprach ich sie an.

»Deine Patentante wird morgen früh hier sein.«

Pandekraska Pampernella legte den nächsten Pfeil an.

»Warum?«, fragte sie.

»Weil sie sich Sorgen um dich macht.«

Unsere Heldin sagte dazu erst mal nichts. Sie spannte den Bogen und hielt ihn so lange gespannt, dass ihre Arme zu zittern begannen. Als sie die Sehne wieder löste, verfehlte der Pfeil die Zielscheibe um einen halben Meter.

»Vielleicht ist es ganz gut, dass sie kommt«, sagte Pandekraska Pampernella und legte den nächsten Pfeil an.

AUS DEN PRIVATEN CHRONIKEN
VON PANDEKRASKA PAMPERNELLA

Mein Wecker klingelte um sechs, weil ich wusste, dass meine Patentante um halb acht ankommen würde. Ich verschwand in meinem Frisierzimmer und verließ es nach zwanzig Minuten mit einem *Crisscross All The Way*.

Jetzt konnte ich nach unten gehen.

Bonita war natürlich schon längst in der Küche und schob gerade einen Hefezopf in den Backofen. Ihr Tag begann um fünf und bis neun war sie wortkarg. Mir machte das nichts aus, ich quasselte am Morgen auch nicht gerne. Bonita bereitete mir einen doppelten Espresso zu und goss sich selbst Kaffee ein. Wir setzten uns auf die Stufen vor dem Schloss und blinzelten verschlafen in die aufgehende Sonne. Meine Pferde müssen gerochen haben, dass ich da saß. Sie wieherten einmal, dann waren sie wieder still. Bonita spürte meine Ungeduld und nahm mir meine leere Tasse ab.

»Geh schon«, sagte sie.

Ich rannte los.

Nachdem ich Schneeflocke und Ölpfütze auf die Weide geführt hatte, kehrte ich zur Treppe zurück und setzte mich wieder. Die Stufen waren jetzt von der Sonne aufgewärmt. Ich hörte Bonita durch eines der Fenster aus der Küche pfeifen.

Eine halbe Stunde verging und das Eingangstor öffnete sich mechanisch und dann rollte der Rolls-Royce auf den Vorhof. Bobby B winkte mir durch die Windschutzscheibe, ich winkte zurück und der Wagen hielt auf meiner Höhe. Die hintere Tür ging auf und meine Patentante entfaltete sich vom Rücksitz wie ein Schmetterling aus seinem Kokon. Sie hatte sich nicht die Zeit genommen, sich umzuziehen. Sie kam direkt aus der Wüste und trug eine zerknitterte Leinenhose, eine Weste und dreckige Stiefel. Da ich halb so groß war wie sie, hockte sie sich vor mich hin. Als sie mich umarmte, rieselte ihr Sand aus den Haaren. Nichts davon störte mich. Sie war die Abenteurerin, die ich eines Tages sein wollte. Ganz besonders liebte ich ihren Geruch. Sie duftete nach Mandarinen und Zirbelkiefern, egal woher sie kam.

»Lass dich mal ansehen«, sagte sie und nahm mein Kinn zwischen Daumen und Zeigefinger, sodass sie meinen Kopf von links nach rechts drehen konnte.

»Zeig mal deine Zähne.«

Ich lächelte.

»Du bist besorgt«, sagte sie.

Ich hörte auf zu lächeln.

»Du aber auch«, sagte ich.

»Nur ein wenig.«

»Wir schaffen das doch, oder?«

»Natürlich schaffen wir das.«

Sie ließ mein Kinn los.

»Wie lange kannst du bleiben?«, fragte ich.

»Nur bis zum Abend, dann muss ich mich wieder in den Flieger setzen.«

Sie drückte mir einen Kuss auf die Stirn und richtete sich auf.

»Und jetzt mach uns doch bitte einen starken Assam-Tee oder einen Earl Grey. Ganz deine Wahl. Ich brauche erst mal eine Dusche, dann können wir loslegen.«

Sie schnupperte die Luft.

»Und frag Bonita, ob der Hefezopf schon abgekühlt ist.«

Mit diesen Worten verschwand sie nach oben in die große Dachetage, die immer für sie bereitstand. Ich verschwand in die Küche und wählte einen Earl Grey aus. Bonita schob mir mit dem Fuß den Hocker zu, damit ich leichter an den Wasserkocher herankam. Nachdem ich den Tee aufgebrüht hatte, trug ich die Kanne mit den Tassen in die neu gebaute Bibliothek. Es roch dort noch immer kräftig nach frisch geöltem Holz. Ich stellte das Tablett ab und sah mich um. Obwohl die neue Bibliothek toll aussah, wirkte sie dennoch traurig auf mich, weil die Regale bis auf zweiunddreißig Bücher vollkommen leer waren. Auch wenn ich mich dagegen wehrte, stieg Wut in mir auf. Ich wusste ganz genau, wer die alte Bibliothek niedergebrannt hatte, aber ich wollte hier nicht davon erzählen. Ich wollte ruhig bleiben und es fiel mir sehr schwer.

Wisst ihr, wie schlimm Wut sein kann? Sie ist nie gut, ich weiß das, aber manchmal brodelt sie in mir auf und ich will dann gegen eine Wand treten oder mir selbst in den Bauch schlagen, damit sie aus meinem Inneren verschwindet. Xien Xien Yu hat einmal gesagt, ich sei auf die Ungerechtigkeit der Welt wütend, und ich sollte mich daran gewöhnen, dass die Welt sich nicht meinen Vorstellungen anpassen würde. Ich dachte nicht daran, mich an irgendwas zu gewöhnen. Ich wollte die Ungerechtigkeit wie eine Folie von der Welt abziehen und in die Recyclingtonne werfen.

Als ich an mir herabsah, waren meine Hände geballt und ich musste sie ausschütteln.

»Guten Morgen«, sagte Don Pluto.

»Guten Morgen«, sagte Xien Xien Yu.

»Guten Morgen«, sagte ich.

Sie setzten sich an den niedrigen Sofatisch, nahmen sich Tee und so saßen wir drei eine Weile und warteten, dass meine Patentante kam.

»Nervös?«, fragte Xien Xien Yu.

»Ganz schön«, gab ich zu.

»Achtung, er ist noch heiß!«

Bonita war in die Bibliothek getreten. Sie stellte den Hefezopf neben die Teekanne und schnitt ihn in Scheiben. Er dampfte und duftete, die Rosinen darin glänzten wie Gold.

»Da komme ich ja genau richtig«, sagte meine Patentante.

Sie war barfuß, trug ein bodenlanges Kleid und unter ihrem Arm klemmte ein Notebook. Sie begrüßte erst Bonita, dann gab sie meinem Chronisten und meinem Leibwächter die Hand. Sie setzte sich zu uns und stellte ihr Notebook auf den Tisch. Es war so dünn wie ein Blatt Papier und genauso biegbar. Nur zerknautschen sollte man es nicht. Ich sah es mir von allen Seiten an, es gab keinen einzigen Anschluss für ein Kabel.

»Wie lädst du es auf?«, fragte ich.

»Einfach ins Licht legen«, antwortete meine Patentante und

nippte von ihrem Tee und sagte anerkennend, ich hätte eine gute Wahl getroffen. Dann aß sie zwei Scheiben vom Hefezopf und kam endlich zur Sache.

»Das Programm funktioniert recht einfach«, erklärte sie. »Ich habe in der Datenbank alle Mädchen in deinem Alter gesammelt und abgespeichert. Von jedem Kontinent, aus jeder Stadt, aus jedem Dorf. Natürlich ging das nur bei denen, die eine Webpräsenz haben, was mir letztendlich doch zu wenig war. Da ich mich nicht einschränken lassen wollte, habe ich also andere Quellen angezapft – Zeitungsartikel, Krankenhausakten, Schulunterlagen und so weiter. Aus diesem Pool werden wir jetzt diejenigen Mädchen herauspicken, die zu dir passen.«

Meine Patentante strich über den Bildschirm.

»Siehst du den grünen Button?«, fragte sie mich.

Ich nickte, auf dem Button stand *Worldwide Search*.

»Tipp drauf.«

Mein Zeigefinger näherte sich dem Bildschirm und zitterte ein wenig. Ich tippte auf den Button und das Programm startete. Dabei gab das Notebook keinen Laut von sich, aber ich konnte auf dem Bildschirm beobachten, dass die weltweite Suche begonnen hatte – ein goldener Balken bewegte sich am unteren Rand von links nach rechts. Als er das Ende des Bildschirms erreicht hatte, gab es ein leises Pling und das war es gewesen.

Das Programm hatte 3,2 Sekunden gebraucht.

»Das ging aber schnell«, stellte Don Pluto beeindruckt fest.

»Ich dachte, es würde schneller gehen«, sagte die Professorin.

Das Ergebnis war nicht sehr aufbauend.

Ich wollte mir die Augen reiben.

Von wegen hundert Treffer oder mehr.

»Drei?«, sagte Xien Xien Yu ein wenig erschrocken. »Das ist alles?«

»Sag das nicht so negativ«, bat ihn die Professorin.

»Wie soll ich es denn positiv sagen?«, fragte Xien Xien Yu.

Meine Patentante hatte darauf keine Antwort. Sie schob mir wieder den Zeigefinger unter das Kinn und hob meinen Kopf an. Mir war nicht aufgefallen, dass ich auf den Boden starrte. Es ist sehr schwer, sein Gesicht hinter Haaren zu verbergen, wenn man einen *Crisscross All The Way* als Frisur hat.

»Kleines, schau nicht so«, sagte sie, »du hast hier die bestmöglichen Treffer, das ist kein Grund, traurig zu sein. Du bist außergewöhnlich und das hier sind drei Mädchen, die genauso außergewöhnlich sind wie du. Mich hätte es gewundert, wenn es hundert Treffer gewesen wären.«

Ich sah zu meinem Chronisten, er hob entschuldigend die Schultern.

»Aber wenn du willst«, sprach meine Patentante weiter, »können wir die einzelnen Parameter jederzeit verändern.«

»Drei ist doch gar nicht so schlecht«, sagte ich halblaut, sodass mich kaum einer hören konnte.

»Drei ist mehr als genug«, stimmte mir Xien Xien Yu zu.

»Drei ist besser als zwei«, sagte Don Pluto.

Ich musste grinsen.

Wir schauten gemeinsam auf den Bildschirm.

Drei Mädchengesichter schauten zurück.

Ich zeigte auf das Foto in der Mitte.

»Mit ihr fangen wir an«, entschied ich.

Und mit diesem Mädchen fingen wir an.

Am selben Tag schickte meine Patentante per E-Mail eine Anfrage an die drei Mädchen raus.

Innerhalb von zwei Stunden hatten wir ihre Zusagen.

Sie freuten sich allesamt, Ihre Hoheit Pandekraska Pampernella kennenzulernen.

Ich konnte spüren, wie mir eine Gänsehaut über den Rücken wanderte.

Es war jetzt offiziell, ich war auf der Suche nach einer besten Freundin.

Ich konnte es kaum abwarten, auf die Reise zu gehen.

Zum frühen Abend hin hupte Bobby B zweimal. Meine Patentante drückt mich an sich und dann verschwand sie wieder nach Ägypten und nur ihr Geruch blieb noch eine Weile in der Luft hängen. Ich saß auf den Stufen und schaute dem Rolls-Royce hinterher. Wann immer meine Patentante wegfuhr, hatte ich das Gefühl, einen kleinen Teil von mir zu verlieren. Auch das war eine Angst, die eines Tages verschwinden musste.

Ich kehrte in das Schloss zurück und sah mir die drei Fotos der Mädchen an. Xien Xien Yu hatte sie ausgedruckt und auf dem Beistelltisch im Kaminzimmer ausgebreitet. Er selbst saß mit einem Roman im Schoß auf einem der Sessel, während sich Don Pluto auf dem Sofa ausgestreckt hatte und ein Nickerchen machte.

»Noch immer nervös?«, fragte mein Leibwächter, ohne von seinem Buch aufzublicken.

»Noch immer«, gab ich zu und setzte mich ihm gegenüber und schaute in den Kamin, in dem das Holz für ein neues Feuer aufgeschichtet war. Eine Stunde lang starrte ich einfach nur auf die Holzscheite, als könnte ich sie mit meinen Blicken entzünden.

Dann seufzte ich.

Xien Xien Yu streckte sich und zupfte ein Buch aus dem Regal. Er reichte es mir rüber. Es waren Kurzgeschichten von Richard Brautigan. Ich schlug das Buch auf und las in eine der Geschichten rein:

Der kleinste Schneesturm, der je registriert wurde, hat vor einer Stunde hier in meinem Hinterhof stattgefunden. Er bestand aus zwei Schneeflocken.

Ich kicherte, las weiter und hatte das Buch kurz nach Mitternacht beendet.

»Schlaft gut«, sagte ich und fiel wie ein Stein ins Bett.

Unser Plan war es, am nächsten Tag aufzubrechen. Die Reise war von Xien Xien Yu durchgeplant und er hatte alle Tickets gebucht, dennoch wäre daraus beinahe nichts geworden, denn in derselben Nacht schlich sich das Böse unbemerkt in unser Leben ein und versuchte uns aufzuhalten.

Und ausgerechnet ich habe es vollkommen verschlafen.

WIE DAS BÖSE IN UNSER LEBEN KAM UND PANDEKRASKA PAMPERNELLA DAVON ABHALTEN WOLLTE, IHRE ANGST LOSZUWERDEN

Es war noch dunkel, als ich aus dem Schlaf schreckte. Ich tastete auf dem Nachttisch herum, fand meine Brille und setzte sie auf. Misstrauisch sah ich mich in dem dunklen Zimmer um. Kein Alarm hatte geschellt, niemand hatte um Hilfe gerufen, dennoch war ich hellwach und saß aufrecht im Bett.

Der Wecker zeigte 4:01.

Ich trat im Schlafanzug aus dem Haus und lauschte. Ein paar Frösche quakten, ein Fuchs huschte durch die Büsche, es knisterte und knackte im Unterholz, ansonsten war nichts Außergewöhnliches zu hören.

Mein ungutes Gefühl ließ mir keine Ruhe.

Ich zog mir Turnschuhe an und stieg auf mein Fahrrad.

Auf dem Weg zum Schloss reagierten die Bewegungsmelder und alle zehn Meter erwachte eine Laterne nach der anderen und beschien mir den Weg. Ein leichter Nebel lag über dem Boden, sodass ich die untere Hälfte von meinem Vorderrad nicht sah und das Gefühl hatte, ich würde durch Watte fahren. Als ich das Waldstück durchquert hatte, ragte das Schloss vor mir auf.

Nur im obersten Stockwerk brannte ein Licht.
Mein komisches Gefühl verschlimmerte sich.

Ich hätte den Wikinger in der Dunkelheit beinahe übersehen. Er stand reglos auf dem runden Rasenstück des Vorhofs und betrachtete das Schloss.

Ich bremste erschrocken und mein Hinterreifen schlidderte über den Kies. Im selben Moment gingen die Scheinwerfer auf der Balustrade an und badeten uns in einem grellen Licht. Die Eingangstür wurde aufgestoßen und Xien Xien Yu rannte bewaffnet mit einem Hockeyschläger aus dem Schloss. Auch er war im Schlafanzug, auch er hatte die Gefahr gespürt.

Der Leibwächter blieb auf dem untersten Treppenabsatz stehen und starrte den Wikinger an. Ich ließ mein Fahrrad fallen und stellte mich neben ihn. Wir trugen zwar noch unsere Schlafanzüge, dennoch würde niemand so leicht an uns vorbeikommen.

»Guten Abend«, sagte der Wikinger.

»Guten Morgen wäre passender«, erwiderte Xien Xien Yu.

Der Wikinger lächelte, als würde er sich freuen, dass wir endlich da waren. Sein schmales Gesicht und die Form der Augen ließ mich an einen Wolf denken. Das lange silberne Haar war offen und der Bart zu zwei Zöpfen geflochten. Er trug einen braunen Ledermantel und hatte die Hände in den Hosentaschen vergraben. Und wie wir ihn so betrachteten, gab der Wikinger einen Pfiff von sich. Zwei Windhunde lösten sich aus dem Nebel und stellten sich an die Seite des Wikingers. Ihr Fell hatte dieselbe Farbe wie sein Haar. Mensch und Tier beobachteten jede unserer Bewegung.

»Können wir helfen?«, fragte ich.

Der Wikinger zog eine Taschenuhr aus seiner Weste und klappte sie auf. Er betrachtete die Uhr einen Moment lang und hielt sie uns dann entgegen.

»Ich steh hier schon seit zwanzig Minuten«, sagte er, »ich dachte, ihr bemerkt mich überhaupt nicht.«

»Wir haben dich bemerkt«, sagte Xien Xien Yu.

»Ja, aber zwanzig Minuten zu spät«, gab der Wikinger zu bedenken, dann schüttelte er enttäuscht den Kopf, steckte die Taschenuhr weg und sagte: »Ihr wartet doch auch nicht gerne, oder?«

Die Frage war nicht an uns gerichtet. Der Mann hatte zu seinen Hunden gesprochen. Sie schauten kurz zu ihm auf und sahen uns wieder an.

»Mein Name ist Böff Stroganoff«, stellte sich der Wikinger vor.

Ich war mir sicher, ich hatte mich verhört.

»Bœuf Stroganoff?«, sagte ich. »Wie das Gericht?«

Es war das erste Mal, dass der Wikinger eine Regung zeigte. Sein linkes Auge zuckte einmal. Offensichtlich mochte er seinen Namen nicht besonders. Was verständlich war, denn wer will schon nach einem Gericht aus angebratenen Rinderfiletspitzen mit Champignons in Sauerrahmsoße benannt werden.

»Böff mit Ö«, sagte er. »Mein Vater war ein leidenschaftlicher Koch und hat immer behauptet, dass das russische Gericht aus unserer Familie stammen würde, was ihm nie jemand geglaubt hat. Dummerweise war meinem Vater die Rechtschreibung nicht so wichtig. Darum bin ich einfach nur Böff. Ein Ö und zwei F. Was man humorvoll betrachten kann ...«

Er zuckte mit den massiven Schultern, die wie zwei Berge waren, zwischen denen sein Kopf feststeckte.

»… ich sehe da aber keinen Humor dahinter.«

Böff Stroganoff sah an uns vorbei zum Schloss und war für einen Moment in seiner russischen Vergangenheit versunken, dann gab er sich einen Ruck und sprach weiter.

»Ich hoffe, euch ist bewusst, dass euer Sicherheitssystem miserabel ist. Vier Kameras reichen nicht aus und eure Bewegungsmelder kann ein Kleinkind außer Kraft setzen. Alles in allem muss ich feststellen, dass ihr euch hier im Königreich Florin nicht genug fürchtet. Da, wo ich herkomme, ist das anders. Nur wer sich fürchtet, ist vorsichtig.«

»Nur wer sich fürchtet, ist schwach«, widersprach ich ihm.

»Auch das ist wahr«, gab mir Böff Stroganoff recht, »und da wir das jetzt geklärt haben, komme ich zu dem Grund, weswegen ich hier bin.«

Er griff in die Innentasche seines Mantels. Ich weiß, es ist albern, aber ich erwartete ernsthaft, dass er eine Waffe zog. Xien Xien Yu musste denselben Gedanken gehabt haben. Er hielt den Hockeyschläger vor mich, als könnte der Schläger mir Schutz bieten, sollte eine Kugel auf mich zufliegen.

Böff Stroganoff erstarrte in der Bewegung.

»Vorsicht ist immer gut«, sagte er, »aber Logik ist eindeutig besser. Wenn ich euch etwas hätte antun wollen, wäre das schon längst passiert.«

Er zog einen roten Ballon aus seinem Mantel.

»Bitte, lacht nicht. Es war nicht meine Idee«, sagte er und begann den Ballon aufzublasen.

Schon nach zehn Atemzügen konnten wir sehen, dass in weißen Großbuchstaben eine Nachricht auf den Ballon geschrieben war. Als er die Größe eines Fußballs erreicht hatte, verknotete Böff Stroganoff das Ende des Ballons mit einer Schnur und hielt ihn uns entgegen.

»Für die Prinzessin«, sagte er.

Ich trat vor und nahm die Schnur. Als ich wieder neben Xien Xien Yu stand, drehten wir den Ballon hin und her, bis wir die ganze Nachricht gelesen hatten.

Und was ist mit mir?
W.

»Ich verstehe nicht«, sagte ich.

»Was für eine Nachricht ist das?«, fragte Xien Xien Yu.

Böff Stroganoff schaute uns verdutzt an.

»Wie es mir scheint, hat die Prinzessin Geheimnisse vor euch, sonst wüsstet ihr ganz genau, was diese Worte zu bedeuten haben. Also fragt nicht mich, fragt sie. Ich bin nur der Bote.«

Mit diesen Worten wandte sich Böff Stroganoff von uns ab und ging. Seine Schritte knirschten auf dem Kies, dann trat er durch das Eingangstor und war nicht mehr zu hören. Seine zwei Windhunde hatten sich nicht von der Stelle gerührt und beobachteten uns weiter.

»Vielleicht hat er sie vergessen«, sagte ich.

»Vielleicht sind sie nur Deko«, sagte Xien Xien Yu.

Einer der Windhunde gab ein Knurren von sich, dann erklang ein lauter Pfiff aus der Dunkelheit. Die Hunde wandten sich ab und folgten ihrem Herrchen.

Xien Xien Yu schüttelte den Kopf.

»Wer war der Typ nur?«, fragte er.

»Böff mit Ö und zwei F«, antwortete ich.

»Was für ein alberner Name.«

»Was für ein unangenehmer Kerl.«

Eine kühle Morgenbrise umwehte uns und zupfte an dem Ballon, der an der Schnur über unseren Köpfen schwebte wie eine rote Gewitterwolke. Keiner von uns musste es aussprechen, es war eindeutig an der Zeit, dass wir Pandekraska Pampernella weckten.

AUS DEN PRIVATEN CHRONIKEN
VON PANDEKRASKA PAMPERNELLA

Neben der Tür zu meiner Suite hängt eine Seil. Es ist neunzehn Meter lang und mit einer Glocke verbunden. Die Glocke war meine Idee, weil ich es nicht mag, wenn an meine Tür geklopft wird. Sie hängt gegenüber von meinem Bett an der Wand und ist aus Bronze. Es ist eine sehr leise Glocke, aber mitten in der Nacht klingt jede Glocke wie ein Paukenschlag.

Ich rollte mich von einer Seite zur anderen, doch die Glocke bimmelte weiter. Also schwang ich die Beine aus dem Bett, zog mir den Morgenmantel über und lief auf Socken durch die sechs Zimmer meiner Suite. Wenn ich schlafe, trage ich immer Socken. Wir Prinzessinnen sind sehr zart gebaut und frieren leicht.

Xien Xien Yu stand vor meiner Tür.

»Habe ich was verpasst?«, fragte ich.

»Jemand hat unbemerkt das Schlossgelände betreten«, sagte mein Leibwächter. »Du solltest zu uns runterkommen.«

»Und meine Frisur?«

»Mach mal eine Ausnahme.«

Ich schloss die Tür vor seiner Nase.

Unten in der Küche war der Backofen nicht angeheizt, selbst für Bonita war es noch zu früh. Aber nicht für meinen Chronisten. Don Pluto erwartete mich mit einem roten Ballon, der an der Stuhllehne festgebunden war, und einem Becher Kakao.

»Wieso trägst du einen Hut?«, fragte er.

»Wieso weckt ihr mich?«, fragte ich zurück.

Der Hut war ein Geschenk von Angelina Jolie, den sie mir aus Spanien mitgebracht hatte. Seine Krempe war so breit, dass ich immer im Schatten saß. Selbst wenn das Schloss gebrannt hätte, wäre ich mit Hut auf dem Kopf rausgerannt, so schlimm war meine Morgenfrisur.

Don Pluto reichte mir den Kakao.

»Hast du gehört, was passiert ist?«

Ich nickte und gähnte und setzte mich an den Küchentisch.

»Wir hatten Besuch«, sagte ich.

»Besuch ist etwas weit hergeholt«, sagte Xien Xien Yu, »dieser Kerl hat nicht nur unser Sicherheitssystem lahmgelegt, sondern auch die Wachhunde zum Schweigen gebracht. Mir gefällt das überhaupt nicht.«

Ich hatte meinen Leibwächter noch nie so besorgt gesehen. Don Pluto löste den Faden und hielt mir den Ballon entgegen.

»Das hier wurde für dich abgegeben«, sagte er.

Ich drehte den Ballon und las die Nachricht und zuckte dann mit den Schultern. Ich kann das gut – so aussehen, als wäre nichts gewesen. Ich hob die Hutkrempe ein wenig an, damit ich auch Xien Xien Yu sehen konnte.

»Ich habe keine Ahnung, was das heißt«, sagte ich.

»Und die Unterschrift?«, fragte Don Pluto. »Ein großes W? Klingelt da was?«

Ich lauschte, ich lauschte mit beiden Ohren.
»Nein, da klingelt nichts.«
Xien Xien Yu seufzte wie ein alter Mann, der ungeduldig ist.
»Pandekraska Pampernella, sei bitte ehrlich.«
»Ich lüge nicht!«
»Niemand hat gesagt, dass du lügst, du bist nur nicht ehrlich.«
»Der Kakao ist zu süß«, sagte ich.
Don Pluto nahm mir den Kakao weg und füllte Milch nach. Mein Ablenkungsmänover wirkte nicht. Xien Xien Yu blieb auf Kurs.
»Könnte die Nachricht vielleicht von dem Mädchen kommen, von dem wir nicht sprechen dürfen?«, fragte er. »Du weißt schon, wen ich meine.«
Ich sah ihn an, als wäre ihm ein Ziegel auf den Kopf gefallen.
»Wieso sollte ausgerechnet meine Erzfeindin mir einen Ballon mit einer Nachricht schicken?«, fragte ich zurück.
Xien Xien Yu bohrte nicht weiter nach, er hatte seine Antwort bekommen.
»Sagt dir vielleicht der Name Böff Stroganoff irgendwas?«, fragte Don Pluto.
»Das ist doch ein Gericht«, sagte ich.
»Böff mit Ö und zwei F.«
»Böff?«
»Böff.«
»Nie gehört.«
Dieses Mal war ich ehrlich. Sie beschrieben mir Böff Stroganoff und gaben wortwörtlich wieder, was er gesagt hatte. Ich tat, als hätte ich keine Ahnung, was das alles sollte. Xien Xien Yu fand das überhaupt nicht mehr witzig.

»Guck mal nicht so«, bat ich ihn.

»Pandekraska Pampernella, ich kann gerade nicht anders gucken. Mir ist das ernst. Du weißt doch ganz genau, was das für eine Nachricht ist.«

»Vielleicht«, antwortete ich.

»Vielleicht was?«

Ich zeigte auf den Ballon.

Und was ist mit mir?
W.

Ich tippte auf die Signatur.

»Dieses Mädchen will, dass ich mich fürchte, versteht ihr? Ich fürchte mich aber nicht. Mehr ist das hier nicht. Sie droht mir und ich lasse mir nicht drohen.«

Xien Xien Yu runzelte die Stirn.

»Was soll das für eine Drohung sein?«

»Eine gemeine«, sagte ich. »Und jetzt ...«

Ich stand vom Tisch auf und rückte den Hut gerade.

»... will ich meinen Kakao in Ruhe trinken und nicht mehr darüber reden.«

Ich wickelte die Schnur vom Ballon um meinen Zeigefinger, nahm den Becher und verschwand aus der Küche.

Natürlich sind sie mir gefolgt. Den Flur hinunter und dann in das Kaminzimmer hinein. Ich tat, als wären sie nicht da, und stellte den Becher auf dem Beistelltisch ab. Danach setzte ich mich im Schneidersitz auf das Sofa. Der Ballon schwebte über meinem Kopf wie ein Gedanke, den ich nicht denken wollte.

»Ihr seid ja so anstrengend«, sagte ich, als sie mir gegenüber auf den Sesseln Platz nahmen.

»Du kannst nicht vor uns wegrennen«, sagte Don Pluto.

»Ich bin nicht gerannt, ich bin wegspaziert.«

Meine Antwort gefiel mir sehr gut. Ich nippte von dem Kakao.

»Gut«, sagte Xien Xien Yu und zeigte mit dem Kinn auf den Ballon, »ich wiederhole meine Frage: Weißt du, was diese Nachricht bedeutet?«

»Es ist nichts Aufregendes«, sagte ich lahm.

»Lass uns das mal entscheiden.«

Ich seufzte.

»Ihr seid ja so anstrengend«, wiederholte ich und wollte eben zu erzählen beginnen, unterbrach mich aber selbst und sagte: »Das kommt aber nicht in meine Chronik hinein.«

»Natürlich kommt das in deine Chronik hinein«, sagte Don Pluto.

Mir sträubten sich die Nackenhaare.

»Ich will den Namen meiner Erzfeindin nicht in der Chronik sehen, das weißt du.«

»Ich werde keinen Namen erwähnen, ich werde sie deine Erzfeindin nennen.«

»Muss das sein?«

»Pandekraska Pampernella, ich kann nicht jedes Erlebnis, das dir unangenehm ist, in den Anhang tun.«

»Wieso nicht?«

»Zum einen, weil am Ende des Tages der Anhang länger sein wird als die Chronik.«

»Na und?«

»Zum anderen, weil ein Chronist auch das Unangenehme erzählen muss, sonst ist er kein Chronist, sondern nur ein Geschichtenerzähler.«

»Aber es ist *meine* Geschichte«, erinnerte ich ihn.

»Und ich bin *dein* Chronist, der die Wahrheit schreibt«, schoss er zurück. »Und ich sage: Ohne die Wahrheit gibt es keine Chronik.«

Ich dachte nach. Er hatte recht. Es war furchtbar.

»Gut«, lenkte ich ein.

»Danke«, sagte er.

»Erzähl«, sagte Xien Xien Yu.

Und ich begann zu erzählen.

Im Anhang habt ihr bestimmt schon gelesen, wie ich das erste Mal auf meine Erzfeindin getroffen bin. Es ist nicht die ganze Geschichte. Auch ich habe Geheimnisse und manchmal finde ich, dass mein Chronist nicht alles erfahren muss. Das ist jetzt ein Notfall und deswegen kommt hier die komplette Geschichte.

In dem Winter, in dem ich meiner Erzfeindin das erste Mal begegnet bin, dachte keiner daran, dass sie eines Tages meine Erzfeindin werden würde. Wir waren beide drei Jahre alt und verbrachten den Skiurlaub mit unseren Eltern in den Alpen. Am Nachmittag standen wir nebeneinander auf der Schneepiste, und als unsere Eltern gerade mal in die andere Richtung schauten, sagte dieses Mädchen zu mir:

»Du wirst meine beste Freundin sein, dass das mal klar ist, ob du willst oder nicht.«

Worauf ich erwiderte:

»Nein, danke, du blöde Kuh.«

Worauf das Mädchen sagte:
»Du weißt doch, was Konsequenzen sind, oder?«
Ich gab mir nicht einmal Mühe, ihre Frage zu beantworten. Natürlich wusste ich, was Konsequenzen waren. Ich war drei und nicht doof. Ich war aber neugierig.
»Was kann schon passieren, wenn ich nicht deine Freundin sein will?«, fragte ich.
»Dann wirst du niemals eine beste Freundin haben, dafür werde ich sorgen.«
Sie sah mich abwartend an.
»Also was ist jetzt?«, wollte sie wissen.
»Noch immer: Nein, danke, du blöde Kuh«, sagte ich trocken.
Da kniff das Mädchen die Augen ein wenig zusammen, holte aus und schlug mir ihren Skistock über die Nase. Von dem Moment an war sie meine Erzfeindin und damit begann die Fehde zwischen uns.
Jahr für Jahr gerieten wir im Skiurlaub aneinander, und Jahr für Jahr bekam ich zu hören, dass ich nie eine beste Freundin finden würde, wenn ich mich nicht dafür entschied, die beste Freundin meiner Erzfeindin zu sein. Es war die Geburt einer Angst.

Xien Xien Yu und Don Pluto sahen mich erschrocken an.
»Wieso hast du das nicht vorher erzählt?«, fragte mein Chronist.
»Ja, warum nicht?«, wollte auch mein Leibwächter wissen.
»Was hätte es gebracht?«
»Ich hätte dich besser beschützen können«, sagte Xien Xien Yu, »und ich hätte dafür gesorgt, dass dieser Böff Stroganoff keinen Fuß auf das Schlossgelände setzt.«

Don Pluto beugte sich vor und faltete meine Hutkrempe hoch, die wie ein müder Flügel nach unten gesackt war.
»Es tut mir leid«, sagte ich.
Wir sahen alle drei auf den Ballon.

Und was ist mit mir?
W.

»Was soll diese Frage?«, fragte Don Pluto.
»Ich glaube, meine Erzfeindin weiß, dass ich eine beste Freundin suche«, sagte ich, »und das muss sie so sehr auf die Palme gebracht haben, dass sie diesen Böff Stroganoff vorbeigeschickt hat.«
Xien Xien Yu schaute ungläubig.
»Woher soll irgendjemand wissen, was wir hier tun?«, fragte er.
Keiner von uns hatte eine Antwort darauf.
»Mir ist es egal, woher sie das weiß«, sagte ich und stand vom Sofa auf. »Meine Erzfeindin will, dass ich mich vor ihr fürchte, aber das tue ich nicht. Da kann sie mir Hunderte solcher Ballons schicken. Und jetzt will ich nicht mehr darüber reden und nur noch schlafen. Bis morgen früh.«
Ich rückte meinen Hut zurecht und schloss den Gürtel des Bademantels fester um meine Hüfte, als wäre ich ein General, der seine Uniform zurechtrückt. Dann ließ ich die zwei alleine im Kaminzimmer zurück und ging mit dem Ballon an meinem Zeigefinger nach oben. Meine Beine zitterten bei jedem Schritt, mein Mund war ganz trocken. Ich fühlte mich schlapp, als ich meine Suite erreichte. Es ist sehr schwer, entschlossen zu wirken, wenn man sich fürchtet. Doch die Situation gab mir auch Kraft.

Ich würde morgen in den Flieger steigen und quer um die Welt reisen, um eine beste Freundin zu finden. Egal, was geschah. Der Plan war richtig, ich war nicht aufzuhalten. Was ich wollte, das wollte ich, und ich wollte es jetzt erst recht.

Ich nahm den Hut ab und hängte ihn über eine Stuhllehne.

Bevor ich mich in mein Bett legte, holte ich eine Haarnadel aus meinem Badezimmer und stach einmal in den Ballon.

Er platzte mit einem Knall.

Danach zog ich mir die Bettdecke über den Kopf, aber was ich auch tat, den Rest der Nacht habe ich kein Auge mehr zugemacht.

WIE PANDEKRASKA PAMPERNELLA VON UNSERER SEITE VERSCHWAND

Elf Stunden später befanden wir uns in der Luft. Wir trugen Kopfhörer mit Mikrofonen, damit wir uns über den Lärm hinweg verständigen konnten. Pandekraska Pampernella sah aus, als hätte sie zwei Eimer auf den Ohren. Wegen ihrer Frisur hatte sie die Kopfhörer so vorsichtig aufgesetzt, dass wir zehn Minuten warten mussten, ehe sie zum Abflug bereit war.

»Eine *Fallera Valencia* ist sehr delikat«, ließ uns Pandekraska Pampernella wissen.

Wir saßen in einem Hubschrauber und näherten uns dem Treffpunkt, der aussah wie ein weißer Stern, der vom Himmel herabgestürzt war. Auf die Entfernung schien er so groß wie ein Haus. Doch als wir näher heranflogen, hatte der Stern die Größe eines Fußballstadions.

Der Pilot brauchte einen Moment, und als er dann aber begriff, wo wir landen wollten, zog er den Hubschrauber wieder hoch und schüttelte den Kopf. Er wiederholte immer wieder zwei Worte, die keiner von uns verstand.

»Kann einer von euch vielleicht ein bisschen Mongolisch?«, fragte ich.

Pandekraska Pampernella und Xien Xien Yu schüttelten gleichzeitig den Kopf. Ich wünschte mir, die Professorin wäre mit uns gereist. Sie beherrschte elf Sprachen und hätte mit dem Piloten garantiert Rezepte austauschen können. Xien Xien Yu versuchte es mit Russisch. Es half nicht. Erst als er zu Chinesisch wechselte, verstand ihn der Pilot und antwortete.

»Er sagt, das da unten sei kein Landeplatz«, übersetzte Xien Xien Yu,

Wir beugten uns vor, bis wir mit der Stirn am Plexiglas klebten. Unter uns lag der weiße Stern, er hatte zwanzig Zacken und sah wirklich nicht aus wie ein Landeplatz.

»Was ist es dann?«, fragte Pandekraska Pampernella.

Xien Xien Yu wandte sich wieder dem Piloten zu, der nervös auf seiner Unterlippe kaute. Wir umkreisten jetzt den Stern zum vielleicht zehnten Mal. Es sah nicht so aus, als würde der Pilot uns da jemals freiwillig runterbringen. Die Antwort des Piloten war knapp.

»Es ist ein Friedhof«, übersetzte Xien Xien Yu, »ein Friedhof für Pferde.«

Pandekraska Pampernella und ich zuckten ein wenig zurück. Jetzt sahen wir den weißen Stern mit anderen Augen. Obwohl ich die Koordinaten vor unserem Abflug zweimal nachgeprüft hatte, wurde ich das Gefühl nicht los, dass wir hier falsch waren.

»Wahrscheinlich ist es besser, wir landen woanders«, sagte Pandekraska Pampernella.

Wir landeten fünfzig Meter entfernt von dem Friedhof und stiegen aus dem Hubschrauber. Ich hatte schon lange nicht in solch eine Weite geschaut. Das Land um uns herum blühte und grünte und war voller Leben. Es war ein eigenartiger Anblick, in all dieser Lebendigkeit auf einen Stern aus Knochen zu treffen, der die letzte Ruhestätte von mehr als tausend Pferden sein sollte.

»Ich habe davon gelesen«, stellte Xien Xien Yu fest und hockte sich an den Rand des Friedhofs. »Auf diese Weise werden nicht nur die toten Pferde geehrt, sondern auch ...«

Er hob die Knochen eines Menschenfußes hoch.

»... die Reiter, wenn sie sterben. Ihr dürft nicht vergessen, wir sind hier in einem Land, in dem es mehr Pferde als Menschen gibt. Die Bewohner haben eine ganze andere Verbindung zu ihren Tieren, was dieser Friedhof zeigt. Die Skelette von Pferd und Reiter werden zusammengelegt, damit sie über den Tod hinaus miteinander verbunden sind. Der Tod hat hier eine andere Bedeutung. Er ist kein Ende, er ist ein Übergang.«

»Ein Übergang wohin?«, fragte Pandekraska Pampernella.

»In ein anderes Leben, in dem Pferd und Reiter wieder zusammenkommen«, antwortete ihr Xien Xien Yu.

Ich konnte sehen, dass Pandekraska Pampernella der Gedanke gefiel. Sie hockte sich neben ihren Leibwächter und schaute auch über den Friedhof, sie berührte aber keinen der Knochen.

»Wenn ich mal nicht mehr bin«, sagte sie nach einer Weile, »und wenn Schneeflocke und Ölpfütze nicht mehr sind, dann will ich auch, dass unsere Knochen zusammen in der Sonne liegen.«

Schritte waren hinter uns zuhören.

Der Pilot hatte den Hubschrauber verlassen und stellte sich neben Pandekraska Pampernella. Er sah über den Friedhof, kniete sich dann nieder und legte die Hände um seinen Mund zu einem Trichter zusammen, als wollte er in den Tag hinausrufen. Dann begann er leise zu singen. Pandekraska Pampernella und Xien Xien Yu wagten es nicht, sich von der Stelle zu rühren. Sie blieben so lange hocken, bis der Pilot sich wieder aufgerichtet und seine Hose sauber gewischt hatte. Er kehrte zum Hubschrauber zurück, als wäre nichts gewesen.

Wir schauten uns um.

Kein Haus und kein Mensch waren weit und breit zu sehen, auch führte keine einzige Straße hierher. Es gab auch keinen Schatten, in den wir uns stellen konnten, und auch keinen Kiosk, an dem man sich ein Eis kaufen konnte. Seitdem sich die Rotorblätter des Hubschraubers nicht mehr drehten, war es regelrecht windstill geworden und die Luft um uns herum erinnerte mich an das Innere einer Sauna, nachdem die Tür zugefallen war.

Wir waren müde und ausgelaugt, wir waren seit elf Stunden unterwegs und an diesem brütend heißen Sommertag im Herzen der Mongolei gelandet, um ein Mädchen zu treffen, das perfekt zu Pandekraska Pampernella passen sollte. Der Friedhof lag hundert Kilometer nördlich der Stadt Ulaanbaatar in der Einöde. Es war der merkwürdigste Ort, den man als Treffpunkt vorschlagen konnte.

»Meine Patentante sollte das auch sehen«, beschloss Pandekraska Pampernella.

Xien Xien Yu bat den Piloten, ein Foto von uns zu machen. Wir rückten zusammen, sodass der Pferdefriedhof hinter uns zu sehen war. Wir sagten »cheese«. Danach schickten wir das Foto an die Professorin.

Ich sah auf die Uhr.

»Wie lange wollen wir hier warten?«

»Sie wird bald da sein«, sagte Pandekraska Pampernella.

Kaum hatte sie die Worte ausgesprochen, erklang aus der Ferne ein Donnern. Es fühlte sich an, als würde ein Gewitter durch den Boden auf uns zuwandern. Xien Xien Yu löste das Fernglas von seinem Gürtel und drückte es sich an die Augen.

»Sie ist es«, sagte er, »aber sie kommt nicht allein.«

Er reichte das Fernglas an Pandekraska Pampernella weiter.

Unserer Heldin klappte der Mund auf.

Es ist grundsätzlich schwer, jemanden wie Pandekraska Pampernella zu verblüffen. Sie hat fast alles gesehen, was es zu sehen gibt, aber eine Herde von zweihundert Pferden, die aus der Steppe auf sie zugeprescht kam, war selbst für sie etwas Neues.

»Sind die schnell«, sagte ich und klang dabei ein wenig erschrocken, weil die Pferde mit einem Tempo auf uns zurasten, das mir nicht normal erschien. Automatisch schloss ich die Hand um den Talisman, der an einem Lederband um meinen Hals hing. Der Anhänger war eine Adlerkralle, die mir ein Schamane geschenkt hatte, als wir vor drei Jahren in Arizona waren. Der Schamane hatte mir versichert, dass mich der Talisman immer schützen würde. Auch wenn ich nicht an Hokuspokus glaubte, verließ ich ohne meinen Anhänger nicht das Haus.

»Vielleicht sind es gar keine Pferde«, sagte ich.

Die Pferde waren grauweiß und ihre Körper flimmerten im Sonnenlicht, sodass ich für einen Moment dachte, sie wären die Seelen der Pferde, an deren Friedhof wir standen.

»Was sollen sie sonst sein?«, fragte Xien Xien Yu.

»Geister, die zu ihren Knochen zurückkehren.«

Der Leibwächter lachte über meinen Unsinn.

»Das sind keine Geister, Don Pluto, das sind Schimmel.«

»Um genauer zu sein, Achal-Tekkiner«, sagte Pandekraska Pampernella und reichte mir das Fernglas. »Schau selber.«

Jetzt sah ich mit eigenen Augen, dass die Pferde definitiv keine Geister waren. Es beruhigte mich nur ein klein wenig.

»Hat keiner von euch das Gefühl, dass sie etwas zu schnell sind?«

»Wie können Pferde *zu schnell* sein?«, wollte Pandekraska Pampernella wissen.

Ich konnte die Panik in meiner Stimme nicht verbergen.

»Was ist, wenn sie uns niedertrampeln?!«

»Dann wird das ein wirklich dummer Tod sein«, stellte Xien Xien Yu fest und legte mir einen Arm um die Schulter. »Aber ich kann dich beruhigen, Chronist, ich habe noch nicht vor, heute zu sterben. Stell dich am besten hinter mich.«

»Du weißt, dass ich einen Kopf größer bin als du?«

»Dafür bin ich doppelt so breit.«

»Außerdem rennt uns niemand mal so eben um«, sagte Pandekraska Pampernella.

Ich wünschte mir, ich hätte ihre Zuversicht und den Körperbau von Xien Xien Yu. Ich bin viel zu hochgeschossen und könnte gut fünfzehn Kilo mehr Gewicht vertragen. Deswegen duckte ich mich auch ein wenig, als diese weißgraue Sturmwelle näher kam. Ich wollte eben das Fernglas senken, da schälte sich eines der Pferde aus der Herde hervor. Auf seinem Rücken saß ein Mädchen. Ich erkannte ihr Gesicht von den Fotos wieder.

»Sie ist es«, sagte ich.

Ihr Name war Toja und sie erinnerte an eine Sagengestalt aus einem Buch, in dem Drachen die Luft durchschneiden und

Bäume sprechen. Sie war barfuß, ritt ohne Sattel und trug ein leuchtend rotes Seidenhemd, das sich im Wind aufblähte. Das lange schwarze Haar umpeitschte ihren Kopf wie ein Gewitter. Tojas Familie gehörte dieser Landteil bis zur russischen Grenze und seit ihrem sechsten Geburtstag züchtete sie Pferde. Als ich Tojas Lebenslauf gelesen hatte, wusste ich sofort, dass sie die ideale Freundin für unsere Heldin sein würde – beide Mädchen brodelten über vor Leidenschaft für das Leben, beide waren wie geschaffen für die Abenteuer dieser Welt.

Und sie liebten Pferde.

Dreißig Meter von uns entfernt zügelte Toja ihre Stute und hob eine Hand. Ich hätte ihr beinahe zurückgewunken, aber sie grüßte uns nicht, sondern brachte mit dieser einfachen Geste die gesamte Herde hinter sich zum Stehen.

Es schien unmöglich. Sie machte es möglich.

Die Pferde wurden auf den nächsten Metern langsamer und standen plötzlich still. Sie atmeten schwer von ihrem Lauf und stießen sich mit den Schultern an, als wären sie beste Kumpels, dann senkten sie die Köpfe und begannen Gras zu fressen.

Es war das friedlichste Bild, das ich seit Langem gesehen hatte.

»Du kannst wieder durchatmen«, sagte Xien Xien Yu zu mir.

Toja stieg von ihrer Stute und hob den linken Vorderhuf an. Sie riss zwei Grasbüschel aus dem Boden und trat damit an den Rand des Knochensterns. Dort hockte sie sich hin, nahm einen der Pferdeschädel und steckte die Grasbüschel in die Augenhöhlen.

»Was tut sie da?«, flüsterte Pandekraska Pampernella.

»Keine Ahnung«, flüsterte ich zurück.

Toja richtete sich wieder auf. Sie wandte sich uns zu und für einen Moment sah ich uns durch ihre Augen: einen Chronisten, einen Leibwächter und eine Prinzessin. Von groß nach klein erinnerten wir an eine Treppe – Xien Xien Yu war einen Kopf größer als Pandekraska Pampernella, ich war einen Kopf größer als der Leibwächter.

Toja beachtete uns Erwachsene nicht, sie hatte nur Augen für unsere Heldin.

»Du bist Pandekraska Pampernella«, sagte sie.

»Und du musst Toja sein.«

Die Mongolin nickte. Ihre Augen leuchteten in einem klaren Blau, das mich an das Meer nach einem Sturm denken ließ. Ihr Gesicht war braun gebrannt und wie vom Wind poliert. Ich hatte noch nie so reine Haut gesehen. Toja umgab eine eigenartige Ernsthaftigkeit, als hätte sie noch nie mit einer Puppe gespielt oder laut gelacht.

»Ich habe viel über dich gehört«, sagte sie zu Pandekraska Pampernella.

»Und ich weiß nur, dass du Pferde züchtest«, gab unsere Heldin ehrlich zu.

»Dann weißt du aber wenig.«

»Ich lerne dich lieber kennen, als dass ich über dich lese.«

Die zwei Mädchen sahen sich abschätzend an.

»Darf ich?«

Pandekraska Pampernella zeigte mit dem Kinn zur Herde.

»Es sind Wildpferde«, warnte Toja.

Unsere Heldin trat mit ruhigen Schritten auf die Herde zu und verschwand zwischen den Pferden, die sofort nervös wurden. Ihre grauweißen Körper schoben sich zusammen und trennten sich wieder.

»Ich hoffe, sie trampeln sie nicht tot«, sagte Toja.

»Keine Sorge«, sagte ich, »Pandekraska Pampernella weiß, was sie tut.«

Toja sah Xien Xien Yu und mich das erste Mal richtig an. All die Wärme, die sie Pandekraska Pampernella entgegengebracht hatte, war verschwunden. Sie zog eine klare Linie zwischen Erwachsenen und Kindern in ihrem Alter. Ich schenkte ihr mein bestes Lächeln, sie lächelte nicht zurück, sondern fragte:

»Wieso hat Pandekraska Pampernella keine Freundin?«

»Sie ist sehr wählerisch«, antwortete ich.

»Und du?«, fragte Xien Xien Yu auf seine direkte Weise. »Wieso hast du keine Freundin?«

»Wer sagt, dass ich keine habe?«

»Du hast auf die E-Mail der Professorin geantwortet«, erinnerte sie Xien Xien Yu.

»Oh, da hast du mich erwischt«, sagte Toja und plötzlich lächelte sie und all die Ernsthaftigkeit verschwand mit einem Schlag aus ihrem Gesicht und sie war eine Elfjährige, die mitten in der Steppe neben ihrem Pferd stand und stolz darauf war, sie selbst zu sein.

»Hier draußen sind der Wind und der Regen die besten Freunde, die man haben kann«, sprach Toja weiter. »Und die Pferde natürlich auch. Manchmal ist da der Mond, immer ist da die Steppe. Doch Freundinnen …«

Sie hob die Schultern.

»… gibt es hier nicht viele. Alle Mädchen, die ich kenne, wollen in die Stadt, Jungs kennenlernen und durch die Einkaufsstraßen laufen. Mich interessiert das nicht. Deswegen habe ich gedacht …«

Sie verstummte und folgte unseren Blicken. Pandekraska Pampernella war aus der Herde herausgetreten und neben ihr lief ein Hengst.

»Ich nehme den«, sagte sie.

Irgendwas geschah in diesem Moment zwischen diesem mongolischen Mädchen und unserer florinischen Heldin. Es war ein wenig, als würden sie per Blick miteinander kommunizieren und sich einigen.

»Von mir aus können wir jetzt«, sagte sie.

»Gut«, erwiderte Toja.

»Ihr könnt was?«, fragte ich.

»Ich melde mich von unterwegs.«

Mit diesen Worten griff Pandekraska Pampernella in die Mähne des Hengstes und zog sich auf seinen Rücken. Ich weiß, wie schwer das ist. Ich habe einen Reitversuch gemacht, der damit endete, dass ich schwor, nie wieder einem Pferd nahe zu kommen. Auch Toja schwang sich auf ihre Stute und machte mit der Zunge ein klackendes Geräusch. Ihr Pferd wandte sich nach links und galoppierte davon. Unsere Heldin folgte ihm.

»Aber ...«

Die Herde schaute in diesem Moment genauso verwirrt, wie es Xien Xien Yu und ich taten, dann setzte sie sich in Bewegung und trabte den zwei Mädchen hinterher.

Der Leibwächter und der Chronist blieben zurück und fühlten sich wie bestellt und nicht abgeholt. Seitdem wir im Dienst des Königshauses standen, hatten wir dieses Problem noch nie gehabt: Pandekraska Pampernella war von unserer Seite verschwunden. Der Leibwächter hatte nichts mehr zu bewachen und der Chronist hatte nichts mehr zu chronologisieren.

AUS DEN PRIVATEN CHRONIKEN VON PANDEKRASKA PAMPERNELLA

Toja und ich ritten Seite an Seite und waren wie Sturm und Wind zugleich. Ihr schwarzes Haar wehte, meines war festgesteckt, sodass sich nicht eine Strähne löste. Es überraschte mich, wie leicht es mir fiel, meinen Leibwächter und meinen Chronisten hinter mir zu lassen. Ich drehte mich kein einziges mal nach ihnen um, ich ritt einfach davon.

Kennt ihr dieses Gefühl? Freiheit kann man nicht beschreiben. Vielleicht war es das Land und seine Wildnis, vielleicht war es die Hoffnung, den Drohungen meiner Erzfeindin zu entfliehen, oder die vielen Pferde und Tojas Nähe. Ich weiß es nicht, in dem Moment war es auch vollkommen egal, warum ich mich so frei fühlte. Viel wichtiger war, dass ich nicht von diesem Hengst fiel. Ich klammerte mich mit den Beinen an ihm fest und hatte die Finger in seiner Mähne verwoben. Toja schaute zu mir rüber, als wäre ich gerade dabei, ihr Pferd zu erwürgen.

»Du darfst ihm nicht das Gefühl geben, dass du dich fürchtest«, sagte sie.

»Ich fürchte mich nicht.«

»Dann klammer dich nicht so fest.«

»Ich bin es nicht gewohnt, ohne Sattel zu reiten.«
Toja lachte.
»Lass das bloß nicht dein Pferd hören.«
Ich lockerte meinen Griff an der Mähne.
»Auch die Beine.«
Ich lockerte auch die Beine und fühlte mich wie eine Feder.
»Du fliegst schon nicht weg«, sagte Toja.
Ich mochte, wie sie das sagte.
Als wüsste sie etwas, was ich nicht weiß.

Die nächste Stunde ritten wir an einem See entlang, der wie ein Spiegel auf der Landschaft lag. Kein Vogel ließ sich blicken, keine einzige Ente dümpelte auf dem Wasser und die Wolken waren wie mit einem breiten Pinsel über die Berggipfel gemalt. Es war komisch und angenehm zugleich, dass Toja und ich so wenig redeten. Ich wollte mich erklären und dann doch nicht. Mir war es ein klein wenig peinlich, dass wir den weiten Weg hierhergereist waren – ein Mädchen sucht eine beste Freundin und fliegt deswegen quer durch Europa nach Asien, weil es diese eine spezielle Angst loswerden will. Wäre ich nicht ich, könnte das richtig peinlich klingen.
Na und.
Da war eine Stimme in meinem Kopf, die sich ab und zu meldete. Xien Xien Yu meinte, es wäre mein Unterbewusstsein, das zu Wort kommen wollte. Diese Stimme beruhigte mich, wann immer ich unruhig wurde. Sie konnte auch nerven. Jetzt sagte sie: *Mach dir mal keine Sorgen, alles wird gut.*
Ich machte mir aber Sorgen, denn ich hatte das Gefühl, es würde nicht leicht werden, diese Angst von mir abzustreifen.

»Wer sich fürchtet, der hört auf zu wachsen«, hatte meine Patentante einmal gesagt. Ich bin einen Meter neunundvierzig groß und will auf keinen Fall so klein bleiben. An manchen Tagen lagen die Ängste wie eine Schlinge um meinen Hals und machten mir das Atmen schwer. Ich wusste, sobald ich eine Freundin hatte, würde ich ihr von der Schlinge erzählen und sie würde mich verstehen.

»Wohin reiten wir?«, fragte ich nach einer Weile.
»Ich zeige dir meine Jurte. Danach …«
Toja schaute zu mir rüber, ich schaute zu ihr rüber.
»… finden wir heraus, ob wir Freundinnen sein können.«
Sofort zog sich die Schlinge um meinen Hals ein wenig zu und ich hüstelte wie eine Oma, die an einer Zigarre gepafft hatte.
»Du rauchst doch nicht, oder?«, fragte Toja.
»Du liest doch keine Gedanken, oder?«, fragte ich zurück.
Toja lachte, dieses Mal lachte ich mit ihr.
Ich mochte sie sehr.

Die Jurte lag zweieinhalb Stunden von dem Pferdefriedhof entfernt und war in einem Tal aufgestellt, das man nur durch einen schmalen Pass erreichen konnte. Ich gestand Toja, dass ich keinen blassen Schimmer hatte, was eine Jurte war.
»Es ist eine Hütte und dann doch keine Hütte«, erklärte sie mir. »Stell dir ein rundes Holzgerüst vor, das sich zusammenstecken lässt. Wenn das Gerüst steht, sind die Wände drei Meter hoch. In meiner Jurte gibt es neben dem Eingang auch zwei Fenster. Die Wände sind mit Filzbahnen eingedeckt, sodass kein Wind durchkommt, und der Boden besteht aus Planken, die

sich zusammenstecken lassen. Das Ganze ist wie ein Puzzle, in dem du wohnen kannst. Ich habe sogar einen Ofen und ein Bett, einen Tisch mit zwei Stühlen, ein Bücherregal und einen Teppich. Es wird dir gefallen, Pandekraska Pampernella. Das Beste daran ist, dass ich die Hütte innerhalb einer Stunde aufbauen und genauso schnell abbauen kann.«

»Und dann?«

»Dann rufe ich einen meiner Brüder über Funk an und er holt mich mit einem Anhänger ab. Wir laden die Einzelteile der Jurte auf und fahren zum nächsten Ort. So kann ich wohnen, wo ich will, so kann ich umziehen, wann ich will.«

Toja erzählte auch, dass sie den Sommer in den Bergen verbrachte und sich erst im Herbst einen Platz in der Steppe suchte. Dabei war sie immer allein. Über den Winter und Frühling kehrte sie auf das Landgut ihrer Familie zurück, wo sie die Jurte einlagerte und sich bis zum nächsten Sommer von ihrer Mutter verwöhnen ließ.

»Irgendwann muss ja auch Schluss mit der Einsamkeit sein«, sagte sie.

Ein wenig begann ich zu träumen.

Ich stellte mir vor, wie ich den Sommer hier mit Toja verbringen würde. Seitdem sie mich mit ihren zweihundert Schimmeln abgeholt hatte, fühlte ich mich, als wäre ich Teil von etwas sehr Großem. Ich hatte genau vor Augen, wie so ein Leben aussehen würde. Wenn ich am Abend aus der Jurte trat, würde sich die Nacht über mir aufspannen wie ein gewaltiges Zelt. Vielleicht war das ja was für mich, vielleicht konnte ich eine Weile in dieser Einsamkeit verschwinden und den Sternen zuschauen, wie sie flackerten.

Ich weiß, das ist ein komischer Gedanken, wenn man elf ist und die Welt sich wie verrückt um einen herum dreht. Man will nichts verpassen, man will alles ausprobieren. Aber manchmal dreht sich mir die Welt zu schnell. Manchmal wird mir schwindelig und dann will ich die Pausetaste drücken und mich bis in die Haarspitzen langweilen.

Als wir in der Ferne das Gebirge und den Eingang zum Pass sahen, hörten wir einen Hubschrauber näher kommen. Er war schwarz lackiert und vollkommen verdreckt. Nachdem er über uns hinweggeflogen war, verschwand er hinter dem Bergkamm und es wurde wieder still.

»Ich habe so eine Ahnung, wer das gewesen ist«, sagte Toja und trieb ihr Pferd plötzlich an.

Mein Hengst schaute fragend zu mir nach hinten. Ich nickte ihm zu und er galoppierte los. Sofort griffen meine Hände fest in seine Mähne. Die Herde folgte uns.

Wir preschten in den schmalen Gebirgspass hinein, der gerade mal fünf Meter breit war. Ich war direkt hinter Toja. Die Pferde begannen sich hinter uns zu drängeln, ihr Hufschlag brach sich an den Felsen und hallte als Donnern zurück. Dann hatten wir den Pass durchquert und das Tal öffnete sich vor uns wie ein grüner Fächer. Toja gab einen Schrei von sich, der ihr Pferd anspornen sollte. Doch wie sehr sie ihr Pferd auch antrieb und wie schnell ich ihr auch folgte, es war nutzlos, wir kamen dennoch zu spät.

Wir sahen den Rauch, lange bevor wir das Feuer erreichten. Er stieg als eine dichte Wolke in den Himmel auf und wurde vom

Wind zerfleddert. Das Tal wirkte verlassen und unberührt, nur die Jurte war ein Feuerball.

Und wohin wir auch schauten, es gab keine Spur von dem Hubschrauber.

»Näher geht nicht«, sagte Toja und zügelte ihre Stute, die nervös auf der Stelle tänzelte.

Wir blieben in einem sicheren Abstand stehen. Die Herde sammelte sich hinter uns und war wegen der Flammen unruhig wie ein Bienenschwarm. Mir tränten die Augen von dem Rauch und mir saß ein dicker Kloß im Hals. Toja sagte kein Wort. Sie starrte auf ihre brennende Jurte und zuckte nicht einmal mit der Wimper. Auch wenn ich ihre Gedanken nicht hören konnte, spürte ich, dass sie scharf waren wie Messerklingen.

»Ich dachte, ich wäre hier sicher«, sagte Toja.

»Sicher vor wem?«

Sie sah mich an, ihre Augen blitzten.

»In der Mongolei leben so viele Wildtiere, dass Leute aus der ganzen Welt anreisen, um hier auf Safari zu gehen. Sie jagen Bären, Wölfe und Rentiere. Sie fangen die Manulkatzen mit Netzen ein und bringen sie aus dem Land, um sie auf dem Schwarzmarkt zu verkaufen. Aber hauptsächlich sind die Wilderer hinter den Schneeleoparden her. Weil ihnen die Tiere aber zu gefährlich sind, jagen sie die Leoparden vom Hubschrauber aus. Erst wenn das Tier verwundet ist, landen sie und erlegen es. Kannst du dir so was Feiges vorstellen?«

Toja spuckte aus, als hätte sie einen bitteren Geschmack im Mund. Ich wusste von den Problemen mit Wilderern in Asien. Xien Xien Yu hatte mir Geschichten aus Tibet erzählt, in denen die Einheimischen der Antilopenjagd ein Ende zu setzen versuchten, indem sie sich zusammentaten und organisiert gegen die Wilderer vorgingen.

»Siehst du die Felsen, die aussehen, als hätte sie jemand mit einer Schere zurechtgeschnitten?«

Toja zeigte zum Gebirge. Ich schirmte meine Augen ab und sah die Felsen.

»Dort oben hat sich im Frühjahr eine Schneeleopardin niedergelassen«, sprach Toja weiter. »Vor sieben Wochen bekam sie zwei Junge. Nur wegen ihnen habe ich meine Jurte hier aufgebaut, denn ich sehe es als meine Aufgabe, sie zu beschützen. Die ersten sechs Monate bleibe ich immer in ihrer Nähe, danach sind die Jungen außer Gefahr. Sie können selbst auf die Jagd gehen und brauchen meinen und den Schutz ihrer Mutter nicht mehr.«

»Seit wann machst du das?«, fragte ich.

»Seit vier Jahren. Vorher war es die Aufgabe meiner Mutter. Sie selbst hat es zwanzig Jahre lang getan. Es ist eine Tradition, die in unserer Familie von der Mutter zur Tochter weitergegeben wird. Wir schützen die Tiere vor den Wilderern und auch vor den Bauern, die Fallen legen, weil die Leoparden ihre Schafe reißen.«

»Warum bezahlt ihr nicht jemanden, der das für euch macht?«, fragte ich.

»Wir haben hier viele Ranger, die von großen Tierschutzorganisationen finanziert werden. Zwei von meinen Brüdern gehören dazu. Der Großteil der Ranger ist grundehrlich, doch einige würden, ohne zu zögern, ihre Großmutter verkaufen, wenn sie dafür ein paar Tugrik mehr bekämen. Sie sind zu allem fähig, sodass wir nicht wissen, welchem Ranger wir trauen können. Die Gefahr ist immer groß, aber das da ...«

Sie sah auf die Reste ihres Zuhauses.

»… ist mir noch nicht passiert.«

Die Jurte war jetzt in sich zusammengebrochen und die Überreste glimmten nur noch vor sich hin. Ich hatte keine Ahnung, was ich sagen sollte, und wunderte mich, wie Toja das alles alleine schaffte. *Vielleicht wäre ich ihr eine gute Partnerin,* dachte ich und stellte mir vor, wie ich an ihrer Seite durch das Gebirge schlich und Leoparden aus Fallen befreite.

Toja unterbrach meine Gedanken, indem sie von ihrem Pferd stieg. Sie streifte sich den Rucksack von den Schultern und entnahm ihm ein paar Reitstiefel, die sie sich über ihre bloßen Füße zog. Danach ging sie auf die niedergebrannte Jurte zu und marschierte durch die Glut, als würde sie über eine Wiese laufen. Hier und da kickte sie Reste von Büchern, Kleidung und Möbeln beiseite, ehe sie sich hinhockte und versuchte eine der Planken vom Boden zu lösen.

»Soll ich dir helfen?«, fragte ich und wartete keine Antwort ab. Ich rutschte von meinem Hengst und tapste vorsichtig über die Glut. Die Hitze war fast unerträglich, sodass ich nach wenigen Sekunden schweißgebadet war und mich fragte, ob das meine Frisur überleben würde. Erst waren mein Haare durch den Ritt windgepeitscht worden, jetzt wurden sie getoastet. Es war kein guter Tag für eine *Fallera Valencia.*

Ich packte mit an und nach zwei Versuchen löste sich die Planke mit einem Ächzen vom Boden. Wir warfen sie zur Seite. Darunter kam ein langer Metallkasten zum Vorschein. Da er noch heiß war, hebelte ihn Toja mit der Stiefelspitze auf. In dem Kasten befanden sich ein Funkgerät, eine silberne Kette, ein Geldbündel und ein Gewehr. Toja nahm alles raus und verstaute es in ihrem Rucksack, nur das Gewehr streifte sie sich über die Schulter.

»Sorg immer dafür, dass du ein sicheres und feuerfestes Versteck hast, in dem deine wichtigsten Sachen liegen«, sagte sie und sah sich um. «Wir haben hier nichts mehr verloren, Pandekraska Pampernella. Lass uns zu meinen Eltern reiten. Mein Vater wird sich darum kümmern, dass ...«

Ein Schuss aus der Ferne unterbrach sie.

Ein zweiter Schuss folgte.

Wir sahen zum Bergkamm.

Die Wolken zogen darüber hinweg.

Die Schüsse verhallten.

»Die Wilderer sind noch da«, sagte ich erschrocken.

»Und sie sind in der Nähe«, sagte Toja überraschend ruhig.

Da die brennende Jurte unsere Pferde nervös gemacht hatte und wir nicht wussten, wie sie sich auf dem Bergkamm verhalten würden, ließen wir sie mit der Herde zurück.

Der Aufstieg war mühevoll, selbst ein Steinbock hätte keinen Spaß daran gehabt. Nach einer halben Stunde standen wir auf dem Bergkamm und wurden von einer kühlen Brise umweht. Ich konnte spüren, wie angenehm der Schweiß in meinem Nacken trocknete. Ich hätte da eine Woche stehen und einfach nur mit Toja in die Landschaft schauen können. Doch wohin wir auch schauten, es war keine Spur von dem Hubschrauber oder den Wilderern zu sehen.

»Lass uns da runtergehen«, sagte Toja.

Wir folgten einem Pfad, traten zwischen zwei Felsblöcken hindurch und stolperten beinahe über die Schneeleoparden – es waren zwei Junge und ihre angeschossene Mutter. Sie lag schwer atmend auf der Seite und zitterte. Ihre Jungen umkreisten sie und gaben dabei jammernde Laute von sich, die wie das Mauzen von Kätzchen klangen. Immer wieder schnappten sie nach den Pfoten ihrer Mutter und zogen an ihnen, als könnten sie sie dazu bringen, wieder aufzustehen. Einer der Schüsse hatte die Leopardenmutter in die Brust getroffen. Ihr hell geflecktes Fell war dunkelrot verfärbt und sie atmete so mühevoll, dass wir das Rasseln ihrer Lunge hören konnten. Es war ein furchtbarer Anblick. Mit jedem Herzschlag pumpte das Blut dick und schwer aus der Wunde und breitete sich auf den Felsen aus. Ich bin zwar keine Tierärztin, aber was ich sah, sah wirklich nicht gut aus.

Toja weinte, ohne einen Laut von sich zu geben. Sie kniete sich neben das Tier und legte ihre Hand auf seinen Kopf. Bei der Berührung schreckte die Schneeleopardenmutter zusammen. Ihre Augen öffneten sich einen schmalen Spalt weit, dann hob sie den Kopf und sah Toja an, ehe sie den Blick abwandte und den Kopf wieder sinken ließ. Die ganze Zeit über umschlichen uns ihre zwei Jungen, fauchten und knurrten uns an, kamen aber nicht so nahe, dass wir sie berühren konnten.

Ein Wimmern entwich der Leopardenmutter.

Toja wischte sich mit dem Ärmel ihres Hemds die Tränen von den Wangen, stand auf und nahm das Gewehr von der Schulter.

»Sieh lieber weg«, sagte sie zu mir.

Ich sah nicht weg.

Toja zielte auf den Hinterkopf der Schneeleopardenmutter und erlöste sie mit einem Schuss von ihrer Qual. Der Schuss hallte von den Felsen wieder und klang hohl und unbedeutend. Die Jungen schraken zusammen, warfen sich auf den Bauch und robbten davon. Ich sah sie zwischen den Felsen verschwinden. Als ich wieder auf die Schneeleopardenmutter hinabschaute, hatte sie aufgehört zu atmen. Der Körper lag reglos da, die Qual war vorbei.

Toja schulterte ihr Gewehr.

»Das arme Tier hätte es nicht geschafft«, sagte sie leise.

»Es tut mir leid«, sagte ich.

»Und mir erst«, sagte eine Stimme hinter uns.

Der Wilderer war wie ein Soldat gekleidet: Tarnjacke und -hose, geschnürte Stiefel und dazu ein Kurzhaarschnitt, durch den seine Kopfhaut rosafarben schimmerte. Ein Zigarillo klemmte hinter seinem Ohr und eine verspiegelte Sonnenbrille saß auf seiner Nase. Die Hände hatte er in die Hüften gestemmt und an seinem Gürtel hing eine Machete.

Zwei Männer tauchten neben dem Wilderer auf. Sie trugen Turnschuhe, Jogginghosen und T-Shirts. Über ihren Rücken hingen Gewehre mit Zielfernrohren und auf dem Kopf hatten sie Baseballmützen. Während der Wilderer offensichtlich nicht aus dieser Gegend kam, waren seine Helfer Einheimische, und während der Wilderer eher gelangweilt wirkte, waren seine Helfer furchtbar nervös. Ich wäre auch nervös gewesen, wenn ich in diesem Moment vor Toja gestanden hätte. Sie war so zornig, dass ihre Augen Funken versprühten. Es sah aus, als wollte sie die drei Männer mit bloßen Händen angreifen.

»Da kommt ihr also und holt euch meine Beute«, stellte der Wilderer fest.

»Der Schneeleopard ist nicht deine Beute«, widersprach ihm Toja.

Der Wilderer reagierte so verdutzt, als hätte ihm jemand eine runtergehauen.

»Moment mal, was verstehe ich hier falsch?«

Er wandte sich an seine Helfer.

»Von mir geschossen heißt von mir erlegt, das sind doch die Regeln, oder? Ich weiß zwar nicht, wie ihr das hier in der Mongolei handhabt, aber wir nennen das die rechtmäßige Beute des Jägers.«

Toja trat einen Schritt auf ihn zu.

»Wahre Jäger schießen nicht aus Hubschraubern«, sagte sie. »Wahre Jäger wissen, was eine ehrliche Jagd ist. Und das hier war keine ehrliche Jagd, das war eine feige Jagd, die---«

»Halt mal bitte einen Moment die Luft an«, unterbrach sie der Wilderer scharf. Seine Augen waren durch die verspiegelte Sonnenbrille nicht zu sehen, ich spürte aber seinen brennenden Blick und wollte mich vor Toja stellen, um sie zu beschützen.

»Verstehe ich das richtig«, wollte er wissen, »nennst du mich einen Feigling?«

»Das verstehst du richtig«, antwortete ihm Toja.

»Gut, sehr gut, dann versteh das hier richtig«, sagte der Wilderer in einem merkwürdig schleppenden Tonfall, als müsste er die Worte aus einem tiefen Brunnen ziehen: »Ihr Kinder habt mir den Tag versaut. Die zwei Männer an meiner Seite werden gut dafür bezahlt, dass sie mich zu meiner Beute führen. Wir sind seit heute Morgen unterwegs. Und dann kommt ihr daher und tötet meinen Schneeleoparden.«

Ich fand, es war an der Zeit, dass ich mich einmischte.

»Sie hat gesagt, er ist nicht *dein* Schneeleopard«, stellte ich fest.

»Ich habe das gehört, aber ihr Wort steht gegen meines.«

»Außerdem hat das Tier gelitten«, sprach ich weiter. »Wir haben es erlöst.«

»Und?«

Der Wilderer zuckte mit den Schultern und lachte.

»Ich leide jetzt auch, wollt ihr mich ebenfalls erlösen?«

Ehe ich ihm sagen konnte, dass das eine ausgesprochen dämliche Frage gewesen war, reagierte Toja. Es geschah so schnell, dass ich vor Schreck Schluckauf bekam. Das Gewehr rutschte von ihrer Schulter und der Lauf zeigte auf den Wilderer.

»Vielleicht tue ich genau das«, sagte Toja, »vielleicht bist du jemand, der erlöst werden muss.«

Die zwei Helfer hoben die Hände, als wäre der Waffenlauf auf sie gerichtet. Der Wilderer dagegen nahm den Zigarillo hinter seinem Ohr hervor und steckte ihn sich in den Mund. Ich schluckte Luft herunter, damit der Schluckauf verschwand. Der Wilderer gab sich selbst Feuer und schien überhaupt nicht von Tojas Gewehr beeindruckt zu sein. Der Wind trug den Gestank seines Zigarillos zu uns rüber. Der Wilderer paffte und betrachtete die Glut. Mein Schluckauf war weg.

»Ich komme von weit her«, sagte der Wilderer schließlich und nahm seine Sonnenbrille ab.

Ich wünschte, er hätte sie aufbehalten. Seine Augen erinnerten an verbrannte Knöpfe.

»Ich bin gestern aus Australien angereist, um hier meinen ersten Schneeleoparden zu schießen«, sprach der Wilderer weiter. »Vorher war ich in China und davor auf dem Himalaya. Kein einziger Leopard ließ sich blicken. Als wir heute Morgen losfahren wollten, bekamen wir dann einen Tipp, der sich als goldrichtig herausstellte. Deswegen sind wir hier im Gebirge. Denkt ihr wirklich, dass ich nach all der Mühe umdrehe und mit leeren Händen wieder nach Hause fahre?«

Toja senkte den Gewehrlauf nicht, sie reagierte überhaupt nicht auf die Worte des Wilderers, sondern starrte ihn an, als würde sie jeden Moment darauf warten, dass er eine falsche Bewegung machte. Zu meiner Überraschung, wandte sich der Wilderer an mich.

»Was ist ihr Problem?«, fragte er.

»Du hast ihre Jurte niedergebrannt«, sagte ich.

Der Wilderer hob die Schultern.

»Ich dachte, die Jurte gehört den Rangern.«

»Du hast auf ihren Schneeleoparden geschossen.«

»Ich dachte, er sei Freiwild.«

»Hörst du dich eigentlich reden?«, fragte ich. »Du lügst so mies, dass es peinlich ist.«

»Und was wollt ihr zwei dagegen tun?«

Der Wilderer grinste mich an.

»Nichts könnt ihr tun, das ist die Wahrheit.«

»Wir werden euch den Rangern übergeben«, sagte Toja.

Der Wilderer sah sich um, als wäre er eben hier angekommen.

»Ich sehe hier keine Ranger«, sagte er.

»Du siehst ja auch nicht mein Funkgerät.«

Der Wilderer lachte, er war blendend gelaunt.

»Und dann?«, fragte er. »Was passiert dann?«

»Die Ranger werden entscheiden, ob du nach Australien zurückfahren darfst.«

»Oder ob ihr drei vor Gericht gestellt werdet«, schob ich hinterher.

Der Blick des Wilderer wechselte zwischen uns hin und her.

»So ist das also«, sagte er.

»Genau so«, sagten Toja und ich gleichzeitig.

»Und wenn ich das nicht zulasse?«

»Dann schieße ich«, sagte Toja.

»Wirklich?«

Der Wilderer hob erstaunt die Augenbrauen.

»Wenn das dein Plan ist, dann verrate mir doch mal ...«

Er schnippte den Zigarillo weg und trat auf Toja zu, als wäre das Gewehr nicht zwischen ihnen.

»... wie genau du mich erschießen willst?«

Er legte eine Hand um den Gewehrlauf und richtete ihn auf seine Stirn, dabei sprach er ganz ruhig weiter:

»Seit du dem Schneeleoparden den Gnadenschuss gegeben hast, hast du deine Waffe nicht mehr nachgeladen. Somit ist die leere Patronenhülse noch nicht ausgeworfen, somit hast du keine neue Patrone im Lauf, was aus deinem schicken Repetiergewehr ein albernes Spielzeug macht, das du mir zwar über den Kopf hauen kannst, mehr aber nicht.«

Ich sah das Begreifen in Tojas Gesicht. Sie hatte ernsthaft nicht nachgeladen. Der Wilderer nutzt den Moment der Verwirrung und riss ihr mit einem Ruck das Gewehr aus der Hand. Er lud durch. Die Patronenhülse wurde ausgeworfen und flog durch die Luft. Der Wilderer fing sie auf und zeigte sie uns, als würde er einen Zaubertrick vorführen. Noch dreimal lud er durch, bis alle Patronen ausgeworfen waren, danach steckte er die Munition ein und betrachtete das Gewehr abschätzend.

»Wisst ihr, was ich denke? Ich denke, ich werde dieses Prachtstück als Entschädigung behalten. Habt ihr Einwände?«

Jetzt war es, Toja die auf ihn zutrat.

»Ich will mein Gewehr wiederhaben«, sagte sie.
Der Wilderer lachte sie aus.
»Du hörst anscheinend schlecht, das ist jetzt mein Gewehr.«
Toja streckte eine Hand aus, Handfläche nach oben.
»Ich *will* mein Gewehr zurückhaben«, wiederholte sie entschlossen.
Der Wilderer schob sich die Sonnenbrille wieder auf die Nase, sodass wir uns in den Gläsern spiegelten, dann beugte er sich vor und spuckte Toja auf die offene Handfläche. Es war die ekligste Geste, die ich je gesehen habe. Mir wurde regelrecht schlecht davon.
»Mehr gibt es heute nicht für dich«, sagte der Wilderer. »Sei froh, dass du so einfach davonkommst.«
Er wandte sich ab und warf einem der Männer das Gewehr zu, während er mit der anderen Hand ein Funkgerät von seinem Gürtel löste. Toja wischte ihre Hand an einem Felsen ab.
»Antoine«, sprach der Wilderer in das Funkgerät hinein, »bring den Hubschrauber zu der---«
»He!«, unterbrach ich ihn.
Der Wilderer sah mich an.
»Kennst du Xien Xien Yu?«, fragte ich.
»Nie gehört.«
»Er kommt aus Tibet. Er war mal Weltmeister im Sumoringen.«
»Und?«
Ich stieß einen Schrei aus, der irgendwo aus meinem Bauch kam, sprintete die drei Meter auf den Wilderer zu und trat ihm von der Seite gegen das Knie, wie es mir mein Leibwächter beigebracht hatte. Ich hätte dem Wilderer auch Sand in die Augen werfen können, aber hier lag kein Sand herum, und ich hatte

auch keinen Stock, mit dem ich angreifen konnte. Mir blieb nur mein Fuß.

Das Bein des Wilderer knickte nach innen ein und er fiel. Rechts hielt er noch immer das Funkgerät, mit der linken Hand versuchte er seinen Sturz abzufangen. Ich war noch nicht fertig mit ihm, trat vor und kickte seine Hand weg. Er landete mit dem Gesicht auf dem Fels und die Sonnenbrille flog von seiner Nase. Es tat bestimmt weh, auch wenn mein Tritt nicht so hart gewesen war. Ich trug Turnschuhe und wog vierzig Kilo, der Wilderer war bestimmt dreimal so schwer wie ich und gebaut wie eine blöde Actionfigur, aber er war noch nie von einem elfjährigen Mädchen angegriffen worden. Die Überraschung war auf meiner Seite, auch wenn es nicht so elegant aussah, wie ich es mir vorgestellt hatte. Don Pluto hätte bestimmt den Kopf geschüttelt, aber das kümmerte mich in dem Moment wenig, denn ich war mir sicher, Xien Xien Yu wäre zufrieden gewesen.

Der Wilderer lag jammernd auf dem Boden und drückte sich sich die Hände auf das blutende Gesicht. Seine zwei Helfer sahen mich mit offenen Mund an, als erwarteten sie, dass ich sie auch angriff. Selbst Toja stand der Mund offen. Die Überraschung war eindeutig auf meiner Seite, also nutzte ich sie und ging auf die zwei Helfer zu. Der eine rannte davon, der andere übergab mir Tojas Gewehr, ohne dass ich ihn danach fragen musste.

»Danke«, sagte Toja, als ich es ihr reichte.

»Gern geschehen«, sagte ich.

»Ihr denkt, das wäre es gewesen?«, hörten wir den Wilderer sagen. Der Helfer hatte ihm aufgeholfen. Der Wilderer stand wackelig auf seinem gesunden Bein und musste gestützt werden, sonst wäre er umgefallen. Er hielt sich das Funkgerät vor den Mund und sah dabei unheimlich aus – da war all das Blut aus seiner Nase und dazu diese kalten, funkelnden Augen.

»Antoine«, zischte er in das Funkgerät, »wir haben eine Planänderung.«

Er steckte das Funkgerät an seinen Gürtel und sah uns an.

»Wisst ihr, was jetzt passiert? Ihr zwei werdet einen dummen Unfall haben und in eine der Felsspalten stürzen. So was geschieht, wenn Kinder unbeaufsichtigt im Gebirge spielen. Es wird euch eine Lehre sein. Ihr habt euch eindeutig mit dem falschen Jäger angelegt. Und solltet ihr euch fragen, was mit den beiden Schneeleoparden geschehen wird, so kann ich euch beruhigen, sie werden nicht umsonst sterben. Ich werde ihre Köpfe über meinem Kamin aufhängen. Links und rechts die zwei Junge, in die Mitte kommt die Mutter.«

Er grinste so breit, dass wir das Blut auf seinen Zähnen sahen.

»Na, was haltet ihr von *meinem* Plan?«, wollte er wissen.

»Nicht viel«, antwortete Toja, griff sich meine Hand und rannte mit mir davon.

Ich bin nicht jemand, der flieht, ich bin auch nicht jemand, der feige ist, aber ich bin jemand, der wie ein Hase rennen kann, wenn er mit einer Situation nicht klarkommt. Don Pluto hat mir das beigebracht. Er nennt es die Weisheit des Gewinners. Ich fühlte mich wie ein Verlierer, als wir zwischen den Felsen verschwanden. Wir duckten uns nach links und rechts, sodass ich völlig die Orientierung verlor, dann standen wir plötzlich in einer Höhle und rannten nicht mehr weg.

»Da wären wir«, sagte Toja.

Vor uns kauerten die Schneeleoparden und fauchten uns an.

»Ich wusste, ich würde sie hier finden«, sagte Toja. »Seit ihrer Geburt ist es ihr festes Lager.«

Einer der Leoparden sprang vor und bleckte die winzigen Zähne. Es sah sehr albern aus.

»Schnapp ihn dir, ich nehm den anderen«, sagte Toja. »Wir müssen sie wegschaffen, bevor dieser Wilderer sie findet.«

Es war leichter gesagt als getan.

Ganz ehrlich, tief in meinem Herzen bin ich kein großer Tierfreund. Ich mag zwar Pferde, aber ich will sie nicht den ganzen Tag um mich herum haben. Katzen und Hunde finde ich nett, Fische einfach nur blöde und mit Vögeln darf man mir gar nicht kommen, besonders nicht mit fetten Buntfalken. Die Schneeleoparden erinnerten mich mit ihrem dicken Fell und den zuckersüßen Augen an die überfressenen Katzen, die bei Bobby B im Haus ein und aus gingen. Im Gegensatz zu den Katzen waren sie dreimal so groß. Nachdem ich das kleinere Tier gepackt hatte, beruhigte es sich schnell in meinen Armen und begann an meinem Ohr herumzuknabbern. Auch das mochte ich nicht, all das Gesabber, und wer will schon ein nasses Ohr haben.

Wir traten aus der Höhle und erwarteten den Wilderer mit seinen Helfern davor stehen zu sehen.

Da war niemand.

»Zumindest etwas«, sagte ich.

Toja zeigte einen schmalen Pfad hinunter.

»Lass uns da lang laufen«, sagte sie.

Wenn ich den linken Arm ausstreckte, berührte ich links die Felswand, rechts gähnte eine Schlucht. Ich schielte runter. Wenn wir da hinabstürzten, stürzten wir gute fünfhundert Meter tief. Ich drückte mich an den Fels. Der Stein war so rau, dass meine

Handflächen schmerzhaft darüberkratzten. Der Pfad zwischen Berg und Schlucht besaß natürlich kein Geländer und war dreißig Zentimeter breit. Ich hätte schwören können, dass ich mit dem Leoparden auf dem Arm auf die doppelte Breite kam.

»Über den Pfad kommen wir in den Kiefernwald«, sagte Toja hinter mir. »Von da aus müssen wir nur noch dem Bachlauf folgen, dann erreichen wir das Tal und sind wieder bei den Pferden.«

»Das klappt niemals«, sagte ich.

»Natürlich klappt das.«

»Toja, der Pfad ist viel zu schmal!«, sagte ich ein wenig panisch. »Wenn ich---«

»Pandekraska Pampernella«, unterbrach mich Toja, »reiß dich mal zusammen.«

Ich atmete durch. Sie hatte recht. Ich riss mich zusammen.

»Okay«, sagte ich.

»Gut, geh mit dem Rücken seitwärts am Fels entlang«, sprach Toja weiter, »und schau niemals, hörst du, niemals nach unten. Dahinten, wo der Pfad um die Kurve verschwindet, wird es wieder breiter. Schaffst du das?«

»Ich schaffe das.«

Wir drückten den Rücken gegen den Berg und schoben uns vorwärts. Es waren zwar nur fünfzig Meter bis zur Kurve, aber es fühlte sich an, als wären wir einen Tag lang unterwegs. Der Leopard auf meinem Arm hatte seinen Spaß. Zweimal versuchte er abzuhauen und einmal wollte er über meine Schulter hinweg am Berg hochklettern. Damit er sich beruhigte, quetschte ich ihn wie einen Dudelsack. Er japste nach Luft und wurde tatsächlich still. Ich dachte mir: *Sollte sich das so anfühlen, wenn man Kinder hat, dann will ich nie welche haben.*

Nach der Kurve wurde der Pfad wirklich breiter und ich sah die Wipfel des Kiefernwaldes, die sich in der Ferne wie eine dunkle Wolkendecke ausbreiteten. Ich wünsche, ich hätte Flügel und könnte mal schnell rüberfliegen.

Als ich Toja eben fragen wollte, ob es nicht besser wäre, die Leoparden selber laufen zu lassen, zischte eine Kugel an uns vorbei und das Geräusch des Schusses folgte erst Sekunden später. Die Kugel prallte mit einem Knall von den Felsen ab und verschwand in den Tag hinein.

»Duck dich«, zischte Toja.

Dazu fiel mir nichts ein. Es ist immer schwer, sich zu ducken, wenn es nichts gibt, hinter dem man sich ducken konnte. Wir quetschten uns Seite an Seite in einen Felsspalt. Die Schneeleoparden hatten wir fest an die Brust gepresst. Sie machten so erschrockene Gesichter wie wir.

»Du siehst so doof aus«, sagte ich meinem Leoparden ins Ohr.

»Was glaubst du, wie nahe sie sind?«, fragte mich Toja.

»Nah genug, dass sie auf uns schießen können«, antwortete ich.

Toja schaute aus dem Spalt auf den Pfad zurück.

»Da ist niemand.«

Sie sah mich wieder an.

»Wenn wir einfach losrennen, könnten wir es schaffen.«

»Toja, wenn wir einfach losrennen, bekommen wir eine Kugel in den Rücken.«

Sie dachte nach.

»Du hast recht, wir müssen sie ablenken. Hier.«

Sie drückte mir ihren Leoparden in die Arme.

»Bist du irre?«, fragte ich erschrocken. »Ich kann doch nicht zwei von den Viechern tragen!«

»Natürlich kannst du das.«
»Und was machst du in der Zwischenzeit?«
»Lass dich überraschen«, sagte Toja und begann Steine vom Boden aufzusammeln.
»Du willst sie mit Steinen bewerfen?!«, fragte ich hysterisch.
»Damit werden sie nicht rechnen.«
»Natürlich werden sie damit nicht rechnen. Wenn sie die Steine sehen, lachen sie dich aus.«
»Die werden nicht lange lachen, denn ich habe einen Plan.«
»Und der wäre?«
»Ich tue so, als würde ich aufgeben.«
»Und dann?«
»Sobald ich nahe genug an ihnen dran bin, bewerfe ich sie mit den Steinen.«
»Und dann?«
»Dann sehen wir weiter.«
Ich schüttelte den Kopf, das klang nicht wie ein guter Plan.
»Toja, das ist keine guter Plan.«
»Hast du eine bessere Idee?«
»Nicht wirklich«, gab ich zu.
»Dann bleibt nur mein Plan«, entschied Toja.
»Und was mache ich, während du so tust, als würdest du aufgeben?«
Sie sah mich überrascht an.
»Na, du rennst natürlich weiter und schaffst die Leoparden in Sicherheit.«
Sie tat, als wäre es das Normalste von der Welt, wie eine Verrückte mit zwei Leopardenbabys in den Armen durch das Gebirge zu rennen. Ich wusste es besser. Es war nicht normal, es

war ausgesprochen dämlich und mir fielen hunderttausend Sachen ein, die ich lieber machen wollte.

»Ich mag diese Viecher nicht mal«, gab ich zu.

»Du musst sie nicht mögen, du musst sie nur retten.«

Da hat sie natürlich recht, dachte ich und hing mir den einen Leoparden über die Schulter, während ich mir den anderen unter den Arm klemmte.

Toja wartete nicht, bis ich bereit war. Sie trat mit erhobenen Armen aus der Nische und ging den Pfad zurück. Ich hörte sie was rufen, ich hörte den Wilderer was zurückrufen und zählte leise bis zehn, dann rannte ich wie eine Verrückte den Pfad runter, Kopf gesenkt und die Augen zu zwei Schlitzen zusammengekniffen, als könnte ich dadurch schneller rennen.

Natürlich schossen sie sofort auf mich, so viel zu diesem brillanten Plan.

Ein Schuss.

Und dann noch einer.

Und dann noch einer.

Ich schlug Haken wie ein listiger Hase, der zwei Leoparden entführt hat. Dabei fühlte ich mich überhaupt nicht listig. Ich fühlte mich wie ein Mädchen, das zwei Müllsäcke herumschleppt, die zappeln und nicht herumgeschleppt werden wollen.

Plötzlich war Feierabend.

Eben wollte ich um die Kurve biegen, da biss der eine Leopard dem anderen in die Schnauze und dieser jaulte auf und zappelte in meinem Griff und das fand der erste Leopard wohl so witzig, dass er es ihm gleich mal nachmachte. Und so zappelten sie beide herum und ich kam ins Taumeln und rutschte auf dem Pfad weg und stürzte in die Schlucht.

Wenn man in eine Schlucht stürzt, hört man auf zu denken.

Das ist eine Regel.

Außer man ist natürlich ein Superheld und weiß, man ist eh unverletzlich.

Dann kann man denken, was man will, es passiert ja eh nichts Schlimmes.

Meine Reaktion war also kein Denken, es war einfach nur eine Reaktion – ich griff um mich wie ein panischer Tintenfisch, der nur zwei Arme hat. Meine Hände patschten auf den Rand des Pfades und fanden Halt. Mein ganzes Gewicht hing plötzlich an meinen Fingerspitzen, während meine Beine über dem Abgrund baumelten wie zwei Würstchen, die man zum Räuchern aufgehangen hatte. Ich dachte nicht daran, abzustürzen. Ich konzentrierte mich und schaltete die Panik aus. Vorsichtig suchte ich und fand mit den Spitzen meiner Turnschuhe Ritzen im Fels. Ich hing zwar noch immer über dem Abgrund, doch jetzt hatte ich mein Gewicht verlagert und die Finger waren entlastet. Mit ein wenig Glück konnte ich mich hochziehen und dann wäre die Gefahr gebannt. Ich bin kein Schwächling, ich schaffe sechs Klimmzüge und verliere beim Armdrücken gegen meinen Chronisten nur ganz knapp. Doch an diesem Tag half mir meine Stärke so wenig wie das Glück, denn ich war so dumm und hörte nicht auf Toja.

Ich schaute nach unten.

Die Schlucht war ein klaffender Abgrund voller Geröll und erinnerte überhaupt nicht an das Tal in Florin, das für mich immer mit einer Extralage Heu gepolstert wurde. Weit unten glitzerte ein Fluss und eine Krähe segelte über die Schlucht hinweg, ohne einen Flügelschlag zu machen. Ich hörte das mir schon vertraute Mauzen und sah in fünf Meter Tiefe einen Felsvorsprung, auf dem die zwei Schneeleoparden gelandet waren. Da hockten sie wie brave Kuscheltiere und schauten mit ihren großen Glubschern vorwurfsvoll zu mir hoch. Sie wirkten ein wenig beleidigt, weil ich sie einfach fallen gelassen hatte.

»Was sollte ich sonst tun?«, fragte ich sie.

Die Schneeleoparden gähnten und warteten ab, was ich noch zu sagen hatte.

»Mir ist es egal, was ihr über mich denkt«, sagte ich. »Ich ziehe mich jetzt hoch, macht's gut.«

Die Leoparden wechselten einen kurzen Blick.

»Jetzt tut bloß nicht so, als würdet ihr mich verstehen«, sagte ich.

Sie schauten wieder zu mir hoch und ich konnte in ihren Augen sehen, dass sie einen Entschluss gefasst hatten. Vielleicht redete ich ihnen zu viel oder vielleicht vermissten sie meine Nähe. Alles war möglich. Was auch immer der Grund war, sie kamen auf die Beine und machten sich auf den Weg zu mir.

Ich wusste nicht, dass Schneeleoparden so gut klettern können. Ich wusste auch nicht, wie schwierig es ist, sich mal so eben hochzuziehen, wenn man nur mit den Fingerspitzen über einem Abgrund hängt. Ich zog und ächzte, ich kam keinen Millimeter weit. Meine Turnschuhe quietschten über den Fels und suchten vergeblich nach mehr Halt. Immer wieder rutschte ich an dieselbe Stelle zurück. Nein, so kam ich nicht voran. Die Schneeleoparden dagegen hatten überhaupt keine Probleme. Sie hangelten sich von einer Felsritze zur anderen und waren vollkommen furchtlos. Als ich erneut nach unten sah, hatten sie mich beinahe erreicht.

»Was tut ihr da?!«, rief ich ihnen zu, doch da war es schon zu spät. Im nächsten Moment hingen die zwei Viecher wieder an mir dran.

»Wirklich jetzt?!«, japste ich entrüstet.

Pandekraska Pampernella war nicht mehr Pandekraska Pampernella, sie war jetzt ein Weihnachtsbaum, der mit Leoparden behangen war. Ich konnte spüren, wie ihre Krallen über meine Jeans kratzten, dann spürte ich ihre Tatzen auf meinen Schultern, dort ließen sie sich nieder und aus dem Baumschmuck wurde eine Nerzstola mit vier Augen, vier Beinen und Mundgeruch. Es fühlte sich an, als würden meine Arme länger und länger werden.

Die Leoparden waren keine Leichtgewichte.

»Ihr müsst wieder runter von mir«, keuchte ich.

Sie schnauften und wurden noch schwerer.

»Hört ihr schlecht?! Runter von mir!«

Der eine knabberte an meinem Kragen, der andere hing kopfüber von meiner Schulter und biss mir in den Hintern, dann erstarrten sie plötzlich, als zwei weitere Schüsse erklangen.

Der Leopard aus dem oberen Stockwerk pinkelte vor Schreck sofort los, sodass es mir heiß über den Rücken lief, dann näherten sich Schritte auf dem Pfad und ich hätte am liebsten auch vor Schreck losgepinkelt.

Ich sah hoch.

Das Gesicht über mir war zerkratzt, das Lächeln aber breit.

»Was machst du da unten?«, fragte Toja.

»Rumhängen«, sagte ich.

»Oh.«

»Und du? Was machst du da oben?«

»Ich habe den Wilderer und seinen Helfer so lange mit Steinen beworfen, bis sie abgehauen sind.«

»Was? Dein Plan hat geklappt?!«

»Natürlich.«

»Und was ist mit dem anderen Helfer?«

»Ich weiß nicht, wo der ist.«

»Prima, dann zieh mich mal hoch, denn ...«

Der Hubschrauber tauchte über uns auf wie eine wütende Hummel. Jetzt wussten wir, wo sich der zweite Helfer befand. Dreck und Staub wirbelten uns in die Gesichter, dann flog der Hubschrauber davon, drehte eine Kurve und kehrte wieder zurück. Aus einem der Fenster ragte ein Gewehrlauf.

»Wie kann der fliegen und ein Gewehr halten?«, fragte ich.

»Autopilot«, sagte Toja, »aber lange wird er das nicht durchhalten, die Felsen stehen hier zu eng.«

Sie hatte recht, der Hubschrauber drehte wieder ab und entfernte sich.

»Schnell«, sagte Toja und streckte eine Hand nach unten, »reich mir die Schneeleoparden hoch.«

»Was?«

Ich war mir sicher, ich hatte mich verhört.

»Ich soll *was*?!«

»Schieb sie zu mir hoch.«

»Toja, ich kann hier nichts hochschieben.«

»Probier es doch mal.«

»Das geht nicht, wenn ich eine Hand vom Rand nehme, stürze ich ab. Weißt du überhaupt, wie schwer diese Viecher sind?«

»Warte.«

Toja legte sich flach auf den Boden, sodass ihr Oberkörper über den Rand ragte. Ich war mir sicher, jetzt packt sie meinen Arm und zieht mich zu sich hoch. Vielleicht war sie eine Superheldin, vielleicht hatte sie Kräfte wie kein anderes Mädchen. Ihre Hand griff an mir vorbei. Sie schnappte einen der Schneeleoparden am Nackenfell und zog ihn mit Schwung zu sich auf den Pfad.

»*One more to go*«, sagte sie und beugte sich wieder vor.

Sie musste dem zweiten Leoparden auf die Schnauze hauen, weil er nach ihrer Hand schnappte, dann fanden ihre Finger sein Nackenfell und Toja wiederholte die Bewegung.

Mach das bloß nicht mit mir, dachte ich und war erleichtert, die Viecher endlich los zu sein. Ich fühlte mich so schwerelos, als wäre ich mit Helium gefüllt. Aber das Glück war noch immer nicht mein Freund.

»Ich bringe sie in Sicherheit«, sagte Toja und klemmte sich die Leoparden links und rechts unter die Arme. Sie richtete sich auf und verdrehte vor Anstrengung die Augen, weil sie jetzt erst begriff, wie schwer diese Viecher waren.

»He, warte!«, rief ich. »Was ist mit mir?«

Toja beugte sich vor und schaute zu mir runter.

»Du schaffst das schon«, sagte sie.

»Was? Ich tue *was*?!«

»Wir treffen uns nachher bei den Pferden.«

»Toja, bist du irre? Ich baumel hier über einem Abgrund! Zieh mich sofort hoch!«

Sie zögerte, es war ein gutes Zögern, es ließ mich hoffen. Ich wusste, Toja würde die Schneeleoparden jetzt absetzen und mir hochhelfen. So sollte es sein.

Schritte kamen den Pfad hochgerannt.

Toja schaute hinter sich, dann schaute sie wieder zu mir runter und sagte, ihr würde das alles sehr leidtun, aber die Schneeleoparden seien in großer Gefahr.

»Es gibt nicht mehr so viele von ihnen«, ließ sie mich wissen.

»Es gibt auch nicht sehr viele von mir!«

Toja hörte nicht auf mich.

Sie verschwand aus meinem Blickfeld.

Ich hing noch immer über dem Abgrund.

Wisst ihr, wie das ist, wenn man im Stich gelassen wird? Kennt ihr das Gefühl, eben seid ihr noch wichtig und plötzlich seid ihr Staub, der irgendwo herumliegt und weggepustet werden kann?

Ich konnte verstehen, dass Toja die zwei Leopardenbabys retten wollte, denn das waren schon süße Viecher. Aber was war mit mir? Auch ich war ein süßes Viech. Ich war sogar noch süßer, wenn man Menschen mochte.

Mein Ego war verletzt und heulte eine Träne und fragte sich, was es hier in der Mongolei verloren hatte. Und ein Teil von mir klammerte sich noch immer an der Hoffnung fest, dass Toja jeden Moment zurückkommen und sagen würde: *He, Pandekraska Pampernella, du bist doch kein Staub, hier, nimm meine Hand, ich zieh dich hoch.*

Die Schritte blieben stehen. Mein Herz schlug schneller. Ich legte den Kopf in den Nacken und sah zwei Stiefelspitzen, die über den Rand ragten. Dann verschwanden die Stiefelspitzen und ein Gesicht schaute zu mir runter.

»Wen haben wir denn da?«

Der Mann sah genau so wölfisch aus, wie ihn Xien Xien Yu und Don Pluto beschrieben hatte. Die zwei Zöpfe an seinem Bart hingen herunter, und wenn ich eine Hand freigehabt hätte, hätte ich daran ziehen können.

»Du musst Böff Stroganoff sein«, sagte ich.

»Und du bist die Prinzessin, die eine Freundin sucht.«

Er lächelte.

»Was für ein eigenartiger Ort, um sich das erste Mal zu begegnen. Ich hätte mich schon früher gezeigt, aber all die herumfliegenden Kugeln haben mich vorsichtig gemacht.«

»Bist du mir etwa gefolgt?«

Böff Stroganoff machte ein verwundertes Gesicht.

»Nein, ich war in der Gegend«, sagte er.

»Das ist doch Blödsinn.«

»Ein wenig Blödsinn muss manchmal sein.«

Er sah auf meine Finger runter.

»Ich denke mal, du musst einen guten Halt mit deinen Füßen gefunden haben, sonst wärst du schon längst abgestürzt. Und ich denke, dass dir die Kraft fehlt, dich von allein hochzuziehen, sonst hättest du dich längst aus dieser Misere gerettet. Wie lange wird das noch gut gehen, Pandekraska Pampernella? Fünf Minuten? Zehn?«

»Wie wäre es, wenn du meine Misere abkürzt und mir hochhilfst?«, fragte ich.

»Oh, natürlich, aber erst mal ...«

Böff Stroganoff griff in seine Jacke und holte ein Blatt Papier heraus.

»... brauche ich deine Unterschrift.«

»Meine Unterschrift wofür?«

»Meine Auftraggeberin will sichergehen, dass du aufhörst, nach einer besten Freundin zu suchen. Nicht hier, nicht auf einem anderen Kontinent oder auf einem anderen Planeten. Sie *will* deine Freundin sein, verstehst du das, und zwar auf Biegen und Brechen. Die Details sind hier festgehalten, Pandekraska Pampernella. Meine Auftraggeberin will eine Garantie, dass du sie auswählst. Deswegen brauche ich ein Autogramm von dir.«

Hätte ich nicht über dem Abgrund gehangen, hätte ich laut gelacht.

»So macht man sich doch keine Freunde«, sagte ich.
»Sag das nicht mir, ich bin nur der Bote. Also?«
»Ich unterschreibe das nicht.«
»Wieso nicht?«
»Ich habe gerade keine Hand frei.«
»Sehr witzig, Pandekraska Pampernella.«
»Ein wenig witzig muss sein, Böff Stroganoff.«
Er betrachtete mich mit hochgezogenen Augenbrauen.
»Auch wenn es so nicht scheinen mag«, sprach er weiter, »habe ich mir wirklich Mühe gegeben, aber jetzt strapazierst du meine Geduld. Ich dachte, die Situation hier würde dich überzeugen. Doch um ehrlich zu sein, bin ich nicht wirklich überrascht. Ich studiere dich seit einer Weile. Deswegen war ich mir sicher, dass die sterbende Leopardenmutter dazu führen würde, dass du den Kopf einziehst und dein Vorhaben abbrichst, nach einer besten Freundin zu suchen. Ich habe dich wohl falsch eingeschätzt.«

Und wie er das sagte, begriff ich, wovon er sprach.

»Moment mal, *du* warst es, der dem Wilderer den Tipp gegeben hat!?«

Böff Stroganoff hob die Schultern, als wäre das keine große

Sache. Ich konnte ihn nicht mehr ansehen. Ich senkte den Kopf und starrte auf den Fels und knirschte mit den Zähnen.

»Ich hatte nicht viel Zeit«, sprach er weiter, »sonst wäre ich viel früher hier gewesen. Ein wenig Vorsprung schadet ja nie.«

»Aber woher ...«

»... ich wusste, wo ich dich finden kann?«, sprach er für mich weiter. »So einfach, wie es war, das Königsschloss zu betreten und das Sicherheitssystem zu umgehen, so einfach war es, eure Nachrichten an diese drei Kandidatinnen abzufangen. Seit vier Jahren lese ich alle eure E-Mails, höre die Anrufe ab und lese eure Post. Nur so kann ich den nächsten Schritt planen. In diesem Fall war es sehr heikel. Alles musste schnell gehen. Für die wenigen Stunden, die mir blieben, war ich recht erfolgreich, das muss ich schon sagen. Ein kleiner Schneeball kann manchmal eine große Lawine auslösen.«

Ich hatte einen trockenen Mund und spürte, dass meine Knie zitterten, was nie eine gute Idee ist, wenn man über einem Abhang hängt. Ich schaute hoch.

»Aber ... warum das alles?«, fragte ich.

»Warum?«

Er lächelte nicht mehr, er grinste und war jetzt durch und durch ein Wolf.

»Das sollte doch offensichtlich sein, Pandekraska Pampernella. Damit du versagst, damit du nach Hause zurückkehrst und dich besinnst, dass deine größte Feindin auch deine beste Freundin sein kann. Und ich weiß, was du jetzt denkst. Du denkst, was ist der Typ nur für ein Schwein. Du täuscht dich. Ich bin kein böser Mensch, aber ich arbeite für ein böses Mädchen. Es wird die Welt auf den Kopf stellen, damit du ohne eine

Freundin bleibst. Und da dieses Mädchen immer bekommt, was sie will, versprich mir bitte, dass du den Vertrag unterschreibst, und ich helfe dir.«

Ich reagierte, indem ich versuchte mich hochzuziehen. Ich kam keinen Zentimeter weit.

»Jetzt sieh dich doch mal an, wie du da hängst«, sprach Böff Stroganoff weiter. »Wir wissen beide, dass dich diese Toja im Stich gelassen hat. Sie ist verschwunden, um zwei Leopardenjunge zu retten. Du solltest der Realität ins Auge blicken, dann wirst du erkennen, dass ich dir einen Gefallen getan habe.«

»Ich wäre auch mit den Leoparden verschwunden«, sagte ich.

Böff Stroganoff hob eine Augenbraue.

»Lügen stehen der Dame nicht.«

»Ich bin keine Dame.«

»Wenn das mal nicht wahr ist.«

Er streckte seine Hand aus, seine Finger schwebten über meinen, ich musste nur zugreifen.

»Greif schon zu«, sagte er. »Ohne meine Hilfe kommst du da nicht raus.«

»Nimm deine Pfoten weg, ich brauche keine …«

Weiter kam ich nicht. Ich hatte alle meine Kräfte mobilisiert und mich mit einem Ruck hochgezogen, um seine Hand wegzuschlagen. Es gab ein patschendes Geräusch. Ich war richtig zufrieden mit mir. Ich hätte das lieber sein lassen sollen, denn eine Sekunde später kam ich aus dem Gleichgewicht, meine Turnschuhe rutschten mit einem elendigen Quietschen aus dem Spalt und ich verlor den Halt.

Was man euch auch erzählt, glaubt es nicht.
Das Leben ist nicht gerecht, das Leben ist auch nicht ungerecht.
Und wer auch immer das Gegenteil behauptet, ist ein Lügner.
Uns wird vieles geschenkt, und so schnell, wie wir es geschenkt bekommen, kann es uns auch wieder weggenommen werden. Das ist die Wahrheit und das ist keine Angstmache, das ist einfach so. Deswegen fürchtet euch nicht. Seid leicht und sorglos in eurem Leben. Seid aber nicht so dumm und setzt voraus, dass alles immer so bleiben wird, wie es ist.
Mal regnet es und mal scheint die Sonne.
Und mal hängt ihr an einem Ast und der Ast hält euch.
Und mal hängt ihr an einem Ast und der Ast bricht.
So ist das Leben.
Gerecht und ungerecht zugleich.

Da ich mich in den letzten Monaten daran gewöhnt hatte, tief zu fallen, war ich nur ein klein wenig erschrocken, als ich den Griff an der Felskante verlor. Mein Unterbewusstsein sagte: *Hör mal, das überlebst du schon, du überlebst alles, denn du bist Pandekraska Pampernella und dieses Leben gehört dir allein und dieses Leben hat eben erst begonnen.* Und nachdem mein Unterbewusstsein kurz nachgedacht hatte, fügte es hinzu: *Aber was machst du in den nächsten Monaten, wenn du im Krankenhaus liegst? Denn wenn du in diese Schlucht abstürzt, erwartet dich keine Wiese mit Heu oder ein netter Chronist, der dir Zucchini grillt, nee, da erwartet dich ein dröges Krankenhauszimmer, vielleicht ein Arm- und ein Beingips, ja, vielleicht verlierst du deine Nasenspitze. Was aber auch passiert, eines ist sicher, meine liebe Pandekraska Pampernella, deine Frisur*

wird auf jeden Fall nicht so aussehen, wie sie es heute Morgen getan hat.
Irgendwie erschreckte mich dieser letzte Gedanke am meisten.

Ich landete mit dem Rücken auf dem Felsvorsprung und die Luft entwich mir mit einem zischenden Laut. Und da lag ich dann und sah nach oben. Böff Stroganoff schaute zu mir runter und hob den Daumen, als hätte ich was Tolles vollbracht. Ich wollte ihm den Mittelfinger zeigen, aber der Sturz hatte mir die Luft aus den Lungen gepresst, sodass ich nur daliegen und schwer atmen konnte. Mehr gelang mir nicht.
Und dann bekam ich schon wieder Schluckauf.
Und dann wurde ich doch wahr und wirklich ohnmächtig.

Es war einmal ein elfjähriges Mädchen, das auf einem Felsvorsprung erwacht ist und unter ihr lag eine Schlucht und über ihr befand sich ein Pfad, von dem sie herabgestürzt war und den sie nur erreichen konnte, wenn sie wie ein Schneeleopard hochkletterte.
Die Dämmerung war angebrochen, dem Mädchen dröhnte der Kopf und es hatte furchtbaren Durst und keine Idee, wie es jemals von diesem Felsvorsprung wegkommen sollte. Da das Mädchen kein Schneeleopard sein wollte, verwandelte es sich in eine Bergziege und begann herumzukraxeln.

Nach oben konnte ich nicht, das war zu steil. Wie auch immer die Schneeleoparden das geschafft hatten, ich kraxelte nach unten in Richtung des Kiefernwaldes. Es war am Ende so, wie Toja es mir prophezeit hatte – ich erreichte den Wald und den Bachlauf und von da aus kam ich in das Tal und zu den Pferden, wo mich Toja mit einem Becher Kakao und gerösteten Marshmallows erwartete.

Meine Zusammenfassung ist natürlich nur ein Witz. Sie soll euch beruhigen, damit ihr vor Sorge um mich keine schlaflosen Nächte habt.
In Wahrheit dauerte es Stunden.
Auf dem Weg nach unten bin ich vielleicht über zwei Millionen Felsen geklettert. Ich habe mich durch Spalten gequetscht und mir dabei Hände und Knie aufgeschrammt. Einmal musste ich einem Adler ausweichen, der dachte, ich wollte sein Nest ausrauben, und einmal stand ich einer echten Bergziege gegenüber, die sich wunderte, wieso ich so tat, als wäre ich auch eine Ziege.
Ich meckerte sie an, sie meckerte zurück und machte mir schließlich Platz.
Und die ganze Zeit habe ich nachgedacht. Ich war so was von wütend, dass es kaum ein Wort dafür gab. Was war meine Erzfeindin nur für eine blöde Nuss? Da schickte sie mir einen beknackten Boten, der sich eine Unterschrift abholen sollte. Für wie dämlich hielt sie mich? Es machte mich rasend. Aber ich hatte auch noch ein ganz anderes Problem.
Ich wusste, dass ich Don Pluto und Xien Xien Yu auf keinen Fall von meiner Begegnung mit Böff Stroganoff erzählen konnte. Wenn sie erfuhren, dass er uns bis in die Mongolei gefolgt war, würden sie sofort alle weiteren Reisen absagen und mich im Schloss Florin einschließen.
Nein, das wollte ich nicht.
Diese Gedanken hin und her wälzend erreichte ich das Tal und

sah den Bach in der Dunkelheit glitzern. Ich hatte gar nicht gewusst, wie durstig ich war. Ich kniete mich an das Ufer und trank so lange, bis mir die Luft wegblieb. Nach weiteren hundert Metern entdeckte ich die Herde. Die Pferde wurden unruhig, als ich näher kam, dann erkannten sie meinen Geruch und machten mir Platz.

In der pechschwarzen Nacht war das Lagerfeuer wie ein funkelnder Stern. Toja saß auf einem Stein und stocherte mit einem Stock in der Glut herum. Einige Schritte von ihr entfernt lagen die zwei Schneeleoparden halb übereinander und schliefen den Schlaf der Unschuldigen. Es war ein friedliches Bild. Es war ein Bild, das auch ohne mich funktionierte. Als ich zwanzig Meter von ihnen entfernt war, machte ich mich bemerkbar.

»Nicht erschrecken«, sagte ich.

Toja schaute auf und ich sah im flackernden Licht des Feuers, wie besorgt sie um mich gewesen war.

»Ich wusste, du würdest zurückfinden!«, rief sie und umarmte mich.

So standen wir eine Minute lang und waren zwei Mädchen, die sich verloren und wiedergefunden hatten. Ich hatte so viele Gedanken, brachte aber keinen einzigen hervor, denn mein Magen knurrte viel zu laut. Toja holte einen Schokoriegel aus ihrem Rucksack.

»Wie lange war ich unterwegs?«, fragte ich.

»Sieben Stunden.«

»Oje.«

Ich setzte mich neben sie und aß den Riegel. Toja erzählte mir, dass die Ranger in der Zwischenzeit da gewesen waren. Sie hatte sie über das Funkgerät gerufen, nachdem sie die Leoparden in einer der Höhlen versteckt hatte. Daraufhin hatten die Ranger den Hubschrauber zur Landung gezwungen und den Wilderer und die beiden Helfer festgenommen.

»Eine Weile lang haben sie nach dir gesucht, dann mussten sie aber zu ihrer Basis zurückkehren. Schau mal, sie haben uns Wasser und Schokoriegel dagelassen. Ich habe auch schon mit meinen Eltern gesprochen. Sie kommen morgen früh und holen uns ab.«

Toja griff sich meine Hand und drückte sie.

»Ich bin so erleichtert, dass du hier bist, Pandekraska Pampernella. Das haben wir gut gemacht.«

»Nein, das hast *du* gut gemacht«, widersprach ich ihr.

Sie sah mich überrrascht an und zog ihre Hand zurück.

»Bist du wütend auf mich?«, fragte sie.

Nein, ich war nicht wütend auf sie. Ich war wütend auf mich selbst, weil Böff Stroganoff zwar eine Menge Blödsinn geredet hatte, doch mit einer Sache hatte er recht gehabt.

»Du hast mich im Stich gelassen«, sagte ich.

»Also bist du doch wütend.«

»Ich bin enttäuscht, Toja, das ist schlimmer als wütend.«

Auch wenn die Flammen sich auf ihrem Gesicht spiegelten, glaubte ich zu sehen, wie sie rot wurde.

»Ich *musste* die Schneeleoparden retten«, sagte sie.

»Ich weiß, aber mal ganz ehrlich, guck mich mal an.«

Ich breitete die Arme aus, sie sah mich an.

»Ich bin wichtiger als zwei Schneeleoparden«, sagte ich.

Toja dachte darüber nach. Sie konnte jetzt nicht behaupten, dass ich unwichtiger war, also sagte sie:

»Die Leopardenjungen waren in Gefahr, ich wusste aber, dass

du es schaffen würdest. Du bist jemand, der es immer schafft. Wenn ich die Schneeleoparden allein gelassen hätte, wären sie getötet worden. Also habe ich getan, was ich tun musste.«

Toja hob die Schultern. Es machte Sinn, was sie sagte.

»So bin ich«, schob sie hinterher, »ich folge meinem Verstand.«

»Da unterscheiden wir uns. Ich folge immer meinem Bauchgefühl. Und mein Gefühl sagt mir, dass du mich im Stich gelassen hast.«

Wir sahen uns an, wir sahen uns lange an. Hinter Toja schossen zwei Sternenschnuppen gleichzeitig über den Himmel. Eine verlosch, die andere leuchtete weiter.

»Entschuldige«, sagte Toja.

»Es ist in Ordnung«, sagte ich und überlegte, ob ich ihr erzählen sollte, dass ich der Grund war, weswegen der Wilderer ihre Hütte angezündet und die Leopardenmutter angeschossen hatte. Ein Teil von mir wollte, dass Toja auf mich wütend wurde. Ich hielt zum Glück die Klappe. Wir taten eine Minute lang, als wäre alles in Ordnung, wir hatten aber nichts geklärt.

»Damit ist noch nichts geklärt, oder?«, fragte Toja.

»Nicht wirklich«, gab ich zu und drehte mein Armband nach oben, sodass der nagelgroße Chip zu sehen war. Ich drückte ihn zweimal und aktivierte damit den GPS-Tracker. Toja sah mich an, als wäre mir ein zweiter Kopf gewachsen.

»Ist das ein Sender?!«, fragte sie.

Ich nickte.

»Du hattest die ganze Zeit über einen Sender bei dir?!«

»Ich habe *immer* einen Sender bei mir«, erwiderte ich, »sonst würde mich mein Leibwächter nicht einmal in den Garten rauslassen. Er ist da sehr eigen.«

»Aber warum hast du den Sender nicht schon vorher aktiviert?«

»Wieso sollte ich?«

»Pandekraska Pampernella, du bist sieben Stunden durch dieses Gebirge geirrt!«

»Ich weiß, aber ich finde meinen Weg gerne alleine zurück. Wer immer um Hilfe ruft, wird es nie ohne Hilfe schaffen.«

»Und wenn dir was passiert wäre?«

Beinahe hätte ich gelacht. Toja hatte mich über einem Abgrund baumeln lassen und jetzt machte sie sich Sorgen, dass mir etwas hätte passieren können.

»Wir sind beide hier«, sagte ich, »mehr zählt doch nicht.«

Toja nickte. Wir waren beide hier, mehr zählte nicht.

Da saßen dann also zwei Mädchen und starrten in die Flammen und fühlten sich fremd miteinander und dennoch irgendwie nahe. Und da schliefen zwei Schneeleoparden und die Steppe drum herum war still.

»Wir wären ein tolles Team gewesen«, sagte Toja nach einer Weile.

Ich gab ihr recht, aber es sollte nicht sein. Was ich dann sagte, kam nicht aus meinem Kopf. Es kam aus meinem Herzen.

»Kann ich dir mal was verraten?«, fragte ich.

Toja nickte.

»Ich kenne kein Mädchen, das so ist wie du«, sprach ich weiter. »Dein Mut ist vollkommen verrückt. Wie du hier lebst, was du hier für die Schneeleoparden tust. Da nimmst du ein paar Steine und marschierst los und vertreibst diesen Wilderer. Ich meine, du hast mich zwar über dem Abgrund hängen lassen, aber du hast es getan, weil du es für richtig gehalten hast. Auch das verlangt Mut. Don Pluto sagt immer, nur wer versucht, Berge zu versetzen, der ist ein freier Mensch. So ein Mensch bist du, Toja.«

Sie hatte plötzlich eine Träne im Auge und sah weg.

»Ich glaube, wir sind uns da ähnlich«, sagte sie.

»Ein wenig schon«, gab ich zu und meinte es nicht so.

Wir waren uns so ähnlich wie der Nord- dem Südpol. Auf beiden Seiten liegen Eis und Schnee, auf beiden Seiten ist es kalt und unwirtlich, aber obwohl sich die Pole vom Klima ähneln, sind sie dennoch zwanzigtausend Kilometer voneinander entfernt.

»Manchmal bin ich einsam«, sagte Toja.

»Ich auch«, gab ich zu.

»Und manchmal denke ich, es soll so sein.«

Ich wusste, wovon sie sprach. In diesem Moment waren wir beiden zusammen einsam. In dem Moment waren wir zehn Tonnen schwer und die Erde seufzte unter unserem traurigen Gewicht.

Jeder von uns hat seine eigenen Regeln, jeder lebt nach seinem eigenen Gesetz. Das ist nicht von mir, das hat meine Patentante einmal gesagt und sie muss es ja wissen, denn sie weiß so viel. Sie sagte auch, wir verhalten uns so und so, weil wir uns so und nicht anders verhalten wollen. Toja war Toja, ich war ich. Und so saßen zwei tonnenschwere Mädchen nebeneinander und waren miteinander einsam und starrten in die Flammen, die weiterbrannten, als wäre nichts gewesen.

Das eine Mädchen war traurig und auch ein wenig sehnsüchtig; das andere Mädchen wusste, was es falsch gemacht hatte und dass es trotzdem beim nächsten Mal genauso handeln würde. Wir hatten gesagt, was wir sagen wollten. Das Leben ging weiter und ich wünschte mir sehr, dass der Hubschrauber endlich kommen würde.

»Deine Haare sind ein wenig durcheinander«, sagte Toja.

Ich fasste mir an die Frisur.

»Schlimm?«

»Es geht. Soll ich mal?«

Ich nickte, sie stellte sich hinter mich und machte aus meiner chaotischen Frisur wieder eine richtige Frisur. Ihre Finger waren wie Schmetterlingsflügel, ich konnte spüren, dass sie es gerne tat.

»Danke«, sagte ich danach.

»Gern geschehen«, sagte Toja und setzte sich wieder neben mich ans Feuer.

Auch so konnte eine Freundschaft enden.

WIE EIN WIRBELSTURM
PANDEKRASKA PAMPERNELLA DAVONTRUG

Nachdem der Pilot fünfzig Meter von den zwei Mädchen entfernt gelandet war, blieben Xien Xien Yu und ich im Hubschrauber sitzen. Wir warteten und waren vollkommen ahnungslos. Hätten wir in dieser Nacht schon gewusst, wem Pandekraska Pampernella im Gebirge begegnet war, dann hätten wir alle Reisen abgebrochen und uns Böff Stroganoff vorgeknöpft. Wer weiß, vielleicht wäre es uns sogar gelungen, das *grand malheur* abzuwenden, das sich wie ein schleichenes Gewitter auf unsere Heldin zubewegte. Jetzt saß sie vollkommen unschuldig mit Toja an einem Lagerfeuer. Die beiden redeten und schauten nicht zu uns rüber. Dann standen sie auf und umarmten sich.

»Das sieht sehr nach Abschied aus«, sagte ich.

»Wie schade«, sagte Xien Xien Yu.

Pandekraska Pampernella stieg in den Hubschrauber. Sie sagte nicht Hallo, sondern setzte sich einfach nur neben mich und legte den Sicherheitsgurt an. Ihre Jeans hatte Risse an den Knien und da waren Kratzer auf ihren Händen und der linken Wange. Und sie stank süßlich sauer, erst später erfuhr ich, dass es sich dabei um Leopardenpisse handelte. Doch wie zerbeult sie auch

wirkte und wie sehr sie auch stank, ihre Frisur war wie immer perfekt.
»Was ist passiert?«, fragte ich.
Pandekraska Pampernella antwortete nicht.
Xien Xien Yu probierte es.
»Sehen wir Toja wieder?«
Pandekraska Pampernella schloss die Augen und lehnte ihren Kopf an meine Schulter.
»Ich glaube nicht«, sagte sie kaum hörbar und schlief ein.

Nach unserer Ankunft im Schloss Florin, verbrachte Pandekraska Pampernella einen ganzen Tag lang im Bett und danach war sie wieder sie selbst. Sie trat mit einem *Sideswept Turnover* aus ihrem Zimmer und die Frisur passte zu ihrer Stimmung. Ihre Hoheit war zwar noch ein wenig wackelig auf den Beinen, aber sie war bereit für neue Taten. Sie spürte uns im Kaminzimmer auf, wo wir Schach spielten. Xien Xien Yu war am Zug und schaute nicht einmal auf, als Pandekraska Pampernella ins Zimmer trat. Nachdem sie sich aus dem Samowar einen Tee eingegossen hatte, setzte sie sich zu uns und begann zu erzählen. Wir erfuhren von der brennenden Jurte, dem Tod der Leopardenmutter und dem Wilderer. Sie beschrieb uns, wie es sich angefühlt hatte, mit den zwei Leoparden über dem Abgrund zu hängen. Böff Stroganoff erwähnte sie mit keinem Wort. Zum Schluss gestand sie uns, wie traurig sie der Abschied von Toja gemacht hatte.
»Ich dachte wirklich, wir würden zusammengehören«, sagte sie. »Ich wünschte es mir so sehr. Aber dann ...«
Sie hob die Schultern, es sah so ratlos aus, dass sich mir das Herz zusammenzog.

»… hat sie mich im Stich gelassen.«

Pandekraska Pampernella verstummte, sie sah in ihre Teetasse und wartete unsere Reaktion ab.

»Du weißt, was die Professorin jetzt sagen würde?«, fragte ich.

»Sie würde fragen, was ich davon gelernt habe.«

»Und?«

Pandekraska Pampernella seufzte.

»Jetzt wirklich?«, fragte sie.

Xien Xien Yu schaute das erste Mal vom Schachbrett auf.

»Jetzt wirklich«, sagte er.

Pandekraska Pampernella seufzte noch mal.

»Toja hat mir gezeigt, dass ich nicht so wichtig bin, wie ich dachte, wichtig zu sein. Und das hat wehgetan. Und es hat nicht wehgetan, weil zwei Schneeleoparden wichtiger sind als ich, sondern weil ich nicht *so* wichtig für Toja war.«

Xien Xien Yu und ich verstanden, was sie meinte. Pandekraska Pampernella war die Nummer eins in ihrem Leben, wie jeder die Nummer eins in seinem Leben sein sollte. Nur war sich unsere Heldin lange Zeit sicher, dass sie auch die Nummer eins in allen anderen Leben war. Sie bekam ungeteilte Aufmerksamkeit, die Leute hörten auf ihre Ratschläge, sie wurde von Kopf bis Fuß ernst genommen. Dann kam dieses mongolische Mädchen und sagte: *Nö, so wichtig bist du nicht.*

»Ich fühle mich ernüchtert«, sprach Pandekraska Pampernella weiter, »und ein bisschen klein.«

»Weißt du, was ich denke?«, fragte Xien Xien Yu.

»Dass ich zu früh aufgegeben habe?«

»Nein, das denke ich nicht.«

»Was dann?«

»Ich denke, wir alle leben mit Erwartungen. Und manchmal decken sich unsere Erwartungen mit denen anderer Menschen, manchmal tun sie das nicht.«
»Und was ist, wenn sie sich nicht decken?«
»Dann passt man nicht zusammen.«
Pandekraska Pampernella dachte darüber nach.
»Und das heißt?«, fragte sie leise.
»Vielleicht werden sich deine Erwartungen eines Tages mit denen von Toja decken und ihr findet wieder zusammen, alles ist möglich. Bis dahin lebst du mit der Tatsache, dass zwei Leoparden mehr Wert haben für dieses Mädchen als eine Freundschaft. Noch ist nichts verloren. Ich glaube, ihr seht euch wieder.«
Es war ein Hoffnungsschimmer, der die Augen unserer Heldin aufleuchten ließ. Ich sah Xien Xien Yu beeindruckt an. Es erstaunte mich immer wieder, woher er diese Ratschläge zauberte. Meine Ratschläge waren recht einfach: Ich klopfte Pandekraska Pampernella auf die Schulter, ermutigte sie mit Worten und tat so, als sei sie unschlagbar.

Ihr werdet längst durchschaut haben, dass Pandekraska Pampernella für Xien Xien Yu und mich mehr als nur ein Mädchen war, für deren Eltern wir arbeiteten. Meine Loyalität ihr gegenüber begann an dem Tag, an dem ich ihr im Regen begegnet bin. Bei Xien Xien Yu war es der Tag, an dem sie ihn über das Internet um Hilfe bat, weil sie keine Windeln tragen wollte.

Nicht alles im Königshaus Florin war, wie es sein sollte. Die Königin schwirrte von einer Benefizveranstaltung zur nächsten und der König verbrachte den lieben langen Tag mit Königssachen, pompösem Reden und den Finanzen seines Königreiches.

Pandekraska Pampernellas Eltern hatten zwar eine Tochter, sie hätten aber auch gut ohne Tochter sein können. Mir war das sofort aufgefallen, auch Xien Xien Yu bekam das recht schnell mit und so beratschlagten wir uns und beschlossen, Pandekraska Pampernella die Aufmerksamkeit zu geben, die ihr fehlte und die sie bei ihren Eltern vermisste.

Auch wenn unsere Heldin das nie zugegeben hätte.

Wir waren ihr Vater und Mutter zugleich. Wir waren immer anwesend und hatten stets ein offenes Ohr für sie. Wir sorgten uns und redeten ihr gut zu und kritisierten sie auch. Deswegen rechneten wir auch keine Sekunde damit, dass sie uns nicht alles erzählte, was ihr in der Mongolei widerfahren war.

Vier Tage warteten wir darauf, dass die Professorin erneut aus Ägypten anreiste. In dieser Zeit schwammen wir in meinem See, ließen uns von Bonitas Kochkünsten verwöhnen und schauten abends Filme im Kino des Schlosses. Am vierten Tag waren wir wieder komplett und versammelten uns in der Bibliothek. Die Professorin bekam ein Update von ihrem Patenkind, und als Pandekraska Pampernella zu Ende erzählt hatte, tat Zaza Moss, was keiner von uns gewagt hatte – sie breitete die Arme aus und drückte unsere Heldin fest an sich. Sie sagte dreimal hintereinander »armes Mädchen«, dann ließ sie Pandekraska Pampernella wieder los.

»Es ist immer gut, wenn man in die Schranken gewiesen wird«, sagte sie. »Auch für jemanden wie dich. Ich weiß, dass du nichts von Schranken hältst. Aber ich denke, das liegt daran, dass du sie falsch verstehst. Schranken sind nicht nur da, um dich aufzuhalten, sie sind auch da, um überwunden zu werden. Wenn du dir das bewusst gemacht hast, kann dich nichts mehr bremsen. So, jetzt aber genug davon.«

Sie klappte ihr Notebook auf und die Profile der anderen zwei Mädchen erschienen auf dem Bildschirm. Sie fragte Xien Xien Yu, wie die weitere Planung aussah.

»Die Mädchen rechnen im Lauf der Woche mit einem Besuch von uns«, ließ uns der Leibwächter wissen. »Ich habe ihre Biografien ausgedruckt.«

»Sie sind elf Jahre alt«, sagte ich und musste lachen. »Was sollen sie schon für Biografien haben?«

Xien Xien Yu zog zwei Stapel aus einem Umschlag.

»Dickere Biografien als wir beide zusammengenommen«, stellte er fest und reichte sie herum.

»Das Programm ist sehr präzise gewesen«, sagte die Professorin. »Zwar sind diese Mädchen erst elf Jahre alt, dafür haben sie aber schon eine Menge erlebt. Eines der Mädchen ist ein Popstar, das andere ein Medienereignis mit einigen Millionen Followern.«

Pandekraska Pampernella interessierte sich für keine der Biografien. Sie studierte die Fotos der zwei Mädchen und wählte schließlich Vicky Norsestrom VII. als Nächste aus. Das Mädchen kam aus Irland, sie war vier Tage älter als unsere Heldin und trug auf dem Foto nur schwarze Kleidung.

»Ganz schön gothic«, sagte Xien Xien Yu.

»Bist du dir sicher, dass du als Nächstes zu ihr willst?«, fragte die Professorin.

Pandekraska Pampernella antwortete, ohne zu zögern.

»Sie sieht nett aus.«

»Sie sieht aus, als hätte sie noch nie die Sonne gesehen«, sagte ich.

»Rothaarige sind immer etwas blass«, gab Xien Xien Yu zu bedenken.

Pandekraska Pampernella runzelte die Stirn.

»Warum hast du gefragt, ob ich mir sicher bin?«, wollte sie von ihrer Patentante wissen.

»Ich dachte mir, wir heben uns Vicky Norsestrom VII. für das Finale auf. Sie ist etwas …«

Die Professorin suchte das richtige Wort.

»… eigen?«, sagte Pandekraska Pampernella.

»Das ist es«, sagte ihre Patentante.

»Aber eigen ist doch gut.«

Die Worte waren draußen, bevor die Professorin darüber nachdenken konnte.

»War dir Toja nicht eigen genug?«, fragte sie.

Pandekraska Pampernella war nicht beleidigt, sie hob nur ein wenig die Schultern und das war so eine traurige Geste, dass ich sie jetzt am liebsten auch in die Arme geschlossen hätte.

Die Professorin entschuldigte sich nicht, denn es war nicht böse von ihr gemeint. Sie tat das einzige Vernünftige, beugte sich vor und schaltete ihr Notebook aus, sodass wir uns alle vier im Bildschirm spiegelten.

»Dann ist es beschlossen«, sagte sie, »morgen reist ihr nach Dublin.«

Am darauffolgenden Morgen trafen wir uns um neun zum Frühstück auf der Terrasse. Xien Xien Yu hatte sich den Kopf nachrasiert, sodass er wie eine Bowlingkugel glänzte, während der geflochtene Zopf an seinem Hinterkopf an ein Tau erinnerte. Meine Haare waren das übliche Durcheinander, das sich erst im

Lauf des Tages beruhigte. Die Professorin dagegen sah immer gleich perfekt aus, keine ihrer grauen Haarsträhnen lag falsch, und ich überlegte nicht zum ersten Mal, ob sie nicht vielleicht eine Perücke trug. Pandekraska Pampernella glänzte durch einen *Frizzy Allover*, bei dem die Fransen um ihre Ohren etwas abstanden, als wäre sie jede Sekunde bereit, sich von einer Windbrise davontragen zu lassen.

Es wurde ein besonderer Morgen, denn das Königspaar setzte sich zu uns an den Tisch. Pandekraska Pampernella bekam den Platz zwischen ihnen und sah aus wie das zufriedenste Kind der Welt.

Wir frühstückten und plauderten, wie schmiedeten Pläne für Irland. Die Schwalben jagten einander im Tiefflug über die königliche Wiese. Der Tisch bog sich unter Croissants, Brötchen und Schalen mit Porridge, es gab frisch gepresste Säfte und Obstsalat. Wir waren an diesem Tag wie eine große Familie, und wir schraken allesamt wie eine große Familie zusammen, als die Terrassentür aufflog und einer der Bediensteten auf die Terrasse taumelte, als hätte ihn jemand geschubst. Es war kein Schubser gewesen, es war ein Wirbelsturm, der einen Meter sechzig groß war und sich von niemandem aufhalten ließ. Und da stand er und rief:

»Ich konnte nicht warten!«

Der Wirbelsturm marschierte auf uns zu, als wollte er uns vom Tisch verscheuchen. Er schnappte sich das Croissant aus der Hand des Königs und futterte es weg.

»Genau *das* hat mir gefehlt!«

Bevor jemand reagieren konnte, reichte Pandekraska Pampernella ihre Tasse rüber. Der Wirbelsturm zögerte nicht, griff zu und spülte das Croissant mit dem doppelten Espresso hinunter. Ein leiser Rülpser war zu hören, dann hob der Wirbelsturm die leere Tasse und erklärte:

»Davon brauche ich mehr und davon …«

Der Wirbelsturm zeigte auf den Teller mit den Croissants.

»… habe ich genug, ich muss ja auf meine Linie achten. Oder etwa nicht?!«

Es war eine Frage, die keine Antwort verlangte.

Der Wirbelsturm entpuppte sich als ein Mädchen mit einer wirren Frisur, die wie eine schiefe Mütze auf ihrem Kopf saß. Sie hatte eine Stupsnase, die leicht nach oben zeigte, und einen Regenschauer von Sommersprossen im Gesicht. An ihren Füßen waren Plateauschuhe und sie hatte eine Handtasche über der Schulter hängen, die an einen erschrockenen Dackel erinnerte. Das Mädchen schleppte ungefähr zehn Kilo Übergewicht mit sich herum und war angezogen wie eine Insel auf Hawaii. Noch nie hatte ich so viele Farben an einem Menschen gesehen. Ich war mir sicher, dass dieses Mädchen im Dunkeln leuchtete.

»Darf ich bitte erfahren, wer diese Dame ist?«, fragte die Königin und die Empörung in ihrer Stimme klang wie das Zerbechen einer Schaufensterscheibe.

Ihr dürft nicht vergessen, wo wir uns befanden. Niemand stürmte einfach so auf die Terrasse des Florinischen Königshofs und störte das Frühstück des Königspaares. Vor hundert Jahren wären deswegen Köpfe gerollt.

»Vicky Norsestrom VI.«, antwortete das Mädchen und verbeugte sich leicht.

»Du bist Vicky?!«, fragte Pandekraska Pampernella überrascht.

»Und du musst was auf den Ohren haben, denn genau das habe ich gesagt«, stellte Vicky fest und schaute sich dann um, ehe sie weitersprach: »Ich habe gehört, dass das hier ein Königsschloss sein soll. Haha. Rennen hier auch Adlige herum und wedeln mit der Hand, wenn sie pinkeln müssen? Vielleicht gibt es hier auch so einen ganz fetten König mit Scherpe und so eine ganz schrumpelige Königin, die immer mit sich selbst quasselt und Sherry aus kleinen Gläsern schlürft, bis sie besoffen auf dem Sofa einschläft. Haha, das wäre doch witzig, oder?«

»Ämusant wäre es«, gab der König zu.

»Wer trinkt denn schon Sherry?«, fragte die Königin pikiert.

»Du bist nicht Vicky Norsestrom«, sagte ich.

Das Mädchen wandte sich mir zu.

»Wieso nicht?«, wollte sie wissen.

»Du bist doch niemals elf.«

Vicky schaute verblüfft an sich herab, als wäre sie an diesem Morgen im falschen Körper erwacht. Sie war fünfzehn oder sechzehn, sie war niemals elf.

»Hier.«

Die Professorin hatte ihr Notebook umgedreht und hielt es dem Mädchen entgegen.

»*Das* hier ist Vicky Norsestrom«, sagte sie.

Vicky beugte sich vor. Erst als sie auf dreißig Zentimeter an den Bildschirm herangekommen war, sah sie das Foto scharf.

»Haha, das bin ich nicht!«

»Wir wissen das«, sagte ich. »Wer bist du also?«

Da fiel bei Vicky endlich der Groschen. Wir konnten es regelrecht hören. Es machte Klick und ratterte in ihrem Kopf. Sie grinste breit und zufrieden.

»Mensch, Leute, ich *bin* Vicky Norsestrom VI.«, sagte sie. »Ihr aber wollt Vicky Norsestrom VII. Das ist meine kleine Schwester, die gerade in ihrem bekloppten Tonstudio sitzt und ihr beklopptes drittes Album aufnimmt. Deswegen müsst ihr euch mit mir begnügen.«
»Bekloppt?«, sagte Xien Xien Yu.
»Begnügen?«, sagte ich.
Wir verstanden noch immer nicht.
Vicky Norsestrom VI. lachte so laut, dass die Schwalben in ihrem Flug ins Taumeln gerieten.
»Mensch, ihr versteht noch immer nicht, was?«, sagte sie.
»Kein bisschen«, gab die Professorin zu.
Vicky holte eine Mundharmonika aus ihrer Hose und blies schräg und schrill hinein. Die Melodie kratzte in den Ohren, dazu stampfte Vicky mit einem Fuß. Nach zwei Minuten Gedudel setzte sie die Mundharmonika ab und sang uns ein Lied, das alles erklären sollte und recht furchtbar klang, denn ihre Stimme hatte noch nie etwas von Harmonien gehört.

Mir war langweilig und ich hatte keine Lust zu warten
nicht im Haus, nicht am Pool und auch nicht im Garten
da dachte ich, ich komm euch mal entgegen
nicht wie ein Fluch, mehr wie ein Segen
denn eine SMS wäre langweilig gewesen
denn ein Anruf wäre langweilig gewesen
und jetzt bin ich hier und ihr schaut so blöde
langsam wird es mir auch schon öde
deswegen ist Schluss mit diesem Song
Plonk Plonk Plonk

Vicky blies noch einmal in die Mundharmonika und verstaute sie wieder in ihrer Hose.

»So, jetzt wisst ihr, wer ich bin«, sagte sie. »Und wer seid ihr, bitte schön?«

Niemand hatte Vicky VI. geschickt.

Kaum hatte Xien Xien Yu uns gestern Abend bei den Norsestroms angekündigt, hatte sich dieses Mädchen aus freien Stücken auf den Weg gemacht. Mit dem Zug, mit dem Schiff über den Atlantischen Ozean und dem Daumen in der Luft zu uns nach Florin.

»Das ging rucki zucki«, sagte sie. »Ich dachte schon, ich verpasse euch.«

»Wissen deine Eltern, dass du hier bist?«, fragte die Königin.

»Ich habe ihnen eine Nachricht an den Kühlschrank geklebt«, antwortete Vicky, »aber mal ganz ehrlich und nur so unter uns: Meine Eltern wissen überhaupt nicht, wie viele Kinder sie haben.«

Natürlich war das eine Lüge.

Vicky hatte sieben Schwestern und vier Brüder. Die Mädchen hießen Vicky I. bis VIII., die Jungs waren Adelbert I. bis IV. Auch wenn man es vermuten mochte, so stammte ihre Familie aus keinem Adelshaus, sondern war vor zweihundert Jahren aus Norwegen ausgewandert und lebte seitdem in einem kleinen Dorf an der Westküste von Irland. Der Vater unterrichtete Musik und die Mutter töpferte Blumenvasen. Ohne zu wissen, wie es ihnen gelungen war, hatten sie zwölf außergewöhnliche Kinder zur Welt gebracht. Vielleicht lag es am Grundwasser oder an der guten Luft in Irland, auf jeden Fall waren die Nachkommen ihrer Familie hochbegabt – von Musik zu Kunst, von Literatur zu Physik und Mathematik bis zur Philosophie gab es kaum ein Gebiet, auf dem sie nicht glänzten. Und jetzt saß eines dieser begabten Kinder mit uns am Frühstückstisch und konnte nicht aufhören zu reden.

Vicky erzählte uns, dass sie nach Florin gereist war, um uns abzuholen.

»Ohne meine Hilfe werdet ihr euch verlaufen«, sagte sie. »Die irische Landschaft ist ungemein tückisch. Aber erst mal ...«

Sie sah Pandekraska Pampernella an.

»... will ich mir mal das Schloss und das Drumherum anschauen. Ich meine, wer betritt schon ein echtes Schloss und sucht nicht nach Gespenstern!? Hahaha. Außerdem ...«

Sie senkte ihre Stimme zu einem Flüstern.

»... sind Erwachsene langweilig und hier rumsitzen ist langweilig und wir leben ja nicht ewig. Also ...«

Sie machte einen Knicks.

»... verehrenswerte Pandekraska Pampernella, zeigst du mir mal, was hier so los ist?«

»Natürlich«, sagte die verehrenswerte Pandekraska Pampernella und grinste.

Vicky zwitscherte ein »Ciao« in die Luft und winkte mit den Fingerspitzen. Wir hatten keine Ahnung, wer da in unser Leben reingeplatzt war.

»Ganz schön quirlig die Kleine«, sagte die Professorin, als die beiden Mädchen die Terrasse verlassen hatten.

»Vielleicht hat sie zu viel Zucker im Blut«, mutmaßte die Königin.

Wir gossen uns Kaffee nach und frühstückten weiter, wir waren so ahnungslos wie Maiglöckchen auf einer Wiese und dann kommt ein Rasenmäher. Das Röhren eines Automotors ließ uns auflauschen. Dem Röhren folgte das Knirschen von Reifen auf Kies, dann verschwand das Motorengeräusch in den Tag hinein.

»War es das, was ich denke, was es war?«, fragte der König.

»Wie klang es denn?«, fragte ich.

»Wie der gut gepflegte Alfa Romeo Spider 1967 aus meiner Kollektion.«

»Oh.«

Wir kamen auf die Beine und schauten über die Balustrade auf den Schlosshof hinunter. In der Einfahrt stand einer der Diener und betrachtete die Auffahrt, als erwartete er Besuch.

Der König räusperte sich, der Diener sah zu uns hoch. Sein Name war Pierre, er hätte aber auch der Geist von Pierre sein können, so blass war er.

»Pierre, was ist geschehen?«, fragte der König.

Der Diener machte große Augen. Ich war mir sicher, dass er die Luft anhielt.

»Ausatmen«, riet ihm die Professorin.

Pierre atmete laut aus und antwortete dann:

»Wie es aussieht, haben die Damen eines der Autos gestohlen.«

»Konntest du sie nicht aufhalten?«, fragte die Königin,

»Eure Hoheit«, erwiderte Pierre, »verzeiht mir die offenen Worte, aber diese Mädchen kann man beim besten Willen nicht aufhalten.«

AUS DEN PRIVATEN CHRONIKEN
VON PANDEKRASKA PAMPERNELLA

Nachdem Vicky und ich die Terrasse verlassen hatten, liefen wir erst mal durch das Schloss und ich zeigte ihr den Ballsaal und das Billardzimmer mit den drei Tischen. Und Vicky sagte:

»Billard ist doof.«

Ich zeigte ihr das Schwimmbad im Keller, die Sauna und das Kino mit seinen zweihundert Sitzen.

Und Vicky rümpfte die Nase.

Dann warfen wir einen Blick in die neue Bibliothek und spazierten danach auf den Tennisplatz.

Und Vicky unterdrückte ein Gähnen.

»Wer Tennis spielt«, sagte sie, »der ist öde.«

»Ich spiele Tennis«, sagte ich.

Vicky musterte mich abschätzend. Von den Schuhen bis zur obersten Haarspitze. Es fühlte sich an, als würde ich geröntgt. Ich kannte das. Viele Menschen waren neidisch und missgünstig, aber die wenigsten schauten so neugierig wie Vicky Norsestrom VI.

»Du bist viel zu klein, um Tennis zu spielen«, stellte sie fest.

»Was?! Ich bin doch nicht klein!«
»Ein Tennisschläger ist größer.«
»Hast du schon mal Tennis gespielt?«
»Klar, Tennis ist in Irland ein Volkssport.«

Ich wusste, dass sie log. Ich konnte es ihr nicht einmal übel nehmen. Sie war in einem Königreich, das übertrieben mit Prunk und Pracht angefüllt war. Da lügt es sich leichter. Dennoch mochte ich es nicht.

»Komm mit«, sagte ich.

Wir überquerten den Tennisplatz und betraten das kleine Häuschen neben der Tribüne, in dem man sich umziehen konnte und in dem die Schläger und Bälle untergebracht waren. Ich nahm meinen Tennisschläger und zwei Dosen mit Bällen. Vicky betrachtete kritisch die Wand mit den Schlägern für Gäste, ehe sie sich für den breitesten entschied. Wir kehrten auf den Platz zurück.

»Dann leg mal los, Prinzessin!«, rief sie mir zu und stellte sich auf, als würde sie Baseball spielen.

Ich machte drei Aufschläge und alle drei waren Asse. Danach ließ ich Vicky von links nach rechts rennen, bis ihr die Hose runterzurutschen begann und sie so sehr schwitzte, dass ihre Haare wie eine Haube anlagen.

»Du findest dich wohl sehr witzig!«, rief sie, zog die Hose hoch und warf ihren Schläger schwungvoll in die Gegend. Er landete auf dem Dach des kleinen Häuschens und blieb dort liegen.

»Willst du nicht mehr spielen?«, fragte ich.

»Du mich auch, Prinzessin!«

Vicky setzte sich schnaufend in den Schatten der Tribüne. Sie holte ihre Mundharmonika heraus und trötete ein wenig vor sich hin. Ich setzte mich neben sie. Vicky begann mit dem Fuß zu stampfen, ich stampfte mit ihr, dann sang sie:

> *Ich habe den Blues in meinen Shoes,*
> *ich schwitze auch ohne Mütze,*
> *und über dem Meer da hängt 'ne Wolke,*
> *die hängt da gut, die hängt da gut*
> *und von meiner Nase da hängt 'n Tropfen,*
> *der hängt da gut, der hängt da gut.*

Auch wenn ich nicht wollte, kicherte ich los. Vicky warf mir einen eiskalten Blick zu, setzte die Mundharmonika noch mal an und trötete zweimal rein, dann wischte sie sich den Schweißtropfen von der Nasenspitze und verstaute die Mundharmonika in ihrer Handtasche. Ich stand auf und holte aus dem kleinen Häuschen zwei Limos. So saßen wir dann auf der Tribüne und nippten von unseren Flaschen.
»Ich hasse Tennis«, sagte Vicky und rülpste.
»Das habe ich gesehen.«
Sie warf mir einen schiefen Blick zu.
»Du wusstest das und hast mich trotzdem herausgefordert?!«
»Ich konnte nicht widerstehen.«
Vicky klackte ihre Limo gegen meine.
»Weißt du was?«, sagte sie.
»Was?«
»Du bist zu klug, um doof zu sein.«
»Danke.«
»Das war kein Kompliment.«
»Nochmals danke.«

Vicky lachte und zupfte mich am Ohr. Sie sagte, ich wäre naiv und würde ihr alles glauben und das sei naiver als naiv.
»Ich bin nicht naiv«, widersprach ich ihr.
»Bist du nicht?«
»Und ich glaube dir nicht alles.«
»Wieso nicht?«
»Weil ich eine Skeptikerin bin.«
Vicky pfiff durch die Zähne.
»Eine Skeptikerin, die eine Freundin sucht?«
Mir zog sich sofort der Hals zu, als sie das sagte.
»Es ist nicht leicht«, murmelte ich.
»Was macht es so schwer?«
»Ich habe ... Erwartungen.«
Vicky lachte mich aus.
»Du wohnst in einem Schloss und bist eine bekloppte Prinzessin, natürlich hast du Erwartungen und natürlich hast du es sauschwer, oh, du arme arme Pandekraska Pampernella.«
Sie tätschelte mir die Schulter.
»Wahrscheinlich wachst du jeden Morgen mit einem Schrecken auf, weil dieses Leben so sehr auf dir lastet, dass du weinen möchtest. Hahaha, ist das so?«
»Vicky, wieso bist du so gemein?«
»Wieso bist du so doof?«
»Ich bin nicht doof.«
»Du stellst dich aber doof an.«
»Nur weil ich Erwartungen habe?«
»Nein, weil du so klingst, als hätte dir jemand die Krone geklaut.«
»Ich trage keine Krone.«
»Umso schlimmer.«

»Und das, was du sagst, macht keinen Sinn.«
»Umso schlimmer.«
Wir schwiegen eine Weile.
»Was kannst du schon für Erwartungen haben?«, hakte Vicky schließlich nach.
Ich sah sie an und verstand nicht, warum es so leicht war, mit ihr zu reden, obwohl sie so garstig zu mir war. Sie schien mich überhaupt nicht ernst zu nehmen, lachte mich aus und gab mir das Gefühl, ein verwöhntes Gör zu sein. Dennoch fühlte es sich an, als würde sie mich mögen.
»Ich will eine Freundin, die hungrig auf das Leben ist«, sagte ich.
Vicky pikste mir in den Bauch.
»Bist du nicht hungrig genug?«
»Ich will meinen Hunger teilen. Ich teile gern.«
»Dann gib mal den Rest deiner Limo her.«
Sie reichte mir ihre leere Flasche, ich reichte ihr meine halb volle.
»*Gracias, senorita*«, sagte sie.
»*De nada*«, sagte ich.
Vicky nahm einen großen Schluck.
»Was noch?«, fragte sie und rülpste.
»Ich will jemanden, auf den ich mich verlassen kann und der mich nie im Stich lässt.«
Vicky kicherte.
»Da kannst du aber lange suchen.«
»Und ich will jemanden, der Nein sagt, wenn ich Ja sage, und andersherum. Verstehst du?«
Vicky leerte die Flasche bis auf den letzten Tropfen und klopfte mir damit auf den Kopf.
»Das bekommen wir schon alles gerade gebogen, Prinzessin«,

versprach sie mir und bat mich dann, dreimal hintereinander *Shepherd's Pie in the Sky with Diamonds in its Eye* zu sagen.

Ich sagte es dreimal hintereinander und musste niesen.

»Unglaublich, oder? Sag es noch mal.«

Ich sagte es noch mal und musste schon wieder niesen.

»Wie funktioniert das?«, wollte ich wissen.

»Das ist die Magie der Worte«, sagte Vicky.

»Unsinn, so was gibt es nicht.«

Plötzlich sah sie mich ernst an.

»Nimm dich in Acht!«, warnte sie mit großen Augen.

»Wovor?«

»Wenn du so weitermachst, hast du bald gar keine *Unsinns* mehr.«

»Ich habe mehr als tausend *Unsinns* auf Lager. Meine *Unsinns* verbrauchen sich nicht.«

»Wart's nur ab, Pandekraska Pampernella, die Magie der Worte holt auch dich ein«, raunte Vicky.

Ich lachte, sie klang so ernst, als würde sie das wirklich glauben.

»Vicky«, sagte ich bestimmt, »es gibt keine Magie der Worte.«

»Was?!«

Sie empörte sich, wie ich es gerne tat. Zusätzlich stand sie auf und stemmte die Arme in die Seite. Sie hätte in diesem Moment meine ältere Zwillingsschwester sein können.

»Es *gibt* eine Magie der Worte«, sagte sie, »so wie es eine Magie der Zahlen *gibt*.«

»Was ist die Magie der Zahlen?«

»Es gibt Menschen, die reden nur in Zahlen.«

»Du meinst Mathematiker.«

»Nein. Die reden in Gleichungen und Formeln.«

»Wie redet man in Zahlen?«

»8776269.«

»Was?«

»Das heißt: Hallo, wie geht es dir?«

»Wirklich jetzt?«

»Nee, das habe ich mir ausgedacht, aber es gibt Menschen, die denken sich das nicht aus, die können das einfach so.«

Vicky setzte sich wieder.

»Mein Bruder Adelbert II. zum Beispiel«, sprach sie weiter, »der macht das auch und der kennt solche Menschen. Der sagt eine Zahl und bekommt eine Zahl zur Antwort. So geht das den ganzen Tag hin und her.«

Ich versuchte, mir das vorzustellen, es gelang mir nicht.

»Und wie geht das bei der Magie der Worte?«, fragte ich.

»Dasselbe, nur dass du Wörter benutzt.«

»Gurke«, sagte ich.

»Haha«, sagte Vicky, »so funktioniert das nicht. In der Magie der Worte kommen nur ganze Sätze zum Einsatz. Jeder Buchstabe muss an der richtigen Stelle stehen, sonst funktioniert die Magie nicht. Mit solchen Sätzen kannst du dann Berge versetzen oder im Lotto gewinnen oder einen Wasserfall hochschwimmen. Guck nicht so, es ist wahr! Die Welt kackt uns mit Magie voll und wir merken es nicht.«

»Vicky, das alles gibt es nicht.«

»Willst du wetten?«

»Um was?«

Sie musste nicht einmal nachdenken.

»Wenn ich recht habe, musst du dir eine Glatze schneiden lassen.«

Ich unterdrückte einen Schrei und stand kurz davor, Vicky die leere Limoflasche über den Kopf zu hauen, sollte sie meine Frisur auch nur schief ansehen.

»Wieso machst du so ein Gesicht?«, fragte Vicky.

»Ich wette nicht«, sagte ich schnell.

»Haha. Du wettest nicht, weil du weißt, dass die Magie überall und überall ist«, stellte Vicky zufrieden fest und zeigte auf die Garagen. »Und was ist da drin?«

Sie war wie ein Tornado, der mal nach links und nach rechts auswich; und ich fühlte mich wohl in dem Chaos, das sie um sich herum anrichtete. Dazu sah sie sehr speziell aus in dieser schwarzen Seidenhose und der weiten Bluse, die über und über mit Blumen bestickt war. Ein goldener Ring piercte ihre Nase und blitzte auf, wann immer sie den Kopf nach hinten warf und lachte. Ich fand Vicky ungemein witzig, aber auch ungemein unberechenbar und auch ein wenig unheimlich, denn wer das Wort Glatze in den Mund nimmt, der ist unberechenbar und unheimlich zugleich.

»Der König bewahrt dort seine Kollektion«, sagte ich.

Wir blieben vor den Garagen stehen. Ich gab den Geheimcode ein und die Tore öffneten sich lautlos.

»Wow, jetzt wird es endlich spannend!«, sagte Vicky und rieb sich die Hände wie ein Gangster, der eine Waffenlieferung entgegennimmt.

Die Autos waren poliert und sahen aus, als würden sie nur auf ein Startzeichen warten.

»Wann fährt denn dein Vater all diese Schlitten?«

»Wann immer ihm danach ist.«

Vicky klopfte einem Porsche auf die Motorhaube.

»Der ist aber hässlich«, stellte sie fest, »der auch. Und der da auch.«

Sie trat einem Packard 180 gegen den Vorderreifen.

»Welcher gefällt dir am besten?«, fragte sie mich.

Ich zeigte auf den Alfa Romeo Spider 1967. Er war der erste Wagen in der Reihe. Sein Verdeck war zurückgeklappt, der Lack knallrot und wunderschön. Ich hatte schon mehrmals versucht, den Wagen unerlaubt aus der Garage zu fahren, doch irgendwie wurde ich immer erwischt. Erst als mir der König versprach, dass ich den Spider eines Tages von ihm erben würde, habe ich aufgegeben. Seitdem erinnerte nur das dicke Kissen auf dem Fahrersitz daran, wie viel Mühe ich mir gegeben hatte, den Spider aus der Garage zu entführen.

»Dein Vater hat dir den Wagen *versprochen*?!«

Ich nickte. Vicky lachte und sagte, so ein Versprechen sei so viel wert wie ein Fingernagel. Sie öffnete die Fahrertür und setzte sich in den Spider. Sie rückte ihren Hintern auf dem Kissen zurecht und startete den Motor.

»Kannst du überhaupt fahren?«, fragte ich.

»Klar!«

Sie rollte im Schritttempo aus der Garage und blieb neben mir stehen.

Ich war beeindruckt.

Vicky tätschelte das Lenkrad.

»Meine Brüder veranstalten einmal in der Woche Traktorrennen, da habe ich gelernt, mit Maschinen umzugehen. Und du? Kannst du fahren?«

Ich schüttelte den Kopf.

»Meine Beine sind zu kurz, um an die Pedale zu kommen.«

Vicky kurbelte das Fahrerfenster herunter, verrenkte sich ein wenig hinter dem Lenkrad, dann hievte sie ihren linken Fuß hoch, sodass er aus dem Auto hing. Ich musste einen Schritt zurücktreten, damit mich ihr Plateauschuh nicht im Gesicht traf.

»Siehst du die Klopper an meinen Füßen?«, fragte sie. »Damit komme ich an jedes Gaspedal heran. Selbst bei einem Panzer oder Düsenjet.«

»Ich habe noch nie Plateauschuhe getragen«, gab ich zu.

»Das ist ja wohl dein Pech.«

Vicky wackelte auf dem Sitz herum und wurde rot im Gesicht.

»Ich werde langsam fett«, sagte sie. »Hilf mir mal, mein Bein wieder reinzubekommen.«

Ich fand, sie war nicht fett, sie war nur ein wenig ungelenk. Ich half ihr und hievte das Bein wieder in das Auto. Vicky ließ den Motor ein wenig aufröhren und wollte wissen, ob ich schon mal in Las Vegas gewesen war.

»Nein. Du?«

»Auch nicht.«

Sie drückte noch ein wenig mehr auf das Gaspedal.

»Und warst du schon mal in Paris?«

»Ja. Du?«

»Natürlich«, log Vicky empört und warf einen Blick in den Seitenspiegel. »Worauf wartest du noch? Steigst du jetzt ein oder nicht?«

Ich stieg ein.

Vier Stunden später waren wir in Paris.

Wir spazierten schon das zweite Mal die Champs-Élysées hinunter, aßen Pistazieneis und schauten uns die Geschäfte an. Es ging uns prächtig, wir waren vollkommen sorglos. Als wir auf der Hälfte der Fahrt an einer Raststätte eine Pinkelpause eingelegt hatten, habe ich das GPS in meinem Armband aktiviert. Es funktionierte nur als Sender, das war damals meine Entscheidung gewesen, da ich nicht wollte, dass mich andauernd jemand anbimmelte. Dennoch musste ich einen Kompromiss eingehen: In dem Armband war neben dem Sender ein Mikrofon eingebaut, Xien Xien Yu hatte darauf bestanden. Sobald ich den Sender aktivierte, erfuhr er so nicht nur, wo ich war, auch landete jede Sprachnachricht von mir auf seinem Handy.

Und so sah an diesem Tag meine erste Nachricht aus:

Uns geht es prima, Vicky fährt sehr gut Auto
und in Paris regnet es nicht.

Als ich Vicky von meinem Armband erzählte, wollte sie es geschenkt haben.
»Ich kann dir mein Armband nicht schenken.«
»Wieso nicht? Du bist doch nicht Prinzessin Pampelmuse?«
»Wer ist denn Prinzessin Pampelmuse?«
»Das ist die blöde Prinzessin, die ihr Armband nicht hergibt.«
»Nein, die bin ich nicht.«
»Dann gib her.«
Ich zog meinen Arm weg, Vicky schmollte.

Ich glaube, so muss sich das anfühlen, wenn man eine Freundin hat – wir waren beide vollkommen sorglos und frei. Die Sonne schien grinsend auf uns herab, die Pariser flanierten durch die Gegend und wir flanierten mit ihnen. Dann blieb Vicky plötzlich stehen und betrachtete mich in der Spiegelung eines Schaufensters.

»Ich kapier's nicht«, sagte sie. »Wir sind vier Stunden mit offenem Dach gefahren und du siehst genauso aus wie zuvor. Wie geht das? Wieso ist dein Haar so perfekt?«

»Weil ich eine Frisur habe.«
»Ich habe auch eine Frisur.«
»Nicht wirklich, Vicky.«
Sie kreischte beinahe.
»Nicht wirklich?!«
Sie zeigte auf ihren Kopf.
»Und was ist das da?«
»Haare auf dem Kopf.«
»Und du? Was hast du?«
»Ich habe eine Frisur. Und zwar jeden Tag eine neue.«
»Was?!«
Vicky verzog das Gesicht, als hätte sie in eine Zitrone gebissen.
»Pandekraska Pampernella, das macht keinen Sinn.«
»Wieso nicht?«
»Niemand hat jeden Tag eine neue Frisur.«
»Ich schon.«
»Was hattest du gestern für eine?«
»Einen *Bob Up The Mountain*.«
»Das ist doch keine Frisur!«
»Natürlich ist das eine Frisur.«
»Was hast du jetzt für eine?«
»*Frizzy Allover*.«

»Das klingt wie ein Cocktail.«
»Es ist eine Frisur, Vicky.«
»Sagst du.«
»Wollen wir wetten, dass es all die Frisuren wirklich gibt?«
»Ich wette nicht.«
»Was?!«
»Haha, da guckst du, was?«
»Vorhin auf dem Tennisplatz *wolltest* du wetten.«
»Vorhin ist vorhin.«
»Seit wann wettest du denn nicht mehr?«
»Seit genau eben. Und was willst du dagegen tun?«

Vicky sah mich herausfordernd an. Ich hatte genug und packte sie an der Hand. Gemeinsam überquerten wir die Champs-Élysées. Autos hupten und Leute meckerten. Wir erreichten die andere Straßenseite und marschierten direkt auf den Salon zu, der mir vorhin schon aufgefallen war. Durch das Schaufenster sahen wir sechs Frauen auf Stühlen sitzen, die von sechs Friseusen umschwirrt wurden, die alle gleichzeitig redeten. Als wir eintraten, begrüßte uns die Frau hinter der Kasse mit einem so breiten Lächeln, dass ihre Mundwinkel Schatten warfen.

»Bonjour, Mesdemoiselles«, sagte sie.

»Bonjour, Madame«, sagten wir.

Vicky tat, als würde sie sich die Preisliste studieren. Ich stupste sie an.

»Frag sie«, sagte ich.

Vicky seufzte.

»Schon mal was von einem *Bob Up The Mountain* gehört?«, fragte sie.

Die Frau spitzte den Mund.

Vicky wandte sich an mich.

»Siehst du, haha, siehst du! Niemand hat von dieser albernen Frisur ge---«

»Wir sind ein normaler Coiffeur, Mademoiselle«, unterbrach sie die Frau und legte sich eine Hand auf die Brust. »Ich bin die Besitzern und ich kann Ihnen versichern, wir bieten unseren Lehrlingen eine exzellente Ausbildung und jedes Jahr verlassen vier Meisterschülerinnen unser Haus. Selbstverständlich habe ich von dem *Bob Up The Mountain* gehört, doch leider können wir Ihnen nicht damit dienen. Auch unsere Expertise hat Grenzen.«

»Und was ist mit dem *Fritty Dizzy*?«, fragte Vicky.

»*Frizzy Allover*«, korrigierte ich sie.

Die Besitzerin sah mich das erste Mal richtig an. Ihr Blick huschte von meinem Gesicht zu meinen Haaren. Sie betrachtete meine Frisur einige Sekunden lang und atmete dann scharf ein.

»Pandekraska Pampernella?!«, sagte sie erstaunt.

»Ihr kennt euch?!«, fragte Vicky verwirrt.

»Nein, sie kennt mich«, antwortete ich.

Die Besitzerin kam hinter der Kasse hervor. Ihre Stimme zitterte ein wenig, sodass ich sie am liebsten beruhigt hätte.

»Darf ich?«, fragte sie.

Ich sagte, sie dürfe. Die Besitzerin ging einmal um mich herum und machte dabei mit ihrem Handy mehr als hundert Fotos von meiner Frisur. Dabei redete sie ohne Pause.

»Es ist das allererste Mal, dass ich einen *Frizzy Allover* live sehe. Ich war mir sicher, dass er nur ein Mythos ist. Natalie Portman wollte ihn ausprobieren, aber ihr Haar hat nicht mitgespielt. Dann hat es Scarlett Johansson versucht und ging danach drei Tage lang nicht aus dem Haus. Wenn ich fragen darf, Eure Hoheit, wer hat dieses Meisterwerk kreiert?«

»Meine private Coiffeuse«, antwortete ich und dachte an meine private Coiffeuse, die es nicht mochte, wenn man sie als einfache Friseuse bezeichnete. Ihr Name war Sookie Karu und bisher wurde sie nicht erwähnt, weil Sookie eine sehr private Person ist und dem Chronisten und mir das Versprechen abgenommen hat, unsere gemeinsame Geschichte nicht zu erzählen. Deswegen vergesst, dass ich Sookie erwähnt habe, denn ich bin jemand, der seine Versprechen hält.

Die Besitzerin des Salons verbeugte sich leicht.

»Es ist mir eine Ehre, Eure Hoheit in meinem bescheidenen Salon begrüßen zu dürfen. Ich bin mir sicher---«

»Genug gequatscht«, unterbrach sie Vicky. »Was ist mit mir?«

Die Besitzerin blinzelte, als wäre sie eben aus einem Traum erwacht.

»Was soll mit Ihnen sein, Mademoiselle?«

»Bekomme ich eine Frisur oder nicht?«

Wir betrachteten beide dieses irische Mädchen mit dem goldenen Nasenring kritisch.

»*Little Turnwave?*«, schlug die Besitzerin vor.

Ich schüttelte den Kopf.

»Zu normal.«

»*Sunset Boulevard On A Shady Day?*«

»Auch zu normal.«

Vicky hielt mir ihre Faust unter die Nase.

»He, was hast du gegen normal?«, wollte sie wissen.

»Du *bist* nicht normal«, erklärte ich und schob ihre Faust weg.

Und dann hatte die Besitzerin die richtige Idee.

»*Snowripple Four?*«

»Perfekt«, sagte ich.

Die Besitzerin trat zu einer der Kundinnen und bat sie, den Stuhl frei zu machen. Danach zog sie sich einen Kittel an und gestand mir, dass sie es bisher nur bis zum *Snowripple Two* geschafft hatte und nicht wirklich wusste, wie ein *Snowripple Four* abgeschlossen wurde.

Ich flüsterte ihr das Geheimnis ins Ohr.

Die Besitzerin erschauerte einmal und dann kamen ihr die Tränen. Eine ihrer Friseusen reichte ihr ein Taschentuch, sie schneuzte sich und griff zu einer Schere.

Kleiner Zwischenstopp bei einem Coiffeur und beste Grüße an Sookie. Auch in Frankreich wird ihre Arbeit geschätzt und bewundert.

Eine Stunde später verließen Vicky und ich den Salon. Eine von uns war nicht wirklich glücklich.

»Ich sehe aus wie ein Schlumpf, der aus der Waschmaschine gefallen ist«, sagte Vicky.

»Und warum machen die Leute dann Fotos von dir?«, fragte ich zurück.

»Weil sie noch nie einen Schlumpf gesehen haben, der aus der Waschmaschine gefallen ist.«

»Vicky, du siehst toll aus.«

»Tu ich nicht!«

»Doch, tust du.«

Wir blieben vor einem Schaufenster stehen.

»Sieh dich doch mal an«, sprach ich weiter. »Auf deinem Kopf sitzt eine Frisur, die weltweit bisher nur sechs Berühmtheiten getragen haben.«

Vicky rümpfte die Nase.

»Kein Wunder, dass es nur sechs sind, wenn sie am Ende alle so aussahen.«

Ich lachte, Vicky trat nach mir, ich wich ihr aus.

»Wir können zurückgehen und du bekommst deine alte Frisur zurück«, sagte ich.

Plötzlich rannte Vicky davon. Einfach so. Als sie fünfzig Meter entfernt war, drehte sie sich um und rief mir zu:

»Ich bin doch nicht doof und gehe zurück in diesen Laden, die Frisur war doch gratis. Hahaha!«

Zwei Ecken weit lief sie noch vor mir her, dann wurde ihr das zu langweilig und sie wartete, dass ich zu ihr aufschloss.

»Wieso heißt ihr in eurer Familie alle gleich?«, wollte ich wissen.

Wir saßen am Ufer der Seine und ließen die Beine über dem Wasser baumeln. Ich hätte am liebsten Bobby B angerufen, damit er den Fluss ein wenig für uns auffüllte.

Vicky antwortete mir nicht. Sie war darauf konzentriert, das Wahrzeichen von Paris zu zerquetschen. Dafür hielt sie Daumen und Zeigefinger nahe an ihr Auge, sodass der Eiffelturm genau dazwischenpasste.

»Guck mal«, sagte sie, »so klein ist der Eiffelturm in Wirklichkeit.«

Vicky verkleinerte den Abstand zwischen ihren Fingern und lächelte grausam. Ich stieß sie mit der Schulter an.

»Hallo? Ich habe gefragt, wieso ihr in eurer Familie alle gleich heißt?«

»Ich hab dich schon gehört, Prinzessin.«
»Und?«
»Ich bin mit dem Eiffelturm noch nicht fertig.«
Sie quetschte noch ein paar Sekunden, dann schüttelte sie ihre Hand aus und begann zu erzählen:
»Also, alles fing damit an, dass unsere Mutter Drillinge bekam. Sie hat sich lange mit meinem Vater den Kopf zerbrochen, wie sie die drei Mädchen nennen sollte. Es gab deswegen regelrechten Streit und der gesamte Familienclan reiste an. So ist das immer bei uns. Alle kamen vorbei, stell dir das mal vor, über vierzig Leute brüllten irgendwelche Namen in den Raum, sie gingen auf die Fasanenjagd und schliefen kreuz und quer in unserem Haus. Dann stand die Taufe bevor und selbst der Priester machte Vorschläge, aber alle Namen kamen aus der Bibel, was mal wieder typisch ist für einen Priester. Als unsere Eltern dann die Kirche betraten, wählten sie ganz spontan den Namen Vicky. Und weil sie genug diskutiert und sich endlich auf einen Namen geeinigt hatten, nannten sie jeden der Drillinge Vicky. Zwei Jahre später wurde ihr erster Sohn geboren und das Spiel ging von vorne los. Alle Verwandten reisten an, die Fasane wurden über die Felder gejagt und man schlief kreuz und quer in unserem Haus. Dann kam die Taufe und der einzige Jungenname, auf den sich meine Eltern einigen konnten, war Adelbert. Und so blieben diese Namen an uns hängen. Mal ganz unter uns und wehe du erzählst das weiter: Ich glaube, meine Eltern haben nicht viel Fantasie.«
»Aber wie unterscheiden sie euch?«, wollte ich wissen. »Rufen sie euch mit den Zahlen auf?«
»Nein, sie müssen nur Vicky oder Adelbert sagen und derjenige weiß genau, wer gemeint ist. Das klingt zwar unmöglich, aber

in Irland ist alles möglich. Auch das ist Magie der Worte, Prinzessin. Und jetzt bin ich müde vom vielen Quasseln, ich glaube, ich hab seit fünfzehn Jahren nicht so lange an einem Stück geredet. Zwar war ich noch nie betrunken, doch gerade fühle ich mich stockbetrunken. Jetzt pass mal gut auf mich auf. Ich mach die Augen kurz zu und bin gleich wieder da.«

Mit diesen Worten legte Vicky ihren Kopf in meinen Schoß. Sie seufzte einmal und dann flüsterte sie mir zu, dass sie wegen Liebeskummer von zu Hause abgehauen war. Als sie zu Ende geflüstert hatte, begann sie leise zu schnarchen.

Ich saß da und hatte ein breites Grinsen im Gesicht. Was war das nur für ein gutes Gefühl, hier zu sitzen und auf Vickys Schlaf aufzupassen. Minuten vergingen. Ich schloss auch die Augen und hörte Leute vorbeilaufen, hörte sie reden und lachen, dazu plätscherte die Seine und aus den Baumkronen meckerten die Spatzen auf uns herab. Ich hörte alles, nur ihn hörte ich nicht kommen.

»Wen haben wir denn da?«

Als ich meine Augen wieder öffnete, waren Vicky und ich nicht mehr allein. Der Mann saß neben mir und schaute auf das Wasser. Es war ein gruseliger Moment. Ich verstand nicht, wie sich jemand so gut anschleichen konnte. Ich roch das Leder seines Mantels.

»Ich schreie«, sagte ich. »Ich schreie so laut, dass die Polizei kommt.«

»Ich denke, dass machst du nicht«, sagte Böff Stroganoff, ohne mich anzusehen.

»Was macht dich so sicher?«

»Du hast niemandem von unserer Begegnung erzählt.«

»Wer sagt, dass ich niemandem---«

»Pandekraska Pampernella«, unterbrach er mich, »glaubst du wirklich, dein Leibwächter würde dich aus den Augen lassen, wenn er davon wüsste?«

Ich schwieg, er hatte recht und ich mochte es überhaupt nicht, dass er recht hatte.

»Kürbiskerne?«

Böff Stroganoff hielt mir eine Tüte entgegen. Ich schüttelte den Kopf.

»Du bist sehr schnell aus der Mongolei zurückgekehrt«, sprach er weiter und knackte mit den Zähnen einen Kürbiskern. »Toja war anscheinend nicht die Richtige für dich.«

»Wir haben nicht zusammengepasst.«

»Niemand wird gerne im Stich gelassen.«

»Das war es nicht«, log ich.

Er sah mich an und lächelte, als wüsste er alles und ich nichts. Dann steckte er die Kürbiskerne weg und betrachtete eine Minute lang die schlafende Vicky.

»Und wie macht sich deine neue Freundin?«

»Prima.«

»Du weißt, dass sie zu alt ist, um deine beste Freundin zu sein.«

»Lass mich das mal entscheiden.«

Ich versuchte von ihm wegzurutschen, aber Vicky lag zu schwer in meinem Schoß.

»Rutsch mal weg von mir«, bat ich.

Böff Stroganoff rutschte nach links und brachte etwas Abstand zwischen uns.

»Keine Sorge«, sagte er, »ich habe nicht vor, lange zu bleiben. Auch wenn Paris mehr als einen Tag verdient, ruft die Arbeit.

Ich hoffe, du hattest genug Zeit, um über mein Angebot nachzudenken.«

Ich sah ihn von der Seite her an und konnte sehen, dass er seinen Bart anders geflochten hatte.

»Du reist ernsthaft um die Welt, um diese dämliche Unterschrift von mir zu bekommen?«, fragte ich.

Böff Stroganoff zuckte mit den Schultern.

»Es ist mein Job und ich bin sehr stolz auf meine Überzeugungskraft. Wenn ich einen Auftrag annehme, erfülle ich ihn bis ins letzte Detail.«

»Und wenn nicht?«

Er dachte kurz nach.

»Bisher gab es noch kein *wenn nicht*.«

»Und was willst du tun, wenn ich wieder Nein sage?«, fragte ich. »Willst du mich vielleicht in die Seine schmeißen?«

Böff Stroganoff lachte.

»Hör mal, niemals würde ich dir was antun.«

»Ach, so ist das?«

»Ja, so ist das.«

»Ich bin wegen dir in einen Abgrund gestürzt ...«

»... weil du meine Hand weggeschlagen hast.«

»Pöh«, machte ich.

Böff Stroganoff klappte seine Taschenuhr auf.

»Mir rennt wirklich die Zeit davon«, sagte er. »Wenn ich deine Unterschrift nicht bald habe, muss ich andere Maßnahmen ergreifen. Und dann wird es unangenehm.«

»Ich habe keine Angst vor dir«, sagte ich.

»Du würdest aber Angst bekommen, wenn ich dir erzähle, was ich herausgefunden habe.«

Er senkte seine Stimme.

»Ich weiß jetzt mehr über dich als du selbst, Pandekraska Pampernella, verstehst du das? Und da wir uns hier in Frankreich befinden, sage ich mal frei heraus, dass dich ein *grand malheur* erwartet. Falls du weißt, was das ...«

»... es heißt großes Unglück«, sagte ich.

»Richtig, und dieses *grand malheur* existiert seit deiner Geburt. Niemand hat es dir erzählt, weil niemand will, dass du es weißt. So sollte es auch so bleiben. Es ist besser für alle. Deswegen ...«

Er zog den Vertrag aus seinem Mantel und legte ihn zwischen uns.

»... tu dir selbst den Gefallen und unterschreib endlich, damit das *grand malheur* dich nicht überrollt.«

Ich hörte ein Fiepen in meinen Ohren. Erst war das Fiepen weit weg, dann kam es näher und hörte sich an, als würde ein Mückenschwarm meine Gedanken umkreisen. Ich war zornig. Ich konnte es nicht ausstehen, wenn man mir drohte. Also nahm ich den Vertrag und riss ihn in kleine Stücke. Eine Handvoll Konfetti regnete auf die Seine herab, eine Möwe schnappte nach den Fetzen. Böff Stroganoff sah sich das einen Moment lang an, dann seufzte er und kam auf die Beine.

»Die Zeiten ändern sich, Pandekraska Pampernella. Du solltest dich darauf vorbereiten, dass die Menschen um dich herum aus deinem Leben verschwinden. So wie deine neue Freundin hier. Nicht alles bleibt, wie es ist, denn alles ist in Bewegung. Wir sehen uns bestimmt bald wieder und bis dahin wünsche ich dir viel Spaß in Amsterdam.«

Er vergrub die Hände in den Hosentaschen und gab einen Pfiff von sich. Aus den Büschen kamen zwei Windhunde und liefen neben ihm her. Ich zählte bis dreißig, erst dann fühlte ich mich sicher genug und rief ihm hinterher:

»Woher weißt du, dass ich nach Amsterdam fahre?«

Böff Stroganoff blieb stehen.

»Du bist nicht die Einzige, der Vicky ihr Herz ausgeschüttet hat«, antwortete er. »Ich kenne jeden deiner Schritte, darum solltest du auf mich hören, bevor du ins Stolpern gerätst. Außerdem kannst du dir die Reise nach Irland sparen. Eine Niederlage mehr wird dich auch nicht glücklicher machen. Kehr am besten nach Florin zurück und denk über mein Angebot nach. Die Uhr tickt. Meine Auftraggeberin ist ein ungeduldiges Mädchen.«

Mehr hatte er nicht zu sagen und spazierte mit seinen Windhunden davon.

Ich saß da und spürte einen Stein im Bauch.

Er hatte gewusst, wie Vicky hieß. Er kannte unsere Pläne.

Als ich runterschaute, schaute Vicky zu mir hoch.

»Oje«, sagte sie.

»Du weißt, wer das war«, stellte ich fest.

»Ich habe nie nach seinem Namen gefragt.«

»Er heißt Böff Stroganoff.«

Vicky kicherte.

»Das ist doch kein Name, das ist ein Gericht.«

»Woher kennst du ihn?«

Vicky hörte auf zu kichern.

»Wer sagt denn, dass ich ihn kenne?«

Ich spürte, wie ich ungeduldig wurde.

»Vicky, woher kennst du ihn?«

Sie setzte sich auf und rieb sich mit der flachen Hand über die Nasenspitze.

»Ich habe gestern Abend die Fähre von Dublin nach Cherbourg genommen«, sagte sie. »Als ich in Cherbourg ankam, war es mitten in der Nacht und da habe ich mich an den Straßenrand gestellt und den Daumen rausgehalten. Der Typ hat mich in seinem Auto mitgenommen. Er sagte, er müsste auch nach Florin und da würde das doch passen, wenn er mich mitnimmt. Woher sollte ich denn wissen, dass er dich kennt? Jetzt schau nicht so erschrocken, Prinzessin. Ich war vorsichtig und habe die ganze Fahrt über das Pfefferspray in meiner Hand gehalten.«

»Hast du ihm erzählt, was du vorhast?«

»Ein wenig.«

Ich konnte es einfach nicht glauben. Böff Stroganoff hatte nicht nur Vicky abgefangen, er war uns danach von Florin nach Paris gefolgt. Der Kerl wurde mir immer unheimlicher.

»Was will er?«, fragte Vicky.

»Egal«, sagte ich.

»Egal geht nicht. Was will der Typ von dir?«

Auch wenn ich es nicht vorgehabt hatte, begann ich Vicky von meiner Erzfeindin zu erzählen. Sie erfuhr von der Mongolei und wie Böff Stroganoff mir den Vertrag unter die Nase gehalten hatte, während ich hilflos über der Schlucht hing.

»Wo wohnt deine Erzfeindin?«, wollte Vicky danach wissen.

»Wir fahren da jetzt nicht hin«, sagte ich.

»Pöh, ich mache, was ich will.«

»Nein, das machst du nicht.«

Vicky machte eine Karatehand.

»Aus der mache ich Sushi!«, sagte sie.

»Nee, mach das mal nicht, Vicky, ich komme schon alleine klar.«

»Heulst du jetzt los?«
Ich biss die Zähne zusammen.
»Nein, ich heule jetzt nicht.«
»Es ist okay, wenn du heulst.«
»Ich sagte doch, ich---«
Plötzlich lagen meine Hände über meinem Gesicht. So blieb ich sitzen, bis mein Geheule vorbei war. Als ich die Hände wieder runternahm, ging es mir besser. Nichts war gelöst, aber es ging mir besser.
»Gut«, sagte Vicky, »du hast recht, erst mal fahren wir nach Amsterdam. Danach aber knüpf ich mir diese verrückte Nuss vor, die dir an den Karren fahren will. Ich kauf mir eine Ninjamaske und vielleicht eine Keule. Die legt sich nie wieder mit dir an, das verspreche ich dir.«
Und so fuhren wir weiter.

Wir nehmen Kurs auf Amsterdam.
Vicky hat Liebeskummer, ich helfe ihr.

Zweimal mussten wir auf dem Weg nach Amsterdam anhalten. Das erste Mal, als Vicky an der Tankstelle zahlen wollte und feststellte, dass sie kein Geld mehr hatte.
»Mein Geld ist alle!«, rief sie und stülpte ihre Taschen nach außen und sah für einen Moment aus wie Charlie Chaplin ohne Schnurrbart und Hut.
»Ohne Geld geht nichts«, sagte ich.
»Haha, wie weise. Hast du denn gar kein Geld?«
»Ich habe nicht mal eine Handtasche.«
»Typisch, Prinzessin.«

Wir ließen den Wagen an der Tankstelle zurück und spazierten in den nächsten Ort hinein. Das erste Bankgebäude, das ich sah, steuerte ich an.

»Da gehen wir jetzt rein«, sagte ich.

Vicky machte große Augen.

»Was willst du denn machen? Willst du die Bank ausrauben?«

»Natürlich nicht«, sagte ich und aktivierte meinen Sender und ließ Xien Xien Yu wissen, dass ich Geld abheben musste. Ich nannte den Ort, die Straße und den Namen der Bank. Vicky wollte auch etwas in das Mikrofon sagen. Ich hielt ihr das Armband entgegen.

»Hallo, Erde an Mars, hallo, ist da jemand?«

Sie kicherte, ich unterbrach die Verbindung, Vicky wurde wieder ernst und machte ein Gaunergesicht.

»Wenn du die Bank doch ausraubst, dann will ich die Hälfte.«

Zwei Minuten später betraten wir das Bankgebäude. Gerade zu waren vier Schalter, vor denen Kunden warteten. Links sahen wir einen Getränkespender und rechts einen Wachmann, der ein Sandwich aß. Hinter einem der Schalter stand ein weißhaariger Mann und hatte ein Telefon am Ohr. Als er uns erblickte, legte er den Hörer auf und trat hinter dem Schalter hervor. Er hatte eine gepunktete Fliege um den Hals und seine linke Hand steckte in einem schwarzen Handschuh. Der Mann stellte sich uns als Bankdirektor Binnu vor. Er führte uns zu einem Tisch, auf dem eine Schale mit Keksen stand.

»*Un moment*«, bat er.

Während wir Kekse knabberten, verschwand der Bankdirektor kurz hinter einem der Schalter und kehrte mit einem Briefumschlag zurück. Ich zählte das Geld nicht nach, sondern bedankte mich mit einem Knicks. Vicky konnte es nicht lassen und musste Bankdirektor Binnu fragen, was mit seiner Hand los sei. Der Bankdirektor schaute auf den schwarzen Handschuh, als hätte er ihn eben erst bemerkt.

»Oh, das ist wegen des Calciummangels«, sagte er.

Vicky lachte.

»So ein Quatsch«, sagte sie.

»Doch, doch …«

Bankdirektor Binnu verzog das Gesicht.

»… über so was scherzt man nicht«, sprach er zu Ende.

Vicky wurde kleinlaut.

»Calciummangel?«, wiederholte sie leise und erinnerte sich wahrscheinlich in dem Moment an all die Milchgläser, die sie nicht leer getrunken hatte. Bankdirektor Binnu hob die Hand. Außer dem kleinen Finger hingen alle Finger im Handschuh schlaff herunter.

»Nur die Haut ist noch da«, sagte er. »Alle Knochen haben sich aufgelöst.«

»Was?«, kreischte Vicky beinahe. »Nur die Haut?!«

»Und ein paar Sehnen.«

»Auweia!«

Vicky wurde schwindelig und sie musste sich an einem Stuhl festhalten. Bankdirektor Binnu zwinkerte mir zu, ich zwinkerte zurück, Vicky bekam das nicht mit. Wir verließen die Bank und ich kicherte.

»Wieso kicherst du so doof?«, fragte Vicky.

»Weil er dich verarscht hat.«

»Was? Das hat er nicht!«

»Doch, das hat er.«

Ich hätte die Klappe halten sollen. Vicky drehte auf dem Plateauabsatz um und stürmte hochrot im Gesicht in die Bank zurück. Sie sah sich um und marschierte direkt auf Bankdirektor Binnu zu. Er saß mittlerweile auf der Ecke eines Schreibtisches und unterhielt sich mit einer Angestellten. Als er Vicky kommen sah, winkte er ihr mit dem schwarzen Handschuh, der nicht mehr an seiner Hand war und wie eine müde Fahne von seinen Fingerspitzen herabhing.

»Das sollte also witzig sein?«, fragte ihn Vicky zornig.

Bankdirektor Binnu grinste, als wäre er nicht über sechzig Jahre alt, sondern gerade mal sechs. Vicky sah den Humor nicht. Als der Bankdirektor ihr erklärte, er würde immer einen Handschuh anziehen, wenn er die Goldbarren zählte, fand Vicky das noch unwitziger und schaute sich mit blitzenden Augen um. Der Feueralarm wurde ihr Ziel. Er war neben dem Eingang hinter einer Glasscheibe an der Wand montiert. Vicky zog ihren linken Plateauschuh aus und schlug die Scheibe ein. Dann zog sie den Schuh wieder an und drückte mit einem spitzen Finger den roten Knopf.

Der Feueralarm ging lärmend los.

Bankdirektor Binnu wurde kreidebleich.

Vicky kehrte zu ihm zurück und lachte ihm laut ins Gesicht.

»Hahaha und wer lacht jetzt?«, fragte sie ihn.

Dann hakte sie sich bei mir unter und sagte:

»Eine Irin verarscht man nicht.«

So spazierte sie mit mir aus der Bank.

»War das nicht etwas übertrieben?«, fragte ich. »So wie du dich aufregst, könntest du glatt aus dem Kindergarten abgehauen sein.«

»Ich weiß, ich weiß«, seufzte Vicky und ließ die Schultern sacken. »Es ist ein Jammer, ich werde einfach nicht älter.«
Plötzlich lachte sie.
»Aber hast du gesehen, wie der Alte geschlottert hat, als ich den Alarm ausgelöst habe? Wie ein Schlotte ohne Rock.«
»Du meinst ein Schotte.«
»Nee, ich meine Schlotte.«
Sie sah mich an, als wäre ich ein Analphabet.
»Wo kommst du denn her, dass du nicht weißt, was ein Schlotte ist?«, wollte sie wissen.
»Aus Florin.«
»Florin Schmorin.«
In dem Moment raste ein Feuerwehrauto lärmend an uns vorbei, ein Krankenwagen folgte ihm. Sie kamen vor der Bank zum Stehen. Ich überlegte, ob wir wegrennen sollten. Vicky blieb cool und zeigte auf den Umschlag.
»Schau mal nach, wie viel Geld wir jetzt haben.«
Ich sah in den Umschlag.
»Zehntausend Euro«, sagte ich.
Vicky schnappte nach Luft.
»Echt jetzt?«
»Ganz echt.«
»Du quatschst also einmal in dein GPS-Dingchen und zauberzauber öffnet so ein Opa den Safe und nimmt zehntausend Euro raus und gibt sie dir?!«
»Xien Xien Yu hat das geregelt, nicht ich.«
»Gehört dieser Xien Xien Yu auch zu deiner Familie?«
Ich nickte, obwohl es nicht stimmte, stimmte es doch – Don Pluto und Xien Xien Yu waren meine Familie.

»Hast du ein Glück, Prinzessin«, sagte Vicky und schnupperte am Geld, dann schielte sie auf mein Handgelenk. »Du hast alles auf der Welt und willst mir das Armband noch immer nicht schenken?«

»Vicky, das geht nicht.«

»Papperlapapp, ich werde doch mal fragen dürfen!«

Wir kamen bei der Tankstelle an, bezahlten für das Benzin und setzten uns wieder in das Auto. Vicky schwieg gute fünf Minuten. Ihre Hände lagen auf dem Lenkrad, sie schaute auf die Straße, sie schaute einfach nur und dachte nach.

»Du verlässt dich sehr auf deine Familie«, stellte sie schließlich fest.

»Du nicht?«

»Pfft.«

Ihr Pfft klang genau wie mein Pfft.

»Was heißt Pfft?«, fragte ich.

»Das heißt, aus den Augen aus dem Sinn.«

»Du meinst, sie denken nicht an dich?«

»Nur wenn sie was von mir wollen.«

»Das glaube ich nicht.«

»Glaub mal, was du willst. Wir Norsestroms sind einfach zu viele, das ist die Wahrheit. Darum bin ich ja abgehauen. Und natürlich, weil ich Liebeskummer habe.«

Sie schnappte sich den Umschlag, zog das Geld heraus und fächerte es auf. Ich war mir sicher, sie würde es jeden Moment in die Luft werfen.

»Mich hast du jetzt überzeugt«, sagte sie.

»Überzeugt von was?«

Sie antwortete mir nicht, stattdessen stopfte sie das Geld zurück in den Umschlag und stieg aus. Sie lief um den Wagen herum und öffnete die Beifahrertür.

»Gib mal deine Füße her.«

Ich tat so was normalerweise nicht, aber es fiel mir wirklich sehr schwer, Nein zu Vicky zu sagen. Also hielt ich ihr meine Füße entgegen. Sie streifte mir die Turnschuhe ab und zog mir ihre Plateauschuhe an. Vorne waren ein paar Zentimeter frei, sonst passten sie perfekt.

»Zeit, dass du auch ein wenig fährst«, sagte sie. »Du hast es dir verdient.«

Das zweite Mal machten wir Halt, weil uns eine Polizeistreife rausgewunken hatte.

Ich war mir vollkommen sicher, dass sie nach zwei verrückten Mädchen fahndeten, weil Vicky den Feueralarm in der Bank ausgelöst hatte. Einer der Polizisten stellte sich hinter unseren Wagen, als wäre er besorgt, dass ich den Rückwärtsgang einlegte. Der andere Polizist blieb auf der Fahrerseite stehen und bat mich mit einer Geste, das Fenster runterzukurbeln. Ich wusste, ich war zu langsam gefahren. Vicky hatte schon viermal gesagt, ich würde wie eine erkältete Schnecke über die Landstraße kriechen.

Der Polizist sah keine Schnecke auf dem Fahrersitz. Er sah ein elfjähriges Mädchen, das mühevoll das Fahrerfenster runterkurbelte und überall hingehörte, nur nicht hinter das Steuer eines Alfa Romeo Spider 1967. Nachdem der Polizist mich lange genug betrachtet hatte, schob er sich die Mütze in den Nacken, kratzte sich an der Stirn und sagte:

»Wie lang sind denn deine Beine?«

»Nicht sehr lang«, antwortete ich.
»Und wie kommst du an die Pedale?«
»Plateauschuhe.«
»Oh, Plateauschuhe.«
»Aber die gehören nicht mir, die habe ich mir geliehen.« Ich zeigte mit dem Daumen nach rechts.
»Von ihr.«
Der Polizist sah jetzt auch Vicky an, dann wieder mich.
»Und ich sitze auf einem Kissen«, fügte ich hinzu.
Der Polizist fand seine Sprache wieder.
»Ich verstehe. Und hat Mademoiselle einen Führerschein?«
Ich räusperte mich. Ich hatte genug Krimis gesehen.
»Hat der Monsieur vielleicht einen Ausweis?«, fragte ich zurück.
Der Polizist zückte seinen Ausweis aus der Brusttasche seiner Jacke und hielt ihn mir entgegen. Ich aktivierte wie nebenbei den GPS-Sender und las laut vor:
»Jean-Luc Berrice. Dienstnummer 8276763456VS. Département Lille.«
»Das bin ich«, sagte der Polizist.
Ich reichte ihm den Ausweis zurück und hoffte sehr, dass Xien Xien Yu alles verstanden hatte und nicht gerade auf dem Klo saß.
»Mademoiselle, wie sieht es jetzt aus mit dem Führerschein?«, fragte der Polizist nach. »Wenn ich ...«
Er verstummte, weil das Funkgerät aus dem Polizeiwagen so laut knisterte, dass wir es durch das offene Autodach hören konnten. Es klang wie ein Außerirdischer, der um Hilfe ruft.
»Ich geh schon ran«, sagte der andere Polizist.
Er war keine zehn Sekunden im Auto verschwunden, als er wieder ausstieg.

»Jean-Luc, es ist für dich.«

Polizist Jean-Luc hob einen mahnenden Finger.

»Ihr rührt euch nicht von der Stelle«, sagte er zu uns.

Wir rührten uns nicht von der Stelle. Wir tauschten aber ein paar Blicke aus.

»Fahr einfach weiter«, drängte mich Vicky, ohne dabei die Lippen zu bewegen.

»Wie kannst du reden, ohne die Lippen zu bewegen?«, fragte ich.

»Mein Papa hat mir das beigebracht. Er war mal Bauchredner in einem Zirkus. Jetzt fahr schon.«

»Ich kann nicht einfach abhauen, Vicky.«

»Die geben dir zehn Jahre Knast, wenn du keinen Führerschein hast.«

»Unsinn!«

»Das ist kein Unsinn, da kennen die Franzosen keinen Spaß.«

Sie sah in den Rückspiegel.

»Oje, da kommt er schon wieder.«

Polizist Jean-Luc blieb auf der Fahrerseite stehen und das Runzeln auf seiner Stirn war wie eingestanzt.

»Also wirklich, was sagt man denn dazu? Da haben wir hohen Besuch aus Florin und ich stehe hier herum wie ein dummer *flic,* der Kaugummi kaut. Also wirklich!«

Er spuckte seinen Kaugummi aus und rückte seine Mütze zurecht.

»Ihr hättet auch gleich sagen können, wer Ihr seid, Eure Hoheit.«

»Ich hatte versucht, diskret zu sein«, sagte ich.

»Das ist Euch auch gelungen.«

Er schüttelte verwundert den Kopf.

»Darf ich mir einen kleinen Ratschlag erlauben, Eure Hoheit?«, fragte er.

»Sehr gerne.«

»Es wäre klug, während der Fahrt einen Gang höher zu schalten.«

»Ich werde daran denken.«

Der Polizist zeigte die Landstraße runter.

»Weiter vorne kommt eine Kurve, die Eure Hoheit sehr langsam angehen sollte, danach habt Ihr freie Fahrt. Ich sage den Straßenwachen in Bourreil Bescheid, damit sie sich nicht wundern, wer ihnen da entgegenkommt. Ich tippe, Eure Hoheit hat vor, die Grenze nach Belgien zu überqueren?«

Ich nickte, genau das hatte ich vor.

»Auch dort kann ich Bescheid sagen, wenn Ihnen das recht ist?«

»Das wäre mir sehr recht«, sagte ich.

Polizist Jean-Luc salutierte und setzte sich mit seinem Kollegen wieder in den Streifenwagen. Sie fuhren an uns vorbei und hupten zweimal. Vicky sah mich an, als wären mir Flügel gewachsen.

»Sag mal, kennt dich denn *jeder*?!«, fragte sie.

»Fast jeder.«

Ich startete den Motor und folgte dem Polizeiwagen.

»Ich habe auf jeden Fall noch nie was von dir gehört«, sagte Vicky.

»Das ist nicht schlimm.«

»Es fühlt sich ein wenig schlimm an. Bist du eine Berühmtheit?«

»Ich bin nur eine Prinzessin, die jeden Tag eine neue Frisur hat.«

»Haha. Alle in Paris kannten dich. Kennst du Johnny Depp?«
»Klar. Ich bin in seinem Pool geschwommen.«
»Oh, nee!«
»Oh, doch.«
»Und was ist mit Emma Stone?«
»Sie hat keinen Pool, aber sie spielt Tennis.«
»Und Chris Pratt?«
»Er war schon mal in unserem Schloss.«
»Und---«
»Vicky, es ist genug«, unterbrach ich sie. »Kommen wir mal zu deinem Liebeskummer zurück.«

Es war, als hätte ich den Stecker gezogen. Vicky verstummte und konnte nicht mal mehr bauchreden. Sie sah in den Rückspiegel, als würden wir verfolgt werden. Es war eindeutig, dass sie es bereute, mir von ihrem Liebeskummer erzählt zu haben. Mir war das egal. Wer ein Fenster öffnet, darf sich nicht wundern, wenn was reinfliegt. Das habe ich mir nicht ausgedacht, das ist von meiner Großmutter Imacculata und die muss es wissen, denn einmal hat sie das Fenster über Nacht aufgemacht und Fledermäuse haben sich im Gebälk ihres Schlafzimmers niedergelassen und waren ein Jahr lang nicht wegzubekommen.

»Du reist also von Irland nach Florin, von Florin nach Paris und von Paris nach Amsterdam wegen Liebeskummer«, fasste ich zusammen. »Und jetzt willst du plötzlich nicht darüber reden?!«
»Na und, ich bin launisch.«
»Und ich bin geduldig.«
Elf Minuten später erfuhr ich alles über ihren Liebeskummer.

Er hieß Ron. Vicky war mit ihm aufgewachsen und jetzt hatte Ron ein anderes Mädchen kennengelernt und Vickys Herz war wie ein mürber Keks zerbrochen. Ron verbrachte die Sommerferien in Amsterdam und Vickys Plan war es gewesen, ihn dort aufzusuchen.

»Wieso bist du nicht gleich nach Amsterdam gefahren?«, fragte ich.

»Weil ich Muffensausen hatte.«

Sie knabberte an einem Fingernagel und dachte nach.

»Außerdem wollte ich euer Schloss sehen.«

Sie schnippte sich selbst gegen die Nase.

»Und außerdem wollte ich dich kennenlernen, Pandekraska Pampernella. Denn mir reicht es auch mal. Meine sieben Schwestern haben immer so ein Schweineglück. Sie bekommen andauernd die besten Freundinnen ab, während ich wie eine Gurke auf dem Tomatenfeld rumliege.«

»Deine Schwester ist doch noch gar nicht meine Freundin«, sagte ich.

»Wart's ab, Vicky VII. ist genau wie du. Sie bekommt, was sie will, und alle finden sie toll. Du wirst sie lieben und sie beschenken. Sie wird deinen Hunger teilen, das sage ich dir.«

Ich musste ihr einfach widersprechen.

»Du bist keine Gurke, Vicky, du bist mehr eine Blume.«

»Igitt, du bist ja so kitschig.«

»Mir ist egal, ob das kitschig klingt oder nicht«, sagte ich und überholte ein Moped und wechselte das Thema, bevor Vicky Luft holen konnte:

»Hast du noch immer Muffensausen?«

»Was ist denn das für ein Themawechsel?«

»Ich frag doch nur, ob du noch immer Muffensausen hast.«
»Nee, nicht mehr.«
»Und was wirst du tun, wenn du Ron gefunden hast?«
»Ich werde ihn einmal knutschen und dann wieder abhauen.«
»Was?! Einmal knutschen reicht?«
»Du kennst mein Knutschen nicht.«
»Kennt er dein Knutschen?«
»Mensch, Pandekraska Pampernella, denk doch mal nach!«
Sie seufzte schwer.
»Wenn er mein Knutschen kennen würde, dann hätte er mich doch längst geheiratet!«
»Würdest du ihn wirklich heiraten wollen?«
»Du weißt nicht, wie süß er ist.«
»Wie süß denn?«
»Fahr mal ran.«
Ich hielt auf dem nächsten Parkplatz, Vicky kramte in ihrer Handtasche und holte ein Foto hervor. Bevor sie es mir zeigte, hob sie einen Zeigefinger und warnte mich.
»Aber verlieb dich nicht sofort.«
»Versprochen«, versprach ich und bekam das Foto zu sehen.
Fünf Minuten vergingen.
Wir saßen da und schauten auf das Foto, während die Sonne durch das offene Dach reinschien und uns grillte. Ron hatte kurzes Haar, das auf einer Seite hochstand. Ron schielte ein wenig und hatte unten eine und oben zwei Zahnlücken. Ron hielt mit beiden Händen ein Lenkrad fest. Seine Shorts waren verrutscht, sodass wir ein Stück von seinem blassen Hintern sehen konnten. An seinem linken Fuß fehlte eine Sandale. Das war Ron.
»Sag schon«, drängte Vicky, »wie süß ist er?«

»Du weißt, dass er auf einem Dreirad sitzt, oder?«
»Natürlich sitzt er auf einem Dreirad«, regte sich Vicky auf.
»Was ist daran natürlich?«
»Er ist drei Jahre alt. Wo würdest du denn sitzen, wenn du drei Jahr alt wärst? Auf einer Harley?«
»Natürlich nicht.«
»Dann frag doch nicht so dämlich.«
»Vicky, hast du denn kein Foto, auf dem er ein wenig älter ist?«
Sie riss mir das Foto aus der Hand.
»Er wollte mir keins geben. Ich habe das hier aus seinem Zimmer geklaut. Und jetzt werde ich ihn finden und ihn knutschen und dann wird er sehen, was er davon hat.«
»So einfach kann das nicht sein.«
»Es ist noch viel einfacher. Hast du denn schon mal geknutscht?«
Ich schüttelte den Kopf.
»Willst du mal?«
»Wen denn?«
»Na, mich.«
»Und was ist, wenn ich dich dann sofort heiraten will?«
»Oh, das habe ich nicht bedacht.«
»Ich lerne lieber später knutschen.«
»Lieber früher als später.«
»Lieber lauter als leiser.«
»Lieber ich statt du.«
»Lieber du statt ich.«
Sie boxte mir gegen den Arm.
»Fahr mal weiter, du Quatschtüte.«
»Jaja, du Liebeskummerige.«
Und so fuhren wir weiter.

Wir durchqueren Belgien und halten nicht an. Amsterdam ist nahe! Ich würde gerne den Orangenkuchen am Grimburgwal essen. Und ihr?

Wir durchquerten Belgien in einem Wimpernschlag und tauschten kurz nach der Grenze die Plätze, weil mich das Fahren müde machte. Wir hielten erst wieder an, als wir Amsterdam erreicht hatten. Vicky parkte das Auto am Hauptbahnhof. Wir teilten uns eine große Portion Pommes mit Erdnusssoße und mieteten uns ein Tandem, weil Vicky normale Räder langweilig fand. Seit unserer Ankunft war sie erschreckend still. Erst als wir schon eine halbe Stunde durch Amsterdam gefahren waren, sagte sie:

»Warst du schon einmal hier?«

»Sechsmal. Xien Xien Yu bucht immer dasselbe Hotel und Don Pluto organisiert die Fahrräder. Manchmal auch ein Boot, aber mit Rädern macht es mehr Spaß.«

Mehr Fragen hatte Vicky nicht. Sie saß hinter mir wie ein verschnupfter Schatten. Wahrscheinlich dachte sie die ganze Zeit an Ron und dass sie ihn bald knutschen würde.

»Wie willst du ihn überhaupt finden?«, fragte ich sie über die Schulter hinweg.

»Mit der Magie der Worte.«

»Und wie soll ich mir das vorstellen?«

»Ich bastel schon die ganze Zeit an dem richtigen Satz. Wenn ich ihn ausgesprochen habe, kommt Ron zu mir und ich kann ihn knutschen.«

»Und wann ist der Satz fertig?«

»Schon seit einer Minute.«

Ich bremste.

»Sag ihn mal«, bat ich sie.

Vicky stützte sich auf ihren Lenker, beugte sich vor und flüsterte mir den Satz ins Ohr.

»Hier und jetzt und jetzt und hier«, sagte sie.

»Aha«, sagte ich und wartete auf mehr.

Vicky lehnte sich wieder zurück.

»Wir können weiterfahren«, sagte sie.

»Wie, das war's schon?!«

»Das war's.«

»Und du meinst, Ron kann das hören und weiß dann, dass es für ihn gedacht ist?«

»Klar, er hat es schon gehört. Ich habe es ausgesprochen und er hat es gehört.«

Ich sah sie schief an.

»Du bist doch keine Hexe, oder?«

»Nee, ich bin Irin und eine Norsestrom, mit Hexerei haben wir nichts am Hut.«

Ich trat in die Pedale und wir fuhren weiter. Nach zwanzig Metern schaute ich kurz über die Schulter. Ich musste einfach fragen.

»Und was macht dich so sicher, dass es funktionieren wird?«

Da war plötzlich wieder Vickys Mund an meinem Ohr und sie raunte mit eiskalter Hexenstimme:

»Die Magie der Worte!«

Ein paar Straßen weiter hatten sich Leute um einen Feuerspucker herum versammelt, der beim Feuerspucken mit dem Fuß eine Trommel schlug und dabei auch noch jonglierte. Wir wichen den Leuten aus und holperten über den Bordstein, auf dem ein Hund saß und bellte. Auch dem Hund wichen wir aus und bogen nach links in eine schmale Gasse ein, an deren Ende ein breiter Umzugswagen den Weg versperrte, sodass wir es uns anders überlegten und nach rechts abbogen.

Ein wenig war es, als würde uns das Schicksal durch Amsterdam leiten.

Die Gasse, in der wir schließlich landeten, war so schmal, dass der Himmel nur als ein blauer Spalt über uns zu sehen war. Hundert Meter entfernt trat eine Gruppe Jugendlicher aus einem Eisladen und einer der Jungen sah uns kommen und verwandelte sich in Stein. Der Eisbecher fiel ihm aus der Hand, sein Mund klappte auf, und wäre er hundert Jahre älter gewesen, wäre ihm bestimmt das Herz stehen geblieben.

Wir hielten an.

»Siehst du, was ich sehe?«, fragte Vicky hinter mir.

»Ich sehe, was du siehst«, sagte ich fassungslos.

Vicky stieg von dem Tandem ab und ging auf den Jungen zu, der mit einem recht blöden Gesicht in der Gegend herumstand. Wahrscheinlich wunderte er sich, was für eine Welt das war, in der ihn die Magie der Worte dazu bringen konnte, genau in diesem Moment aus einer Eisdiele zu treten, um einem irischen Mädchen wiederzubegegnen, das sein hässliches Babyfoto in ihrer Handtasche aufbewahrte und ihn seit ihrer Kindheit liebte und knutschen wollte. Vicky fackelte nicht lange. Sie blieb vor Ron stehen, legte die Hände links und rechts an seine Wangen und knutschte ihn mitten auf den Mund. Sie tat es mit so viel Schmackes, dass es knallte, als sich ihre Lippen wieder trennten. Danach kam Vicky wieder zu mir zurück.

»*Das* war ja ein Knutscher«, stellte ich bewundernd fest.

»Ich hab's dir doch gesagt«, sagte Vicky und stieg wieder auf.

Wir fuhren an Ron vorbei, der uns wie erstarrt nachschaute.
»Jetzt werde ich wohl heiraten müssen«, sagte Vicky.
»Ich gratuliere«, sagte ich.
Vicky reckte eine Faust in die Luft und lachte laut und rief:
»Haha, jetzt werde ich doch wahr und wirklich heiraten müssen!«

Leider ist nichts davon wahr und wirklich. Das einzige Wahre an dieser Geschichte sind die Gasse und die Eisdiele und der rothaarige Junge. Alles andere ist gelogen, denn die Wahrheit ist mehr als traurig und ich wünschte, ich müsste sie nicht erzählen. Aber ich muss, denn das habe ich von meinem Chronisten gelernt. Don Pluto hat einmal gesagt, weglassen gilt nicht, denn nur die Wahrheit leuchtet und bleibt, und niemand sollte sich von ihr blenden lassen.
Und so sah die Wahrheit aus.

Eine Gruppe Jugendlicher trat aus der Eisdiele. Einer der Jungen sah uns auf dem Tandem angefahren kommen und lachte los. Er zeigte mit dem Eisbecher auf uns und rief laut:
»Vicky!«
Auch die anderen Jugendlichen drehten sich um und schauten uns entgegen.
Wir rollten bis auf fünf Meter heran.
»Hallo, Ron«, sagte Vicky, ohne von dem Tandem abzusteigen.
»Was machst du hier?«, fragte Ron.
»Ich ... ich fahr so rum. Von hier nach da.«
Eines der Mädchen stellte sich neben Ron.
»Wer ist die denn?«, fragte sie.

»Eine alte Freundin«, sagte Ron.

Das Mädchen stellte sich auf die Zehenspitzen und gab Ron den Knutscher, der von Vicky hätte kommen sollen. Dann hakte sich das Mädchen bei ihm unter und sah Vicky herausfordernd an.

»Wie ist denn das Eis hier?«, fragte Vicky.

»Lecker«, sagte Ron.

»Gut, dann bis bald«, sagte Vicky.

»Mach's gut«, sagte Ron und spazierte mit dem Mädchen davon.

Danach sprachen wir kein Wort. Wir wendeten das Tandem und fuhren in die entgegengesetzte Richtung. Ich war sehr froh, dass ich vorne saß, denn wer weiß, wohin Vicky uns sonst gelenkt hätte. Ohne große Umwege erreichten wir den Grimburgwal, stellten das Tandem ab und setzten uns an die Gracht. Wir sprachen noch immer kein Wort, wir baumelten mit den Beinen und wieder war der Wasserspiegel so tief, dass wir nichts davon hatten. Vickys Traurigkeit umgab sie wie ein klammer Nebel. Ich griff nach ihrer Hand, sie zog sie weg. Nach einer Weile kramte sie das Foto heraus. Wir starrten es beide an.

»Er ist sooo hässlich«, sagte sie.

»Da sagst du was Wahres.«

»Aber mein Herz tut dennoch weh.«

»Arme Vicky.«

Sie wedelte mit dem Foto, ihre Stimme war ein Jammern:

»Pandekraska Pampernella, was mache ich jetzt nur?«

Mir fiel nichts Gutes ein, also schnappte ich mir das Foto, legte es auf meinen Oberschenkel und faltete daraus ein Boot. Ich bin sehr gut im Origami. Xien Xien Yu hatte es mir beigebracht, als ich eine Woche lang mit Grippe im Bett lag und vor Langeweile immer blöder wurde. Als ich mit dem Boot fertig war, zog ich die Kanten noch einmal glatt und stand auf.

»Komm«, sagte ich.

Wir liefen die Steintreppe hinunter, die zu einem Anlegesteg führte. Am Ende der Treppe hockten wir uns hin. Das Wasser gluckste gegen den Stein und schien über uns zu lachen. Ich reichte Vicky das Boot.

»Nimm Abschied«, sagte ich.

Vicky zögerte kurz, dann küsste sie das Foto, legte es auf das Wasser und gab ihm einen kleinen Schubser. Das Boot dümpelte davon. Vicky und ich stiegen die Treppe wieder hoch und setzten uns auf unseren alten Platz. Das Boot war in die Mitte der schmalen Gracht getrieben und schaukelte auf den Wellen auf und ab.

»Danke«, sagte Vicky.

»Gern geschehen«, sagte ich.

Vicky rieb sich die Nase, als müsste sie niesen.

»Ich habe nachgedacht«, sagte sie, »und jetzt kommen meine Gedanken. Erst wollte ich sie dir singen, aber meine Stimme ist vor Traurigkeit ein wenig kratzig, also erzähl ich dir alles.«

»Gut.«

»Willst du es wirklich hören?«

»Warum sollte ich es nicht hören wollen?«

»Wenn du es einmal hörst, gibt es kein Zurück.«

»Wieso nicht?«

»Mensch, Dummerchen, die Magie der Worte!«

Es war das erste Mal, dass mich jemand Dummerchen nannte. Es störte mich nicht wirklich. Es war auch das erste Mal, dass jemand die Magie der Worte auf mich anwenden wollte. Wahrscheinlich hätte mich Don Pluto gewarnt, aber meine Patentante hätte gesagt: »*No risk, no glory.*«

»Also?«, hakte Vicky nach.

»Ich will es hören«, beschloss ich.

»Ungefiltert?«

»Ungefiltert.«

Also erzählte es mir Vicky ungefiltert.

»Ich kann dir nicht sagen, was für Erwartungen du haben solltest, was deine beste Freundin angeht«, sagte sie und schaute dabei auf das Wasser und das dahindümpelnde Foto. »Aber ich kann dir sagen, wie es sein sollte, wenn du endlich auf deine beste Freundin triffst. Du musst sie toll finden, hörst du? Aber so richtig toll. So toll, dass die Sterne anfangen zu flackern, wenn sie sehen, wie toll du sie findest. Deine Freundin muss für dich das Beste sein. Besser als Pistazieneis, besser als die schickste Frisur und besser als alles, was noch besser ist als alles. Du musst ihr vertrauen, wie du einer Hängebrücke vertraust, die über den Grand Canyon führt. Und ...«

Sie hob einen Finger.

»... was deine beste Freundin auch macht, sie darf es falsch machen und du verzeihst ihr, denn sie ist deine beste Freundin und sie macht es nie absichtlich falsch, denn sie liebt dich. Auch das darfst du nie vergessen: Es ist immer Liebe, die Freunde zusammenführt. Manchmal lieben sie dasselbe Buch, eine Farbe, einen Song oder denselben Gedanken; manchmal lieben sie eine Katze oder eine Wolldecke oder sie lieben es einfach nur, miteinander herumzuhängen, kapiert? So sehe ich das. Deswegen wird deine Freundin auch immer an dich denken und dich nie vergessen, egal, wo du bist. Ihr werdet dieselben Gedanken teilen und auf einer Wellenlänge liegen. Sie wird sehen, was du siehst, und denken, was du denkst, und andersherum wird es genauso sein. Ihr werdet euch aufeinander verlassen können, verstehst du? Durch dick und dünn, Dschungel und Wüste, durch die kältesten Tage und die heißesten Nächte. Es ist das Vertrauen, das eine wahre Freundschaft ausmacht. Der Boden kann beben, Vulkane können Lava spucken und Sternschnuppen vom Himmel fallen, aber nichts und niemand kann diese Freundschaft erschüttern. Und weißt du warum?«

»Warum?«

»Weil eine wahre Freundschaft für immer ist.«

Vicky nahm den Blick vom Wasser und sah mich wieder an.

»Ich dachte, das alles solltest du wissen.«

»Danke«, sagte ich.

»Und ich habe es mir überlegt.«

»Was hast du dir überlegt?«

»Das mit Ron. Vorbei ist es erst, wenn es vorbei ist.«

»Was heißt denn das?«

Vicky kam auf die Beine.

»Das heißt, ich hol ihn mir zurück.«

Mit diesen einfachen Worten sprang sie in die Gracht.

Vicky war eine gute Schwimmerin, wie sie da durch das Wasser kraulte. Spaziergänger blieben stehen und filmten mit ihren Handys. Jemand stieß einen Pfiff aus und eine Oma schüttelte empört den Kopf. Dann erreichte Vicky das Foto und schnappte es sich, reckte ihre Hand in die Luft und rief laut:

»Haha!«

Ich glaube nicht, dass irgendjemand in ganz Amstderdam *Haha* ruft, wenn er Hilfe braucht. Was auch immer dieses *Haha* bei den Leuten ausgelöst hat, sie sprangen von den Caféstühlen auf, scharten sich auf beiden Seiten das Ufers und winkten und riefen Vicky zu, sie sollte doch zu ihnen rüberschwimmen. Jemand verlangte nach der Polizei, jemand drehte aus seinem Pullover ein Seil und versuchte, es Vicky zuzuwerfen. Ein Kind fing an zu heulen und die Oma hielt sich eine Hand vor die Augen.

Und dann kam der Retter.

Er zögerte nicht lange, streifte seine Jacke ab und machte einen Kopfsprung in die Gracht hinein. Als er Vicky erreicht hatte, legte er einen Arm um sie und brachte die verrückte Irin mit ein paar lässigen Schwimmzügen zu der Steintreppe. Und da standen die beiden und die Leute applaudierten. Vicky sagte was und ihr Retter sagte was, und dann lachten sie miteinander und stiegen die Treppe hoch, wo ihr Retter sich wie ein nasser Hund schüttelte, ehe er seine Jacke vom Boden nahm und in ihr herumkramte. Nachdem er Vicky seine Handynummer auf einen Zettel geschrieben hatte, verschwand er mit einem Winken in den Abend hinein, wie es sich für echte Retter gehörte.

»Was war denn das für eine Aktion?«, fragte ich, als sich Vicky wieder neben mich gesetzt hatte.

»Ich wollte das Foto retten und dann kam Matthiesen und hat mich gerettet.«

»Und wo ist das Foto jetzt?«

»Im Wasser, dafür habe ich jetzt …«

Sie wedelte mit dem Zettel.

»… die Telefonnumer eines Jungen, der zuckersüß ist!«

Vicky war wie verwandelt. Sie strahlte, sie war so glücklich, dass sie aufstand und einen kleinen Stepptanz hinlegte. Sie war ein tropfnasses Mädchen mit einem breiten Grinsen im Gesicht.

So also ist es, wenn man sich verliebt, dachte ich und sagte: »Du kannst aber gut steppen.«

»Danke«, sagte sie, und auch wenn es fast unmöglich war, wirkte sie jetzt noch glücklicher.

Ich beschloss, es war Zeit für Kuchen.

»Siehst du die Gasse dahinten?«

Vicky drehte sich um.

»Siehst du auch das Café und die Leute, die davorsitzen?«

»Sehe ich.«

»Wink mal.«

Sie winkte.

Zwei Arme schnellten in die Luft und winkten zurück.

Vicky öffnete ihre Handtasche, nahm eine Brille heraus und setzte sie auf ihre Nase. Jetzt erkannte sie, dass mein Leibwächter und mein Chronist mit den Armen herumwedelten. Sie setzte die Brille wieder ab und sah mich an, als hätte ich gezaubert.

»Wie hast du das gemacht?«, wollte sie wissen.

»Die Magie der Worte«, raunte ich mit eiskalter Hexenstimme.

Vicky machte große Augen, schob den Ärmel ihrer Bluse hoch und zeigte mir ihren Arm.

»Gänsehaut«, sagte sie.

WIE PANDEKRASKA PAMPERNELLA ENTSCHIED, WAS SIE WOLLTE UND WAS SIE NICHT WOLLTE

Unsere Heldin schlenderte mit Vicky an ihrer Seite durch die Gasse direkt auf uns zu. Dabei erinnerte Vicky an eine Katze, die man eben aus der Dusche geholt hatte, wohingegen Pandekraska Pampernella so braun gebrannt war, als hätte sie den Tag am Strand verbracht.

»Wenn die beiden noch mehr grinsen«, sagte Xien Xien Yu, »dann brennen in Amsterdam alle Lichter durch.«

Wir saßen schon seit einer Stunde in dem Café und tranken Eistee. Nachdem uns die Nachricht erreicht hatte und wir wussten, wo uns Pandekraska Pampernella treffen wollte, waren wir in den ersten Flieger nach Amsterdam gestiegen. Es war für mich wie nach Hause kommen. Die Straßen und Geschäfte waren mir vertraut. Ich hätte hier gerne gelebt. Auch weil die Menschen so freundlich waren. Als der Kellner die tropfnasse Vicky sah, brachte er ihr ein Handtuch. Vicky rubbelte sich die Haare trocken und sah danach aus wie der Schlagzeuger einer Heavy-Metal-Band.

»Das war bis eben eine richtig gute Frisur aus Paris«, sagte sie.

»Und dann ist die gute Vicky in die Gracht gesprungen«, sagte Pandekraska Pampernella.

»Und dann hat sich die gute Vicky neu verliebt«, schob Vicky hinterher und begann zu kichern. Sie kicherte so viel, dass sie sich die Kuchenkarte schnappte, um ihr Gesicht dahinter zu verstecken.

»Ihr habt mit eurer kleinen Eskapade unseren Zeitplan ganz schön durcheinandergebracht«, sagte Xien Xien Yu, »ich musste die Flüge zweimal umbuchen.«

»Sorry«, sagte Pandekraska Pampernella.

»Na und«, sagte Vicky hinter der Kuchenkarte.

Xien Xien Yu sprach unbeirrt weiter.

»Da es schon spät ist, bleiben wir diese Nacht in Amsterdam. Nach dem Frühstück fliegen wir nach Irland, wo uns die Norsestroms morgen Mittag auf ihrem Hof erwarten.«

Pandekraska Pampernella verschob die Kuchenkarte, damit sie Vickys Gesicht sehen konnte.

»Kommst du mit uns?«, fragte sie.

»Nö«, sagte Vicky.

»Wieso nicht?«

»Ich will nicht nach Hause.«

»Natürlich willst du nach Hause.«

»Wieso sollte ich das wollen?«

»Wer wegrennt, der ist feige.«

»Dann bin ich eben feige.«

»Du bist nicht feige.«

»Pfft.«

»Selber Pfft.«

Vicky beendete das Gespräch, indem sie ausgiebig gähnte, dann schnappte sie sich vier Salztüten von der Tischmitte und riss sie eine nach der anderen auf. Nachdem sie das Salz auf ihre

Handfläche gekippt hatte, ging sie einmal um den Tisch herum und streute es uns auf die Köpfe. Ich bekam sogar ein paar Krümel in die Nase.

»Guckt nicht so«, sagte Vicky, »das bringt Glück.«

»Wem bringt es Glück?«, wollte Xien Xien Yu wissen.

»Mir«, antwortete Vicky und setzte sich wieder.

Wir bestellten Kakao und den Orangenkuchen, den Pandekraska Pampernella besonders liebte. Es war ein guter Tag, um in Amsterdam zu sein.

Wir fuhren zum Hotel und setzten uns in das Kaminzimmer, das ungefähr zehnmal so klein war, wie das Kaminzimmer im Schloss Florin. Obwohl es draußen warm war, wurde für uns ein Feuer angezündet und wir bekamen Getränke und Nüsse serviert. Und da saßen wir dann bis nach Mitternacht und hörten den Mädchen zu, während sie von ihrem Abenteuer erzählten – wie sie den Eiffelturm zerquetscht, eine Bank überfallen und von drei Polizeiwagen bis zur belgischen Grenze gejagt worden waren. Vicky schwärmte eine Weile von der Magie der Worte und wie sie durch Gedankenkraft einen Jungen dazu gebracht hatte, dass er für sie in eine Gracht gesprungen war. Pandekraska Pampernella warf ihr mittendrin eine Erdnuss an den Kopf und sagte, sie solle nicht so viel quasseln, sondern uns lieber noch was vorsingen. Xien Xien Yu stopfte sich schnell Taschentücher in die Ohren, denn Vicky ließ sich nicht lange bitten. Sie holte ihre Mundharmonika heraus und begann herumzutröten. Und dann sang sie:

Wir zwei sind wie Kartoffelbrei
wir sind wie Salat ohne Gurken
wir gehen zum Friseur und erschecken Omas
wir holen Sardinen aus ihren Komas
wir schwimmen durch Amsterdam
bis runter nach Oberhamm
wo auch immer das ist
wo auch immer das ist
du bist die Kartoffel und ich der Brei
zusammen sind wir zwei
und dabei so frei wie Kartoffelbrei
yeah, so frei wie Kartoffelbrei

Wir applaudierten und beschlossen einstimmig, dass es an der Zeit war, dass wir uns schlafen legen sollten.

Kurz vor dem Morgengrauen erwachte ich in meinem Hotelzimmer mit einem komischen Gefühl im Bauch. Es war dasselbe Gefühl, das ich hatte, als Böff Stroganoff vor dem Schloss aufgetaucht war. Etwas stimmte nicht.

Ich zog mich an und ging nach unten.

Vor den Fenstern erwachte gerade der neue Tag. Am Empfang saß ein übermüdeter Student und sah auf einem winzigen Fernseher einen Zeichentrickfilm. Er nickte mir zu, ich nickte zurück.

»Sie sitzt im Kaminzimmer«, sagte er.

»Seit wann?«

»Seit gut zwei Stunden.«

Ich schaute in das Kaminzimmer, in dem das Feuer bis auf ein Flackern runtergebrannt war. Pandekraska Pampernella saß dort ganz allein auf einem der Sessel und hatte die Füße unter sich gezogen. Eine Wolldecke lag um ihre Schulter und in den Händen hielt sie einen dampfenden Becher.

»Kakao?«, fragte ich.

»Probier mal.«

Sie reichte mir den Becher, ich roch Kakaobohnen, Zimt, Vanille und eine Spur Orange. Es schmeckte wie ein Sonnenaufgang an der Elfenbeinküste. Nachdem ich Pandekraska Pampernella den Becher zurückgegeben hatte, setzte ich mich ihr gegenüber und fragte, warum sie nicht schlafen konnte.

»Ich glaube, ich habe was verstanden«, sagte sie. »Ich glaube, ich weiß jetzt, wie meine Freundin sein muss, und ich weiß, wie ich sein muss, damit ich eine Freundin haben kann.«

Sie erzählte, was Vicky an der Gracht zu ihr gesagt hatte. Es klang gut und richtig. Dennoch war da ein Zweifel aus ihrer Stimme herauszuhören. Pandekraska Pampernella nippte von ihrem Kakao und schaute in die Glut. Es dauerte, dann fragte sie zögerlich:

»Don Pluto, ich verdiene doch eine Freundin, oder?«

»Natürlich.«

»Und was ist, wenn es besser für mich ist, allein zu sein?«

»Du bist kein Einsiedler, Pandekraska Pampernella.«

»Ich weiß, aber warum habe ich es dann so schwer?«

Sie sah mich an.

»Vielleicht gibt es ja niemanden für mich.«

Ich wollte ihr widersprechen, dann kam aber folgender Gedanke dazwischen: *Vielleicht fürchtet Pandekraska Pampernella nicht, keine beste Freundin zu finden, vielleicht fürchtet sie sich, dass niemand sie zu ihrer Freundin haben will.*

»Ich kann dir nur sagen, dass ich sehr froh bin, mit dir befreundet zu sein«, sagte ich. »Und ich weiß, dass Xien Xien Yu dasselbe denkt.«

Pandekraska Pampernella schüttelte den Kopf.

»Das zählt nicht«, sagte sie. »Das Königspaar hat euch angestellt. Ihr werdet dafür bezahlt, meine Freunde zu sein.«

Sie sagte es nicht bitter, sie wollte, dass ich ihr widersprach.

»Du weißt, dass das nicht stimmt«, sagte ich.

Sie musste gähnen.

»Was ist mit Vicky?«, fragte ich.

»Was soll mit ihr sein?«

»Ihr passt gut zusammen.«

»Findest du?«

»Wie Feuer und Papier.«

Sie lächelte.

»Bin ich das Papier?«

»Ja, du bist das Papier.«

»Niemand brennt so wie Vicky, oder?«

»Niemand.«

Das Lächeln verschwand aus ihrem Gesicht, sie schaute in ihren Kakao.

»Vicky wird nicht mit nach Irland kommen«, sagte sie. »Ich spür das. Sie wird eine Ausrede erfinden. Ich würde an ihrer Stelle dasselbe machen.«

»Auch das ist Freundschaft«, sagte ich. »Jemanden gehen zu lassen.«

Pandekraska Pampernella gähnte erneut und sagte, sie würde jetzt nicht schlafen, sondern nur kurz die Augen schließen. Dann zog sie die Decke enger um ihre Schultern und schloss die Augen.

Ich saß da und beobachtete eine Weile, wie sie schlief, dann stand ich auf und hob sie mitsamt der Decke vorsichtig hoch. Das letzte Mal, als ich sie auf meinen Armen getragen hatte, war vor sechs Jahren in einem Wald gewesen. Wir hatten bei einem Spaziergang ein Rudel Wildschweine aufgescheucht, und während sie uns verfolgten und wir panisch durch die Gegend rannten, war Pandekraska Pampernella in ein Erdloch getreten und hatte sich den Knöchel verstaucht. Damals musste ich sie sechs Kilometer weit tragen, jetzt ging es zum Glück nur ein paar Stufen hoch.

Sie war ein Leichtgewicht.

Im ersten Stockwerk kamen wir an vier Männern vorbei, die es sich in einem Clubraum auf breiten Sesseln bequem gemacht hatten und Cognac aus bauchigen Gläsern tranken. Sie bemerkten uns nicht und unterhielten sich weiter. Erst als ich einige Schritte von ihnen entfernt war, hörte ich klar und deutlich, was sie da redeten. Pandekraska Pampernella war von den Stimmen aufgewacht und kniff mich in den Arm.

»Geh langsamer«, flüsterte sie.

Ich machte kleinere Schritte.

»Bleib stehen«, sagte sie.

Ich blieb stehen. Wir waren jetzt an der Flurbiegung und sahen die Männer nicht mehr, konnten aber noch klar und deutlich ihre Stimmen hören. Und was wir da hörten, war nicht wirklich ein Gespräch.

»8327747.«

»9826645.«

»99000819?«

»8326346 4668377.«
»9277876.«
»7677634?«
»87532277!«
»7263565 48848849.«
»18273679!«
»2726828?«
»2983774 78737878 8899881.«
»0999918.«
»88756555 4467522.«
»Was ist das?«, flüsterte ich.
»Ich glaube, das ist die Magie der Zahlen«, flüsterte Pandekraska Pampernella zurück.

Am nächsten Morgen saß ich mit Xien Xien Yu beim Frühstück und wir sahen Vicky zu, wie sie Poffertjes in sich hineinstopfte, als hätte sie seit Wochen nichts gegessen. Die Kellnerin hatte es mit dem irischen Mädchen besonders gut gemeint und über dreißig von den kleinen Pfannkuchen auf ihren Teller gelegt. Vicky verteilte Butterflocken und Ahornsirup darüber, sie versiegelte alles mit flüssiger Schokocreme.

»Es gibt kein besseres Frühstück«, sagte sie, »aber man muss die Dinger essen, solange sie heiß sind, denn wenn sie kalt sind, schmecken sie wie Autoreifen.«

»Du sprichst aus Erfahrung?«, fragte Xien Xien Yu.

»Und du bist doof«, sagte Vicky und nippte von ihrem Tee.

Xien Xien Yu und ich blickten kritisch auf unseren Obstsalat.

»Seid doch nicht dämlich«, sagte Vicky. »Wer jetzt nichts frisst, der frisst später auch nichts.«

Wir kamen gegen diese Weisheit nicht an und waren ungern dämlich. Also bestellten wir uns auch eine Portion Poffertjes. Genau da spazierte Pandekraska Pampernella in den Frühstücksraum. An diesem Morgen erinnerte sie an einen Sommertag in Texas – Cowboystiefel, Jeans und ein besticktes Hemd, das ihr Taylor Swift nach einem Konzert geschenkt hatte. Als Vicky unsere Heldin erblickte, fielen ihr zwei unzerkaute Poffertjes aus dem Mund.

»Wie geht das?«, wollte sie wissen.

»Wie geht was?«, fragte Pandekraska Pampernella zurück.

Vicky klopfte sich auf den Kopf.

»Deine Birne«, sagte sie. »Wie hast du das gemacht?«

Unsere Heldin strich über ihr geflochtenes Haar, das sich wie eine Schlange um ihren Kopf wand.

»Ich sagte doch, ich habe jeden Tag eine neue Frisur«, sagte sie.

Vicky bekam einen Schluckauf, der so sehr wie der Schluckauf von Pandekraska Pampernella klang, dass ich an eine Sinnestäuschung glaubte. Sie schaute sich um. Ihr Stimme senkte sich auf ein Raunen hinab.

»Willst du damit sagen, dass deine Friseuse hier war?«

»Sie ist keine Friseuse, sie ist eine Coiffeuse«, korrigierte sie Pandekraska Pampernella. »Und natürlich war sie hier oder denkst du, ich bekomme das selber hin?«

Xien Xien Yu und ich wussten, dass sich niemand vor einen Spiegel setzte und mal so eben einen *Greek Braid Deluxe* flocht. Das wäre so, als würde man versuchen, sich selbst am Blinddarm zu operieren.

»Und wo ist deine Coiffeuse jetzt?«, fragte Vicky.

»Oh, Sookie sitzt schon wieder im Flieger nach Florin.«

Vicky war fassungslos. Sie trank von ihrem Tee, was nie eine gute Idee ist, wenn man Schluckauf hat, dann sprach sie weiter und war so atemlos, als wäre sie einem Zug hinterhergerannt.

»Du meinst, du hast deine Sookie nur für *diese* Frisur einfliegen lassen?!«

»Aber natürlich. Sie ist doch meine Coiffeuse.«

Darauf fiel Vicky nichts mehr ein.

»Ich soll euch Grüße von Sookie ausrichten«, sagte Pandekraska Pampernella zu uns und setzte sich an den Tisch. Sie bestellte ihren ersten Espresso des Tages und klaute sich ein Poffertjes. Vicky bekam das nicht mit. Sie starrte noch immer in die Gegend, als würde sie erwarten, dass Sookie hinter einer der Topfpflanzen hervorkommen und sich ihr zeigen würde.

»Vielleicht lernst du sie mal kennen«, sagte Pandekraska Pampernella.

»Vielleicht wachsen Affen auf Palmen«, sagt Vicky und steckte sich vier Poffertjes gleichzeitig in den Mund.

AUS DEN PRIVATEN CHRONIKEN VON PANDEKRASKA PAMPERNELLA

Ich sollte recht behalten, Vicky dachte überhaupt nicht daran, mit uns nach Irland zu fliegen. Kaum standen wir in der Schlange zum Einchecken, begann sie hektisch zu werden. Sie suchte überall nach ihrem Ausweis und behauptete, jemand hätte ihn aus ihrer Handtasche geklaut. Als ich nachschauen wollte, haute sie mir auf die Finger und sagte:

»Pandekraska Pampernella, wer zweimal guckt, ist dreimal so blind.«

»Außerdem werden wir beobachtet«, schob sie hinterher und zeigte mit dem Daumen hinter sich.

Ich drehte mich um, da standen ernsthaft zwei Polizisten mit einem Schäferhund vor der Informationssäule und redeten miteinander. Sie blickten kein einziges Mal zu uns rüber. Vicky aber hatte die Unruhe gepackt. Sie gab einen Seufzer von sich und marschierte auf die Polizisten zu.

»Lass uns bitte nicht den Flug erneut verschieben«, sagte Don Pluto.

»Mir gehen langsam die Ausreden für die Norsestroms aus«, sagte Xien Xien Yu.

»Wir sind gleich zurück«, versprach ich und folgte Vicky.

Als ich bei den Polizisten ankam, erzählte sie ihnen gerade, sie hätte Lepra und könnte deswegen nicht fliegen.

»Lepra ist kein Spaß«, sagte der Polizist mit dem Hund.

»Ich spaße auch nicht«, sagte Vicky und zupfte ein weißes Taschentuch aus ihrer Handtasche und hüstelte hinein.

»Wo hast du dich denn angesteckt?«, fragte der andere Polizist.

»In Paris. Und dann noch mal hier in Amsterdam.«

Der Polizist mit dem Hund schüttelte bedauernd den Kopf.

»Paris ist ein heißes Pflaster«, sagte er.

»Manche holen sich da auch Cholera«, sagte der andere Polizist. »Gut, dass du nicht Cholera mitgebracht hast.«

Sie grinsten beide. Ich war erleichtert, dass keiner von ihnen Vicky ernst nahm.

»Und dann habe ich noch eine Maschinenpistole in meiner Handtasche«, sagte Vicky.

Die Polizisten hörten auf zu grinsen und hoben die Augenbrauen.

»Gefährlich«, sagte der eine.

»Hoffentlich ist sie nicht geladen«, sagte der andere und gähnte. Der Schäferhund machte es ihm nach.

Vicky sah mich fassungslos an.

»Keine Ausreden mehr«, sagte ich. »Unser Flug geht in einer Stunde, wenn wir jetzt nicht---«

»Du hast recht«, unterbrach mich Vicky verständnisvoll. »Ausreden bringen niemanden weiter.«

Kaum hatte sie das gesagt, sprang sie vor und riss dem einen Polizisten die Leine aus der Hand und rannte davon. Keine Ahnung, was der Hund davon hielt, aber zu unserer Überraschung folgte er diesem irischen Mädchen, als wären sie die besten Freunde. Vicky sprintete mit ihm an ihrer Seite quer durch den Flughafen, duckte sich hinter Säulen, sprang über Koffer und schrie dabei laut um Hilfe. Die Polizisten sahen sich das eine Minute lang an, dann hatten sie genug davon und der eine von ihnen gab einen hohen Pfiff von sich. Der Hund gehorchte sofort und zog die Notbremse. Vicky wurde von der Leine zurückgerissen und landete mit einem dumpfen Laut auf ihrem Hintern.

Da saß sie nun und sah elendig aus.

Ich wollte ihr aufhelfen, sie wehrte mich ab und sagte, sie sei doch keine Oma. Der Schäferhund jaulte und leckte Vicky zur Entschuldigung das Gesicht ab. Sie schob ihn weg und wischte sich den Sabber und eine dicke Träne aus den Augenwinkeln, dann umarmte sie mich plötzlich stürmisch und sagte in mein Ohr hinein, es sei so schwer, Abschied zu nehmen.

»Ich wäre so gerne deine beste Freundin, Pandekraska Pampernella, aber es sieht einfach nicht gut aus, wenn sich eine Fünfzehnjährige mit einer Elfjährigen abgibt.«

»Ich werde doch älter«, sagte ich.

»Ich leider auch«, sagte Vicky, »und weil das so ist, muss ich jetzt weiter. Die Welt wartet auf mich. Das verstehst du doch, oder?«

Ich verstand es. Wenn ich an Vickys Stelle gewesen wäre, hätte ich mich von nichts und niemandem aufhalten lassen. Vicky tippte sich an die Stirn.

»Weißt du, was da drin passiert?«

»Viel Quatsch?«, riet ich.

»Das auch, aber auch was anderes.«

Sie senkte ihre Stimme, damit uns auch ja keiner belauschte.

»Die ganze Zeit über suche ich den richtigen Satz für dich. Und wenn ich ihn habe, schreibe ich ihn auf eine Postkarte und schicke sie dir und schwuppdiwupp lernst du deine beste Freundin kennen und bist glücklich bis ans Ende deiner Tage. Amen. Und jetzt verabschieden wir uns ein letztes Mal, weil es so schön ist, Abschied zu nehmen.«

»Mach's gut, Freundin«, sagte ich.

»Mach's gut, Freundin«, sagte Vicky.

Wir umarmten uns erneut und ich schob Vicky heimlich mein Armband in die Handtasche. So konnte sie mich in der Not immer über Xien Xien Yu erreichen. Wir trennten uns wieder und dann zog Vicky ihr weißes Taschentuch aus der Hose und winkte mir, während sie sich rückwärts entfernte. Und so verschwand sie Schritt für Schritt durch die Drehtür und aus meinem Leben und war bald nicht mehr zu sehen. Es war der schönste und traurigste Abschied, den ich je erlebt hatte.

Nachdem Vicky gegangen war, fühlte es sich an, als hätte jemand mitten am Tag die Sonne ausgeknipst. Wir checkten ein, wir schnallten uns an und flogen über den Ärmelkanal. Wir landeten in Dublin, mieteten uns einen Wagen und fuhren quer durch Irland. Die ganze Fahrt über beobachtete ich die Landschaft und war wie ein gespannter Faden, der sich nicht entspannen will. Mein Leibwächter und mein Chronist ließen mich zum Glück in Ruhe. Nur einmal las Xien Xien Yu laut vor, was das Programm meiner Patentante über Vickys jüngere Schwester gesammelt hatte. Ich hörte mit halbem Ohr zu, nur drei Sachen blieben hängen: Seit Vicky VII. acht Jahre alt war, trat sie unter dem Namen *Vicky Vicky* auf, ihre zweite CD erhielt letztes Jahr den Irish Music Award und Ende dieses Sommers sollte sie auf Welttournee gehen.

»Sie ist ein Star«, schloss Xien Xien Yu.

»Davon kenne ich einige«, murmelte ich.

»Dann habt ihr ja schon mal eine Gemeinsamkeit«, sagte Don Pluto.

Da ich nicht reagierte, schaute er nach hinten.

»Alles okay?«, fragte er.

»Es geht so. Vicky fehlt mir und um mich herum ist alles dunkel.«

»Dann nimm doch die Sonnenbrille ab«, riet mir Don Pluto.

»Hahaha«, sagte ich und behielt die Sonnenbrille auf.

Zwei Stunden später erreichten wir das Gehöft der Norsestroms. Es thronte auf einem Hügel und war rundum von Weideland umgeben. Kein Flugzeug flog über uns hinweg, kein Haus störte den freien Blick. In der Ferne sahen wir den Atlantischen Ozean funkeln. Am liebsten wäre ich jetzt dort gewesen, und am liebsten mit Vicky.

Aus der einspurigen Straße wurde ein Feldweg. Ich nahm die Sonnenbrille ab und wurde von dem grünen Gras beinahe geblendet. Die Landschaft sah aus, als wäre sie mit Neonfarben gemalt.

»Wir werden eindeutig erwartet«, sagte Xien Xien Yu.

Mehr als siebzig Leute standen am Ende des Feldweges und winkten uns.

»Oje«, sagte ich.

»Sie werden schon nicht beißen«, sagte Don Pluto.

Sie bissen nicht, aber sie schüttelten uns die Hände und das war ein wenig wie beißen, denn es waren so viele Hände, dass mir zum Schluss die Schulter wehtat. Da waren Neffen und Nichten, da waren Onkels und Tanten, Schwager und Schwägerinnen. Und natürlich die Vickys und Adelberts und ihre stolzen Eltern.

»Hier lang, hier lang«, sagten sie und führten uns hinter das Gehöft.

Vier lange Tischreihen waren in einem Quadrat zu einer Festtafel aufgebaut. Eine Band spielte und eine Gruppe von Frauen führte einen Tanz auf. Wir setzten uns an einen der Tische und bekamen Essen und Trinken serviert. Ich lächelte und fühlte mich fehl am Platz. Ich wusste, ich war eine alberne Zicke, die sich nicht zusammenreißen konnte. Wie auch? Ich hatte eben meine Freundin Vicky verloren und sollte flott mal die nächste Vicky kennenlernen. Aber die nächste Vicky ließ auf sich warten.

»Wo ist denn Vicky VII.?«, fragte ich die Eltern.

»Sie kommt gleich«, sagte Mutter Norsestrom.

»Sie hat immer so viel zu tun«, sagte Vater Norsestrom.

»War denn eure Reise schön?«, fragte Mutter Norsestrom.

»Seid ihr in den Regen gekommen?«, fragte Vater Norsestrom

Xien Xien Yu und Don Pluto kamen mir zur Rettung. Sie beantworteten alle Fragen, während ich auf einem Käsebrot herumkaute und mich wunderte, dass die Eltern nicht ein einziges Mal nach meiner Vicky fragten. Irgendwann hielt ich das Geplauder nicht mehr aus und suchte nach der Toilette. Dort klappte ich den Deckel runter und saß da und versuchte, bei mir zu sein. Habt ihr das schon einmal probiert? Habt ihr euch schon mal vollkommen verloren gefühlt und dachtet, alles um euch herum ist nicht echt? Genau so fühlte ich mich.

Es war nicht das erste Mal.

Manchmal überkommt mich diese Stimmung aus heiterem Himmel und dann muss ich mich zurückziehen und bei mir sein. Das erste Mal war ich richtig bei mir, nachdem mir Xien Xien Yu erklärt hatte, wie man einen Gong in seinem Inneren aufhängt.

Ich konzentrierte mich auf einen Fleck an der Tür und atmete durch. Ich war hier in Irland, weil ich etwas wollte. Ich war auf der Suche nach einer Freundin. Ich war nicht hier, um blöde herumzuheulen. Es tat gut, Vicky zu vermissen, es war aber falsch, in Traurigkeit zu versinken. Und wie ich da so saß, meldete sich mein Unterbewusstsein und sagte: *Du gehst da jetzt raus und bist das netteste Mädchen der Welt. Du beweist allen, dass es nichts Besseres gibt, als mit dir befreundet zu sein. Denn wenn dir die eine Vicky gefallen hat, dann gefällt dir die andere Vicky bestimmt auch.*

Wieso das?, fragte ich zurück.

Frag nicht so blöde, antwortete mein Unterbewusstsein, *geh schon.*

Ich gab mir einen Ruck und ich gab mir ein Versprechen – ich würde nicht nur das netteste Mädchen auf der Welt sein, ich würde mir auch ernsthaft Mühe geben, Vicky VII. als Freundin zu erobern.

Es fiel mir schwer, es fiel mir wirklich schwer.

Der gespannte Faden Pandekraska Pampernella wollte sich nicht entspannen. Ich lächelte und lachte und klang dabei wie jemand, der bei jedem dritten Schritt stolpert. Und die ganze Zeit über ließ sich Vicky VII. nicht blicken. Auch Xien Xien Yu und Don Pluto begannen ungeduldig zu werden.

»Zwar ist es nett, den Clan der Norsestroms kennenzulernen«, stellte mein Leibwächter fest, »aber deswegen sind wir nicht nach Irland gereist.«

Bald schon hatten wir genug geredet und gegessen. Ich habe sogar ein wenig getanzt. Danach trank ich einen Becher Limo und musste dabei wieder an meine verlorene Freundin Vicky denken, die bei jedem Schluck Limo rülpsen musste und wohl die schlechteste Tennispielerin aller Zeiten war. Eine der Cousinen riss mich aus den Gedanken und erzählte, dass Vicky VII. nicht Vicky genannt werden wollte.

»Sie ist da sehr eigen«, sagte sie.

»Wie soll ich sie dann nennen?«

»Alle benutzen nur ihren Künstlernamen.«

Ich nickte, als würde das Sinn machen. Kaum hatte sich die Cousine aber entfernt, wandte ich mich meinem Chronisten zu.

»Don Pluto, ich kann auf gar keinen Fall *Vicky Vicky* zu ihr sagen.«

»Du könntest es versuchen.«

»Nur wenn du Pandekraska Pampernella Pandekraska Pampernella zu mir sagst.«

»Wir wollen uns doch nicht die gute Laune verderben«, ging Xien Xien Yu dazwischen.

»Niemals«, sagte ich und meint es auch so.

Nach einer weiteren Stunde rollte endlich eine schwarze Limousine den Feldweg hoch. Alle Norsestroms kamen auf die Beine, ließen Teller und Gläser stehen und rannten dem Auto entgegen. Vater Norsestrom klatschte in die Hände, als würde er der Ankunft seiner siebten Tochter applaudieren.

»Unsere Vicky ist bald weltberühmt«, sagte er. »Auf ihrer nächsten Platte wird sie von den Frames begleitet. Kennst du die Frames? Du kennst sie sicher. Und Enya singt mit unserer Vicky ein Duett. Kennst du Enya?«

Ehe ich antworten konnte, sprach Mutter Norsestrom weiter.

»Du weißt gar nicht, was das für ein Geschenk ist, dass sich unsere Vicky Zeit für dich nimmt.«

Sie zwinkerte mir zu.

»Sie muss sehr neugierig auf dich sein.«

Das sollte sie auch, dachte ich und sagte dann so freundlich, wie ich konnte, dass ich mich geehrt fühlte.

»Nicht die Zähne zusammenbeißen«, flüsterte mir Don Pluto zu.

»Ich beiße nicht«, antwortete ich zwischen zusammengebissenen Zähnen.

Vicky VII. schwebte aus der Limousine und war eine Elfe, die sich als Gothic verkleidet hatte. Sie sah meiner Vicky überhaupt nicht ähnlich. Diese Vicky hier war rank und schlank. Sie hatte ein blasses Gesicht, das wirklich so aussah, als wäre noch nie ein Sonnenstrahl darauf glandet. Und wie sie da über die Wiese auf uns zuschwebte, hätte ich schwören können, dass sie den Boden nicht berührte. Alle kreischten und riefen ihren Namen, selbst ihre Brüder waren ganz hysterisch.

»*Vicky Vicky! Vicky Vicky! Vicky Vicky!*«

Vicky VII. brachte ihre Verwandten mit einer knappen Handbewegung zum Verstummen.

»Ich kann nicht lange bleiben«, sagte sie. »Meine Band wartet im Studio, ich wollte mich nur schnell umziehen und Hallo sagen.«

Nach diesen Worten schwebte sie an allen vorbei in das Haus hinein und war verschwunden. Ich stand zwischen Xien Xien Yu und Don Pluto und war ein wenig ratlos.

»Versteht ihr das?«, fragte ich. »Sie hat mich nicht einmal angesehen.«

»Unsere Kleine hat so viel um die Ohren«, entschuldigte sich Mutter Norsestrom.

»Bestimmt komponiert sie in ihrem Kopf«, entschuldigte sich Vater Norsestrom.

Ich konnte spüren, wie ich aufhörte, das netteste Mädchen der Welt zu sein.

»Ganz ruhig bleiben«, sagte Xien Xien Yu.

»Wir setzen uns jetzt nicht in das Auto und fahren wieder weg«, sagte Don Pluto.

»Zwanzig Minuten«, sagte ich. »Zwanzig Minuten warten wir und keine Minute länger.«

Don Pluto wollte noch was sagen, ich unterbrach ihn.

»Und das ist nicht verhandelbar.«

Mein Leibwächter und mein Chronist tauschten einen Blick.

»Ich bin auch langsam müde vom Warten«, gab Xien Xien Yu zu.

»Einverstanden«, sagte Don Pluto und sah auf seine Uhr, »zwanzig Minuten sollen es sein.«

Exakt achtzehn Minuten später trat Vicky VII. wieder aus dem Haus. Sie hatte sich ein Cape umgebunden, trug ein pechschwarzes Kleid und Netzstrümpfe mit Löchern. Ihre Augen waren mit Kajal nachgezogen und auf der Nase hatte sie eine rot verspiegelte Sonnenbrille. Ich bereute es, meine Sonnenbrille abgesetzt zu haben. Vicky VII. machte jetzt alles richtig und schwebte direkt auf mich zu.

»Du bist das also«, sagte sie und lächelte.

Ich nickte. Ich war das. Ich entspannte und lächelte zurück.

»Ich bin das«, sagte ich.

»Magst du Musik?«

»Wer mag Musik nicht?«, fragte ich zurück.

»Zum Beispiel meine dämliche Schwester Vicky VI.«

Der Faden riss mit einem kaum hörbaren Knall und ein Moment des Schweigens folgte. Die Norsestroms begannen untereinander zu raunen. Es geschah so plötzlich, dass ich nicht einmal blinzeln konnte. Das Schweigen war wie ein Ballon und ich konnte nicht anders und ließ ihn platzen.

»Deine Schwester *liebt* Musik«, widersprach ich.

Vicky VII. spitzte den Mund, dann zog sie die Sonnebrille auf ihrer schmalen Nasenspitze runter und schaute mich über den Brillenrand hinweg an.

Es war ein Duell.

Ich wich keinen Millimeter.

»Niemals«, sagte Vicky VII.

»Niemals was?«, fragte ich.

»Niemals stimmt es, dass meine Schwester Musik liebt.«

»Da behaupte ich das Gegenteil.«

»Du kennst sie doch gar nicht.«

»Ich kenne sie. Vicky ist bis nach Florin bekannt.«

»Sie ist *was*?!«

Ich legte den Kopf schräg.

»Hast du denn deine Schwester schon mal singen gehört?«, fragte ich.

Vicky VII. riss die Augen erschrocken auf.
»*Ich* bin die Sängerin in der Familie.«
»Du bist zwar die Sängerin der Familie, aber das ist keine Antwort auf meine Frage.«
Vicky VII. war verwirrt.
»Welche Frage war das noch mal?«
»Hast du deine Schwester singen gehört oder nicht?«
»Ich habe.«
»Und?«
»Es war ein Albtraum.«
Die Norsestroms um uns herum stießen sich an und kicherten. Sie waren zusammengerückt und verfolgten jedes Wort unseres Gesprächs. Einige filmten und andere gafften, als würden sie einer Schlammschlacht zusehen. Am liebsten wäre ich davonspaziert. Aber ich hatte mir selbst ein Versprechen gegeben. Also ignorierte ich das Kichern und tat, was ich noch nie getan hatte – ich verteidigte meine Freundin.
»Ich sehe das anders«, sagte ich.
»Wie kannst du das anders sehen?«
»Ich finde, sie singt sehr gut.«
»Was?! Hat meine Schwester etwa für dich gesungen?!«
»Dreimal.«
Stille. Dann platzte es aus Vicky VII. heraus:
»Und du *lebst* noch?!«
Sie gab ein Lachen von sich, das so sympathisch klang, dass alle mitlachten. Alle außer einem Leibwächter, einem Chronisten und einer Prinzessin. Die Prinzessin rieb sich unbewusst über die Narbe auf ihrer Nase. Ich war nicht wütend, ich war verwirrt und wünschte mir, ich könnte endlich die Klappe hal-

ten. Ich war auf Streit gebürstet. Vicky VII. muss das gespürt haben.

»Bitte, Pandekraska Pampernella«, sagte sie freundlich, »lass uns doch nicht streiten, wir kennen uns ja kaum. Ich bringe dich jetzt in mein Studio. Auf der Fahrt können wir uns dann besser kennenlernen.«

Sie lächelte, wie sie es vorhin zur Begrüßung getan hatte, und für einen Moment war alles gut zwischen uns. Ich sah es genau vor mir – wir würden in die Limousine steigen und in der Welt der Stars verschwinden. Dann aber sprach Vicky VII. weiter.

»Und wenn du mich lieb bittest, singe ich dir vielleicht auch etwas vor«, sagte sie. »Später lernst du dann Glen Hansard kennen, und wenn du Glück hast, ziehen wir mit Bono um die Häuser. Und übrigens: Sag doch *Vicky Vicky* zu mir, alle sagen *Vicky Vicky*.«

Xien Xien Yu seufzte. Don Pluto seufzte. Ich sagte:

»Ich denke nicht.«

»Wieso nicht?«

»Ich bin nicht wegen deiner Musik hier ...«

Die Norsestroms stöhnten auf.

»... und ich mag es nicht, wie du über deine Schwester sprichst.«

Wir starrten uns an. Das zweite Duell wurde ausgefochten.

»Wenn deine Schwester so alt wäre wie ich und vielleicht weniger verrückt«, sprach ich ehrlich weiter, »dann wären wir beste Freundinnen und ich würde nicht vor dir stehen und hoffen, dass wir uns verstehen.«

»Aber ... «

Vicky VII. senkte den Blick.

»... ich bin doch bald so berühmt wie du«, murmelte sie und

schaute wieder auf. »Ich ... ich dachte, wir könnten die Welt erobern.«

»Ich dachte das auch«, gab ich zu und dabei war die Traurigkeit in meiner Stimme wie eine graue Farbe, »aber ich denke nicht, dass wir auf einer Wellenlänge liegen.«

Erst als ich diese Worte aussprach, erinnerte ich mich, was Vicky in Amsterdam über meine angehende beste Freundin gesagt hatte. »Ihr werdet dieselben Gedanken teilen und auf einer Wellenlänge liegen.« Genau so sollte das sein, aber so war das hier nicht. Auch die Norsestroms fanden nicht, dass das so war. Sie wichen schockiert zurück. Vicky VII. gab ein leises Oh von sich und ihre Augen verschwanden wieder hinter den verspiegelten Gläsern. Das Duell war beendet. Wir hatten beide verloren.

»Wie schade«, sagte Vicky VII., »ich mag deine Frisur.«

»Ja, es ist wirklich schade«, sagte ich, »ich mag deine Frisur auch.«

Mehr geschah nicht. Vicky VII. winkte allen, dann stieg sie wieder in ihre Limousine und fuhr davon wie ein flüchtiger Traum, den man beim Aufwachen für immer vergisst.

Auf der Rückfahrt nach Dublin saß ich mal wieder schweigend auf dem Rücksitz. Ich hatte keinen Durst oder Hunger, ich war anwesend und abwesend zugleich. Während Xien Xien Yu fuhr, suchte Don Pluto die passende Musik heraus. Kurz darauf sang ein Mann davon, dass wir manchmal denken, dass die Welt uns was schuldet, aber sie schuldet uns in Wahrheit nichts.

Ich seufzte.

Am Flughafen parkten wir den Wagen und mein Leibwächter und mein Chronist wandten sich mir zu.

»Schaut nicht so«, sagte ich.

»Wir sind besorgt«, sagte Xien Xien Yu.

»War das heute nicht etwas voreilig?«, fragte Don Pluto.

»Ich mochte sie nicht«, sagte ich. »Keiner von uns mochte sie.« Ich konnte ihnen ansehen, dass ich recht hatte. Vicky VII. war keinem von uns sympathisch gewesen.

»Ich weiß schon, was ich tue«, sagte ich.

Sie sahen mich weiter nur an. Ich musste irgendwie einlenken, sonst würden sie mich noch stundenlang so anstarren.

»Und ich werde mir beim nächsten Mal besondere Mühe geben«, sagte ich.

Auch das genügte ihnen nicht.

»Ihr seid heute aber anstrengend.«

»Wir sind das gerne«, sagte Xien Xien Yu.

»Denn wir sind wirklich besorgt«, sagte Don Pluto.

»Okay, okay. Was wollt ihr?«

»Gib uns ein Versprechen«, sagte mein Chronist.

»Eines aus dem Herzen«, sagte mein Leibwächter.

Am liebsten hätte ich auf ein anderes Programm umgeschaltet.

»Ich verspreche euch«, sagte ich zögernd, »ich werde beim nächsten Mal geduldiger sein und nicht vorschnell urteilen.«

Genau das wollten sie hören.

»Das klingt weise«, sagte Don Pluto.

»Das gefällt mir«, sagte Xien Xien Yu.

Ich löste den Sicherheitsgurt und bat die beiden, dass sie mir fünf Minuten mit der Professorin gaben. Xien Xien Yu und Don Pluto stiegen aus. Ich war mir nicht sicher, ob ich meine Patentante in Ägypten erreichen würde, aber es war den Versuch wert. Zu meiner Überraschung nahm sie den Anruf nach dem dritten Klingelton an. Ihr Gesicht erschien auf dem Tablet, das ich in den Händen hielt.

»Kleines, was für eine Überraschung! Wie war es?«

»Furchtbar.«

Ich erzählte ihr von Vicky VI. und Vicky VII. und wie gefrustet ich war. Am Ende meiner Zusammenfassung sagte meine Patentante nicht, wie leid ihr das tat oder wie furchtbar das war. Sie sagte natürlich genau das, was ich auf keinen Fall hören wollte.

»Was hast du davon gelernt?«

»Ich habe keine Ahnung«, antwortete ich wie aus der Pistole geschossen.

»Du reagierst zu schnell, Pandekraska Pampernella«, rügte mich meine Patentante. »Denk nach.«

»Ich denk doch nach. Ich … Ich fühle mich so verloren, Tante Zaza«, sagte ich und hätte das Tablet am liebsten sofort zugeklappt. »Ich fühle mich, als müsste ich einen Schritt zurücktreten. Es war so witzig mit Vicky. Sie war verrückt, aber auch zugleich genial. Sie war richtig toll und das wurmt mich irgendwie, denn …«

»Denn?«

Ich bekam einen Schluckauf.

»… wenn sie eine Sonne ist, bin ich eine Taschenlampe«, sprach ich zu Ende.

»Atme mal durch, Kleines.«

Ich atmete durch, ich atmete den Schluckauf weg.

»Gut«, sagte meine Patentante, »und jetzt sag mir, was das Problem ist.«

»Ich dachte, ich wäre anders. Ich dachte, ich wäre verrückter und genialer und unberechenbarer, aber gegen Vicky bin ich ein Furz.«

Meine Patentante lachte, auch ich lachte los. Und wie wir da beide so lachten, begriff ich, was mein Problem war. Ich hatte ein anderes Bild von mir gehabt. Mit Erwachsenen kam ich gut klar, aber ein Mädchen wie Vicky zu erleben, das so eine enorme Energie mit sich brachte, das stellte mich in den Schatten.

»Ich komme mir so klein vor«, sagte ich.

»Das wird schon werden, Pandekraska Pampernella. Für mich bist du groß und wächst mit jedem Tag. Außerdem ist nichts falsch daran, sich eine Weile lang klein zu fühlen. Das nächste Abenteuer wartet schon um die Ecke. Aber tust du mir bitte erst mal einen Gefallen? Genieß Dublin, lass dich durch die Gegend chauffieren und schau dir vielleicht ein Museum an. Dann fahr nach Hause. Auch du brauchst Ruhe, meine Kleine. Wir sehen uns in einer Woche im Schloss und dann planen wir in Ruhe den Besuch bei dem dritten Mädchen.«

Ich sagte, ich würde auf sie hören. Meine Patentante lachte.

»Ich kann sehen, was du denkst«, sagte sie.

Ich blickte sie erschrocken an.

»Du willst gleich weiterreisen, nicht wahr?«, sprach sie weiter. »Du denkst nicht daran, in Dublin zu bleiben oder nach Florin zurückzukehren. Du willst einen Sieg und kannst deswegen nicht zur Ruhe kommen. Du steckst Niederlagen nicht gut ein, Pandekraska Pampernella, das muss ich dir mal sagen.«

»Vielleicht ist das so«, sagte ich kleinlaut.

»Sei jetzt nicht kleinlaut, das wirkt bei mir nicht.«

»Vielleicht ist das so«, sagte ich mit normaler Stimme.

»Ganz sicher ist das so«, berichtigte mich meine Patentante.

Ich konnte spüren, wie ich die Zähne zusammenbiss, am liebsten hätte ich woandershin geschaut, aber wir waren Auge in Auge. Eine Minute verging, dann lenkte meine Patentante ein.

»Wir sehen uns in einer Woche, egal, wie du dich entscheidest.«

»Danke, Tante Zaza.«

»Für dich immer, Kleines.«

Sie schickte mir eine Kusshand, ich schickte ihr eine Kusshand und klappte das Tablet zu. Ich hatte gewusst, was ich wollte, bevor ich den Anruf gemacht hatte. An meinem Entschluss hatte sich nichts geändert. Heute weiß ich, ich hätte zögern sollen. Das wäre sehr gut gewesen, denn ich war wirklich nicht gut darin, eine Niederlage einzustecken. Ich warf alle unsere Pläne um, weil ich diese bohrende Angst endlich loswerden wollte. Nicht morgen, nicht übermorgen, jetzt. Dabei vergaß ich völlig, dass man nicht wächst, wenn man sich fürchtet.

Und es wurmte mich sehr, dass mir meine Patentante all das vom Gesicht hatte ablesen können.

Zwei Stunden später saßen wir im Flieger und waren auf dem Weg nach Indien.

Es war ein sehr dummer Entschluss. Ich wünschte, mein Chronist hätte mich davon abgehalten. Und ich wünschte, Xien Xien Yu hätte mich einfach in den Würgegriff genommen und gegen meinen Willen nach Florin gebracht. Sie hatten zu viel Verständnis für mich und ich nutzte das aus und setzte meinen Willen durch. Im Nachhinein kann ich nur zu mir selbst sagen: *Mensch, warst du blöde, Pandekraska Pampernella.*

EIN LETZTER BLICK AUF PANDEKRASKA PAMPERNELLA

Pandekraska Pampernella ächzte, Xien Xien Yu knurrte und ich wurde fast ohnmächtig vor Langeweile.

»Ich kann nicht mehr stehen«, sagte Pandekraska Pampernella.

»Ich fühl mich wie eine Sardine in der Dose«, sagte Xien Xien Yu.

»Niemand hat uns vorgewarnt«, sagte ich.

Es gibt Zeiten und es gibt Orte, die nicht zusammenpassen. Sie sind wie Essig und Öl. Kommt man aber später an denselben Ort zurück, so gibt es überhaupt keine Probleme – alles wirkt normal und die Zeit dort ist plötzlich die beste Zeit, die man wählen kann.

Der August war auf keinen Fall der Monat, in dem man nach Mumbai reisen sollte.

Ein großes Fest fand in Indien statt und die Stadt war in Aufruhr. Aus dem ganzen Land reisten die Menschen an. Sie kamen per Zug, per Auto und natürlich mit dem Flugzeug. Wir mussten zwei zusätzliche Stunden in der Luft verbringen, ehe eine Landebahn frei wurde. Kaum hatten wir den Flieger verlassen, standen wir in einem dichten Gedränge vor der Passkontrolle.

Es war so voll, dass manche Leute im Stehen schliefen. Wir kamen nur in kleinen Tippelschritten voran.

Als wir dann die Passkontrolle endlich passiert hatten, standen wir in der nächsten Schlange.

Xien Xien Yu brach der Schweiß aus und Pandekraska Pampernella jammerte, weil sie nichts mehr sah.

»Ich habe das Gefühl, der kleinste Mensch auf der Welt zu sein«, sagte sie.

Nach einer weiteren Stunde standen wir auf einer Rolltreppe nach unten.

»Wenn jetzt nicht bald der Ausgang kommt«, sagte Xien Xien Yu, »drehe ich durch«.

»Mach mal nicht«, sagte Pandekraska Pampernella.

»Hört ihr das?«, fragte ich.

Aus der Ferne war ein betäubendes Rasseln und Scheppern zu hören. Es klang, als würde ein Unfall in Zeitlupe stattfinden. Die Rolltreppe endete. Wir drängten uns mit vierhundert anderen Reisenden einen langen Flur hinunter und mit jedem Meter nahm der Lärm zu. Es wurde gejammert und geschrien. Als der Flur eine Biegung machte, schien sich der Himmel zu öffnen – eine gewaltige Kuppel ragte über uns auf und wir standen plötzlich in der Haupthalle des Flughafens. Unsere erste Reaktion war, uns die Ohren zuzuhalten. Kinder klagten, Frauen sangen und Männer klatschten in die Hände. Es wurde getrommelt und gestampft und die Vibrationen brachten unsere Zähne zum Klappern. Wir sahen Polizisten und Soldaten, wir sahen Hippies und Blumenverkäufer, die die Hippies mit Blüten bewarfen. Händler reckten DVDs, Wasserpistolen und Bananen in die Luft, hier und da hielten Frauen ihre schreienden Babys hoch, als würden sie diese zum Verkauf anbieten. Und immer wieder erklang aus den Lautsprechern eine heisere Stimme. Sie wiederholte den gleichen Satz, der sich in meinen Ohren wie ein Gebet anhörte, aber wahrscheinlich nur darauf hinwies, dass man das Gepäck nicht unbeaufsichtigt stehen lassen sollte.

Am anderen Ende der Halle entdeckten wir den Ausgang.

»Bleibt hinter mir«, sagte Xien Xien Yu.

Wir blieben hinter ihm, auch wenn es uns nicht viel helfen sollte.

Keiner von uns rechnete auch nur eine Sekunde lang damit, dass uns eine Entführung bevorstand, vor der uns selbst der beste Leibwächter der Welt nicht schützen konnte.

Zwei von vier Schiebetüren waren außer Betrieb, die anderen öffneten und schlossen sich nach Belieben, sodass immer nur ein paar Leute gleichzeitig durchkamen. Die Stärkeren kämpften sich vor, die Schwächeren wichen zur Seite aus und drängten sich wieder in die Schlange. Und so schwappten wir alle vor und zurück, als wären wir eine Welle, die sich an der Brandung bricht.

»So kommen wir nicht voran«, sagte ich.

»Wir könnten warten, bis der erste Andrang weg ist«, sagte Xien Xien Yu.

»Ich bekomme keine Luft!«, piepste Pandekraska Pampernella.

Unsere Heldin piepste wirklich. Sie war von einem Wald aus Beinen umgeben, Hintern und Taschen schlugen ihr gegen den Kopf. Als Xien Xien Yu das sah, machte er kurzen Prozess und packte Pandekraska Pampernella unter den Achseln. Im nächsten Moment saß sie auf seinen Schultern.

»Du bist jetzt unser Navigator«, ließ sie Xien Xien Yu wissen.

Pandekraska Pampernella orientierte sich und zeigte auf die linke Schiebetür.

»Da lang!«

Doch ehe sich der Leibwächter in Bewegung setzen konnte, hatte uns das gefürchtete Rasseln und Scheppern eingeholt. Jetzt sahen wir, wer für den Lärm verantwortlich war – ein bunter Festzug näherte sich dem Ausgang. Wie durch Zauberhand begann sich das Chaos zu beruhigen und die Leute traten respektvoll zur Seite, als ein Buddha mit sechzehn Armen auf sie zuschwebte. Räucherkerzen steckten bündelweise in den offenen Handflächen der Statue und qualmten vor sich hin, jemand schlug einen Gong an und Reiskörner flogen durch die Luft.

Ich zupfte Xien Xien Yu am Arm.

»Folg mir«, sagte ich und heftete mich an den Festzug.

Ich lief direkt hinter dem letzten Träger, Xien Xien Yu blieb mir auf den Fersen und so kamen wir in weniger als zwei Minuten am Ausgang an, wo sich Pandekraska Pampernella durch die Tür ducken musste, dann hatten wir den Flughafen verlassen und wurden von einer Hitze umschlossen, die große Ähnlichkeit mit dem Klima in einer Fritteuse hatte.

Die Luft war feucht und schwer und kaum zu atmen. Mir tanzten sofort schwarze Flecken vor den Augen herum und ich stand kurz davor, ohnmächtig zu werden. Erst als ich mir ein paarmal mit der flachen Hand gegen die Brust geschlagen hatte, reagierten meine Lungen wieder und sogen die feuchte Luft rasselnd ein.

Ich hustete, ich atmete, ich schaute mich um.

Xien Xien Yu war weitergelaufen und hatte den Taxistand erreicht. Pandekraska Pampernella saß fest und sicher auf seinen

Schultern. Ich steckte mir Daumen und Zeigefinger in den Mund und gab einen Pfiff von mir. Unsere Heldin wandte sich um. Ich winkte, sie winkte zurück, dann verdunkelte sich ihr Gesicht, als wäre eine Wolke darüber gewandert.

Die Entführer tauchten aus dem Nichts auf und waren so schnell, dass keiner von uns reagieren konnte. Mir klappte der Mund auf und ich wollte schreien, aber eine Entführung dieser Art ließ sich nicht durch Schreie aufhalten. Mein letzter Blick auf Pandekraska Pampernella tat besonders weh, weil sie so hilflos war. Sie kam nicht einmal dazu, meinen Namen zu rufen, ihre Augen weiteten sich und da wurde ich auch schon gepackt und davongeschleift.

Und niemand rührte auch nur einen Finger.

AUS DEN PRIVATEN CHRONIKEN
VON PANDEKRASKA PAMPERNELLA

Mein Chronist verschwand so schnell, dass ich nicht einmal dazu kam, seinen Namen zu rufen. Ich saß sicher auf den Schultern meines Leibwächters und war hilflos. Ich schaffte es aber, Xien Xien Yu auf den Kopf zu klopfen.

»Don Pluto ist verschwunden«, sagte ich.

»Was?!«

»Sie haben ihn weggeschleppt.«

»Wer?«

»Zwei Männer.«

»Wo?«

»Hinter uns, sie haben …«

Ein hohes Quietschen schnitt mir die Worte ab. Xien Xien Yu machte eine 180-Grad-Wendung und ich wäre dabei beinahe von seiner Schulter geflogen. Eine Gruppe Mädchen bahnte sich den Weg zwischen den Reisenden hindurch und rauschte auf uns zu. Eines der Mädchen quietschte erneut und jetzt verstand ich, was das Quietschen zu bedeuten hatte:

»Pandiiiiiiiiiiiiiiiiiiiiiiiiiiiiii!«

Und noch einmal:

»Pandiiiiiiiiiiiiiiiiiiiiiiiiiiiiiiiii!«

Die Mädchen blieben drei Schritte von uns entfernt stehen. Sie sahen zu mir hoch, als wäre ich eine von den Gottheiten, die durch die Gegend getragen wurden. Eines der Mädchen hüpfte auf und ab, als hätte sie einen Flummi verschluckt; ein anderes fotografierte mit ihrem Handy und das Blitzlicht juckte in den Augen, und ein drittes wedelte mit einem Blumenstrauß herum. Insgesamt waren alle zehn Mädchen so was von überdreht, dass ich froh war, auf der Schulter meines Leibwächters zu sitzen.

Ganz vorne stand die Quietscherin und quietschte erneut:
»Pandiiiiiiiiiiiiiiiiiiiiiiiiiiiiiiiii!«
»Wer ist Pandi?«, fragte ich meinen Leibwächter.
»Ich glaube, sie meint dich.«
»Ich heiße nicht Pandi.«
»Sag das nicht mir.«

Mein Leibwächter hob mich runter. Jetzt war ich auf Augenhöhe mit den Mädchen und erkannte ohne Probleme, dass die Quietscherin auch die Anführerin sein musste. Keines der Mädchen war so eigen gekleidet: Sie trug ein lila T-Shirt und goldene Shorts mit bunten Sternen aus Pailletten. Ihre Ohren und ihr Haar konnte ich nicht sehen, denn sie hatte eine Wollmütze auf, was bei diesen Temperaturen schon ein wenig verrückt war. Bonita trug daheim auch immer eine Mütze, weil sie aus Mexiko kam und das florinische Klima nicht mochte. Aber hier in Indien hätte selbst Bonita ihre Mütze in die Ecke gepfeffert. Aus den roten Sandalen der Anführerin schauten grün lackierte Zehennägel hervor und um ihren Fußknöchel wand sich das Tattoo eines Regenbogens. Ihr Lippenstift erinnerte an Lava, ihre Nase war wie mit einem Lineal gezogen und zwischen den Augen hatte sie einen goldenen Punkt. Zwar war sie schrecklich angezogen, hatte aber ein wunderschönes Gesicht. Doch wie schön die Anführerin auch aussah, ich war fest entschlossen, ihr den Mund zuzuhalten, sollte sie noch einmal quietschen.

»Pandi, endlich!«, sagte sie mit normaler Stimme.

»Ich bin nicht Pandi«, sagte ich und lächelte fast schon entschuldigend. »Ich heiße Pandekraska Pampernella.«

Die Anführerin schlug mir spielerisch gegen den Arm, als wäre ich eine Dreijährige, die man nicht ernst nehmen konnte. Ich fühlte mich wie zwei, als sie das tat.

»Ich weiß doch, wie du heißt«, sagte sie und trat nahe an mich heran. Sie drückte sich eine Hand auf die Brust und fragte verschwörerisch: »Aber weißt du, wer ich bin?«

Natürlich wusste ich, wer sie war. Wer sonst sollte mich in Mumbai am Flughafen erwarten? Aber ich verkniff mir den Kommentar, denn ich stand ein wenig unter Strom. In Irland war ich zu voreilig gewesen, jetzt wollte ich geduldig und nett sein, das war mein Plan. Was mir sehr schwerfiel, nachdem ich gesehen hatte, wie zwei Männer Don Pluto entführt hatten. Also sagte ich, so freundlich ich konnte:

»Du bist Nisha Aarany.«

»Nein«, sagte Nisha Aarany.

»Nein?!«

»Ich bin *deine* Nisha Aarany«, korrigierte sie mich. »Deine ganz allein, Pandi!«

»Oh weh, oh weh!«, begannen die Mädchen um sie herum zu jammern, als würden sie Abschied von ihr nehmen. Sie lagen einander in den Armen und streckten sehnsüchtig die Hände nach Nisha aus. Keine Oper war so dramatisch.

»Bleib unsere Freundin!«, riefen sie. «Verlass uns nicht!«

»Ich verlass euch doch nicht, meine Kätzchen«, beruhigte sie Nisha und sagte dann zu mir: »Pandi, schau, das hier sind meine Freundinnen. Das hier ist Simi aus dem Haus Vhal, und das ist Rashpal, aber wir dürfen Rashi sagen. Hier haben wir Omu, doch sie spricht heute nicht, und Simi die Zweite aus dem Haus Rava. Das ist Marilyn, die besonders gut singen kann, und das ist Bosa und ihre Zwillingsschwester---«

»Moment mal«, unterbrach ich den Redeschwall.

Nisha verstummte, ihre Freundinnen hörten auf zu jammern.

»Können wir das später machen?«, fragte ich.

»Später?«

»Mein Chronist wurde eben entführt.«

Nisha winkte meine Besorgnis weg.

»Unsinn.«

»Das ist kein Unsinn«, sagte Xien Xien Yu hinter mir.

Alle schauten zu ihm hoch, als hätte er sich eben aus dem Nichts materialisiert.

»Wer ist denn das?«, fragte Nisha ein wenig erschrocken.

»Mein Leibwächter«, sagte ich.

»Oh, du hast einen Leibwächter«, sagten die Freundinnen im Chor. »Wie cool!«

»Erzähl ihnen, was du gesehen hast«, bat mich Xien Xien Yu.

Ich zeigte über die Straße.

»Zwei Männer haben meinen Chronisten gepackt und in einen VW-Bus verfrachtet.«

Als sie das hörten, hielten sich die Freundinnen entsetzt die Hände vor den Mund. Nisha runzelte nur die Stirn, sodass der leuchtend goldene Punkt zwischen ihren Augen zwei Falten warf. Sie fragte mich, ob ich ein Foto von meinem Chronisten hätte.

Ich schüttelte den Kopf.

Xien Xien Yu kam mir zu Hilfe und hielt Nisha sein Handy entgegen. Auf dem Display waren wir drei zu sehen, wie wir vor dem Pferdefriedhof standen und in die Kamera grinsten. Nisha machte mit ihrem eigenen Handy ein Foto von dem Foto. Sie bearbeitete es mit flinken Fingern und schnitt Xien Xien Yu und mich aus dem Bild. Dann schickte sie das Foto raus.

»Okay«, sagte sie.

»Okay, was?«, fragte ich.

»Okay, ich habe mich darum gekümmert.«

»Darf ich fragen, was das heißt?«, hakte Xien Xien Yu nach.

»Meine Follower wissen jetzt Bescheid«, antwortete ihm Nisha in einem Singsang, dass die Töne nur so aus ihr herausperlten. Jeder Laut aus ihrem Mund war entweder schrill oder perlend. Es wirkte nicht echt, aber es wirkte auch nicht falsch. Es wirkte eingeübt.

»Was auch immer in Mumbai passiert«, schob Nisha hinterher, »meinen Followern entgeht nichts. Aber davon habt ihr sicher gehört, nicht wahr?«

Wir hatten. Nisha Aarany war ein halbes Jahr jünger als ich und sah zwei Jahre älter aus. Sie gehörte zu einer reichen Familie, die ihr Vermögen mit dem Export von Gewürzen gemacht hatte. Und weil ihre Eltern so stinkereich waren, tat Nisha den lieben langen Tag nichts anderes, als mit ihren Freundinnen durch die Stadt zu spazieren und auf Instagram zu berichten, was sie alles erlebte und was sie als Nächstes erleben werde. Allein in Mumbai hatte Nisha vierhunderttausend Follower und weltweit waren es über vier Millionen, die täglich ihre Schminktips, Rezepte und Gedanken erwarteten. Wenn Nisha also sagte, ihre Follower wüssten jetzt Bescheid, dann sollte uns das eigentlich beruhigen. Tat es aber nicht. Xien Xien Yu schaute sich um. Ich wusste, dass er am liebsten losgestürmt wäre.

»Wir sollten die Polizei rufen«, sagte er.

»Rami ist besser als die Polizei«, sagte Nisha.

»Wer ist Rami?«, fragte ich.

»Rami ist ein Superheld«, meldete sich eine der Freundinnen.

»Und da kommt er auch schon«, sagte eine andere.

Ein Kleiderschrank von einem Mann näherte sich auf einem winzigen Moped. Rami war doppelt so breit wie Xien Xien Yu und trug eine zu enge Jacke, enge Hosen und selbst seine Schuhe schienen zwei Nummern zu klein. Er hielt mit dem Moped am Straßenrand, nahm seinen zitronengelben Jethelm ab und strich sein Haar glatt. Die Mädchen winkten ihm, Rami winkte zurück. Er stieg nicht von seinem Moped, er blieb zehn Meter von uns entfernt darauf sitzen und rief über sein Handy Nisha an. Sie hatten Augenkontakt, während sie miteinander sprachen. Nisha sagte ein paar Sätze auf Hindi, Rami nickte und steckte das Handy weg. Er setzte sich seinen Jethelm auf, wendete sein Moped und verschwand so schnell, wie er gekommen war.

»Wieso ist er nicht abgestiegen?«, fragte ich.

»Er ist schüchtern«, zwitscherten die Freundinnen.

»Keine Sorge mehr«, sagte Nisha. »Rami wird deinen Chronisten finden, Pandi, denn Rami weiß immer, wo er suchen muss. Er ist ein Privatdetektiv.«

Ich mochte ihre Zuversicht, dennoch sagte ich zu Xien Xien Yu.

»Willst du ihm nicht folgen?«

»Du meinst, ich soll ihm hinterherrennen?«
»Du könntest ein Moped klauen.«
Xien Xien Yu schüttelte den Kopf.
»Nein, ich lasse dich nicht allein.«
»Aber Don Pluto---«
»Er wird sich schon zu wehren wissen«, unterbrach mich mein Leibwächter. »Außerdem habe ich ihm ein paar gute Ringergriffe beigebracht. Und vergiss nicht, er hat ja noch seinen Talisman.«

Ich atmete erleichtert aus. Wie konnte ich den Talisman nur vergessen? Don Pluto hatte ihn vor vier Jahren von einem Schamanen geschenkt bekommen. Der Talisman war ein besonderer Schutz, der dafür sorgte, dass mein Chronist nie etwas Schlimmes widerfuhr – er konnte von einer Büffelherde niedergerannt werden, in einer Höhle neben einem Bären erwachen oder seinen Fuß in einen Schuh schieben, in dem ein Skorpion lauerte. Es machte keinen Unterschied, denn er war geschützt. So sagte zumindest der Schamane und er musste es ja wissen, denn er war der Büffelherde, dem Bären und dem Skorpion begegnet und nur der Talisman hatte ihn vor dem Tod bewahrt.

AUS DEN PRIVATEN CHRONIKEN
EINES CHRONISTEN, DER ENTFÜHRT WURDE

Ich bereute es sehr, meinen Talisman in Florin vergessen zu haben. Er hing an meinem Bettpfosten und dort hing er gut und sicher. Gut und sicher fühlte ich mich überhaupt nicht. Nachdem die Entführer mich vor dem Flughafen weggeschnappt hatten, wurde ich in einen VW-Bus verfrachtet. Sie fesselten mir die Hände auf den Rücken, nahmen mir das Handy ab und zogen einen schwarzen Leinensack über meinen Kopf. Eine Weile fuhr der VW-Bus durch die Gegend, dann hielt er und ich wurde aus dem Auto gezogen und ein paar Stufen hinuntergeführt. Es stank nach Müll und Algen. Ich wurde auf einen Stuhl runtergedrückt und da saß ich dann und meine Nase juckte, doch wem die Hände auf dem Rücken gefesselt sind, der muss das ertragen.

»Hallo?«, sagte ich vorsichtig.

»Amerikaner?«, fragte eine Frauenstimme zurück.

»Engländer«, antwortete ich.

»Oh, ein Engländer!«

Mir wurde der Leinensack mit einem Ruck vom Kopf gezogen. Einer der Entführer stand vor mir und betrachtete mich kritisch, als wäre er sich nicht sicher, ob er die richtige Person entführt hatte. Dann trat er zur Seite und ich sah, wo ich mich befand.

Ich saß auf einem Stuhl, der auf dem Boden eines trockengelegten Swimmingpools stand.

Und ich saß da nicht alleine.

Wir waren zu sechst und ich war nur von Berühmtheiten umgeben – ganz rechts von mir saß Brad Pitt und neben ihm Jennifer Lawrence, ganz links von mir saß Leonardo DiCaprio und neben ihm Daniel Radcliffe. Zwischen Daniel Radcliffe und Jennifer Lawrence saß Michael Jackson. Der Sänger sah am elendigsten von allen aus, was wahrscheinlich auch daran lag, dass er schon seit Jahren nicht mehr am Leben war.

AUS DEN PRIVATEN CHRONIKEN
VON PANDEKRASKA PAMPERNELLA

Xien Xien Yu und ich standen recht ratlos vor dem Flughafen und machten uns Sorgen um den Chronisten. Niemand sonst schien besorgt zu sein. Die Freundinnen hatten ihre Handys rausgeholt und tippten darauf herum, während Nisha in die Ferne sah, als würde sich Don Pluto hinter der nächsten Ecke verstecken. Ich glaubte nicht daran, dass Privatdetektiv Rami gleich auf seinem winzigen Moped angefahren kommen und meinen Chronisten hinter sich sitzen haben würde.

»Und wie lange müssen wir jetzt warten?«, fragte ich.

Ein Pling hielt Nisha davon ab, mir zu antworten. Sie sah auf ihr Handy und wackelte mit dem Kopf. Die Nachricht machte sie nicht glücklich. Ihre Follower hatten Don Pluto in Mumbai an sechsundachtzig Orten gleichzeitig gesehen. Einige schickten Fotos und andere Videos, doch keiner der Männer war Don Pluto auch nur ansatzweise ähnlich. Ich biss mir auf die Unterlippe.

»Don Pluto wird uns nicht verloren gehen«, versuchte mich Xien Xien Yu zu beruhigen.

»Niemand geht in Mumbai verloren«, sagte Nisha.

»Und was, wenn doch?«, fragte ich.

»Aber, Pandi«, sagte Nisha mit Marzipanstimme. »*Was, wenn doch* haben wir im indischen Sprachgebrauch nicht. Keiner sagt es, und was keiner sagt, das gibt es auch nicht.«

Ihre Freundinnen nickten.

Auch ich nickte.

Es mag komisch klingen, aber je länger ich Nisha zuhörte, umso mehr beruhigten mich ihre Worte. Sie strahlte eine Zuversicht aus, die ich so noch nicht erlebt hatte. Nicht einmal bei meiner Patentante. Nisha war lässig und schien alles im Griff zu haben. Und sie meinte, was sie sagte. Oder ich wollte einfach nur, dass das so war.

Xien Xien Yu beeindruckten Nishas Worte überhaupt nicht. Er hielt sich das Handy ans Ohr und versuchte Don Pluto anzurufen. Nisha nutzte die Chance und packte mich an den Schultern.

»Ich zeige dir jetzt meine Welt, Pandi«, sagte sie und schüttelte mich bei jedem fünften Wort ein wenig, »und du darfst nicht Nein sagen, hörst du? Sobald du meine Welt gesehen hast, wirst du einen Entschluss fassen. Du wirst beschließen, dass ich die beste Freundin bin, die du dir wünschen kannst. Mein Zuhause wird dein Zuhause sein.«

»Schüttel mich mal nicht so«, bat ich sie.

»Ach, Pandi«, seufzte Nisha und ließ mich wieder los, »du bist zart wie eine Rosenblüte, du bist so klar wie der Morgentau. Komm, nimm meine Hand. Ich habe alles vorbereitet. Es wird dir so gut gefallen, dass du sogar in Mumbai leben wollen wirst. Du denkst, ich übertreibe? Schau dir doch mal meine zweitbesten Freundinnen an, sehen sie nicht glücklich aus?«

Ich konnte nicht leugnen, dass ihre Freundinnen glücklich aussahen. Aber glücklich wie Mädchen, die zu viel Fernsehen glotzen und dabei einen Eisbecher nach dem anderen wegfuttern. Ich meine jetzt nicht, dass sie dick waren, ich meine, sie waren vollkommen überdreht.

»Deine Freundinnen wirken ein wenig überdreht«, flüsterte ich Nisha zu.

»Ich weiß«, flüsterte sie zurück. »Wie süß ist das denn?!«

»Aber warum sind sie so?«

»Weil sie Angst haben, mich zu verlieren«, antwortete Nisha und riss die Augen weit auf, als wollte sie mir ein Geheimnis verraten. »Aber ...«

Sie stupste mit dem Zeigefinger gegen meine Nasenspitze.

»... mach dir keine Sorgen, Pandi, ich bin kein böser Mensch. Sie dürfen meine Zweitfreundinnen bleiben, denn dich finde ich jetzt am tollsten und so ist das Leben.«

Da war plötzlich wieder dieser Stein in meinem Magen, den ich das letzte Mal gespürt hatte, als ich mit Vicky am Ufer der Seine saß und Böff Stroganoff neben mir aufgetaucht war. Auch er hatte gesagt, er sei kein böser Mensch. Und dann hat er mir gedroht, dass die Zeiten sich ändern und ich mich darauf vorbereiten sollte, dass die Menschen aus meinem Leben verschwinden würden. Anscheinend hatte ich den Boten meiner Erzfeindin unterschätzt. Was wäre, wenn das Verschwinden meines Chronisten das *grand malheur* war, mit dem er mir gedroht hatte?

Nisha unterbrach meinen Gedanken.

»Gib mir nur einen Nachmittag«, sagte sie, »und ich beweise dir, dass wir zusammenpassen.«

Ich fand, es lag nicht an mir. Don Pluto war wichtiger als der Versuch einer Freundschaft. Deswegen wollte ich diese Entscheidung nicht allein treffen.

»Was meinst du?«, fragte ich Xien Xien Yu.

»Wir sind hier, damit ihr herausfindet, ob ihr Freundinnen sein könnt«, antwortete er. »An diesem Plan sollten wir nichts ändern. Während ihr euch näher kennenlernt, mache ich ein paar Anrufe und versuche herauszufinden, wer sich Don Pluto geschnappt hat.«

Nisha klatschte vor Freude in die Hände.

Die Tour begann damit, dass wir aus dem Zentrum von Mumbai rausfuhren.

»Zu laut und zu voll«, sagte Nisha.

»Und zu arm«, riefen ihre Freundinnen.

Ich erwartete eine Limousine wie die, mit der Vicky VII. vor dem Gehöft ihrer Familie gehalten hatte. Ich erwartete auch ein paar bunt bemalte Elefanten und sah uns schon in einer Parade durch die Stadt ziehen.

Ich wollte schon immer auf einem Elefanten reiten.

Ich war eine Träumerin.

Wir quetschten uns in einen Linienbus, der so überfüllt war, dass ich dachte, wir würden da niemals auch noch reinpassen. Die Freundinnen kannten sich aber aus. Sie kreischten los, beschimpften die anderen Reisenden und schoben und drängelten. Sie machten uns so viel Platz, dass selbst Xien Xien Yu problemlos einsteigen konnte. Innerhalb von einer Minute waren wir zwischen den Leuten eingequetscht, die alle sehr unglücklich aussahen und murrten, was aber auch an der Hitze und dem Geruch liegen konnte. Es stank nach Schweiß und Zigaretten, ich roch ranzigen Käse und verbranntes Brot, da war aber auch der Duft von Nelken und Zimt und dazwischen ein bitteres Aroma, das Nisha als den Saft der Betelnuss erkannte. Ich hatte noch nie von dieser Nuss gehört.

»Aber, Pandi, die Betelnuss kauen hier doch alle.«

»Auch du?«

»Nein, ich bin doch eine Lady.«

Die elfjährige Lady zeigte mit dem Kinn aus einem der Fenster. Der Bus bewegte sich seit zehn Minuten nur im Schritttempo voran. Händler liefen mit und hielten ihre Ware zu uns hoch, was keinen Sinn machte, denn die Busfenster ließen sich nicht öffnen.

»Siehst du den Stand dort?«, fragte Nisha. »Siehst du die großen Mörser?«

An dem Stand hockten vier Frauen mit Holzstößeln in den Händen und warteten auf Kundschaft.

»Erst wird die Nuss zerkleinert«, sprach Nisha weiter, »dann wird sie mit Kräutern und Gewürzen vermahlen. Die Mischung nennt man Paan. Und dann …«

Sie zeigte jetzt mit dem Kinn auf einen hageren Mann, der hinter mir stand und nur Shorts und ein Unterhemd trug. Seine linke Backe war voll, und was auch immer er im Mund hatte, es schmeckte ihm so gut, dass er vor sich hin lächelte.

»… kaut man das Ganze, bis der Saft austritt«, beendete Nisha ihren Satz.

»Und was passiert mit dem Saft?«

»Achtung!«

Nisha zog mich an sich heran, sodass ich von dem Mann wegtrat. Er bedankte sich mit einem Nicken, senkte den Kopf und spuckte aus. Rot kam es aus seinem Mund und platschte auf den Boden des Busses, der mit so vielen Flecken übersät war, dass ich gedacht hatte, das sei seine natürliche Farbe. Der Mann grinste mich an. Sein Zahnfleisch war dunkelrot, die Zähne schwarz.

»Paan kauen hier alle«, sagte Nisha, »außer wir natürlich, denn ...«

»... wir sind Ladys«, sprach ich für sie zu Ende.

»Pandi«, sagte Nisha beeindruckt, »langsam verstehen wir uns.«

AUS DEN PRIVATEN CHRONIKEN
EINES CHRONISTEN, DER ENTFÜHRT WURDE

Während sich Pandekraska Pampernella und Xien Xien Yu im Bus quetschten, saß ich mit fünf gefesselten Berühmtheiten auf dem Grund eines leeren Swimmingpools und alle fünf Berühmtheiten waren so was von verärgert, dass es mir ein Rätsel war, wieso es nicht über ihren Köpfen donnerte und blitzte. Leonardo DiCaprio schien der Wütendste von ihnen zu sein. Er sagte es genau so, und er sagte es anscheinend nicht zum ersten Mal.

»Ich bin scheißewütend, hörst du? Ich war in meinem Hotel und eben auf dem Weg in die Sauna, da haben mich diese Schweinehunde gepackt. Wieso haben sie nicht bis nach der Sauna gewartet? Ich habe mich wirklich darauf gefreut, ein wenig zu entspannen. Und jetzt das hier!«

Er beugte sich vor und sah mich mit halb zugekniffenen Augen an.

»Willst du wissen, *wie* wütend ich bin?«

Ehe ich ihm antworten konnte, riefen die anderen im Chor: »Scheißewütend!«

Leonardo DiCaprio bekam einen hochroten Kopf.

»Jaja, sehr lustig, Leute«, sagte er.

»Mich haben sie mit einem Baby angelockt«, erfuhr ich von Jennifer Lawrence, die ausgesprochen heftig schielte. «Ich habe mir gerade einen Tempel angesehen, da wurde eine Mutter mit einem Baby im Arm auf der Straße ohnmächtig. Alle schrien los, und ich wollte schauen, ob die beiden in Ordnung waren. Als ich mich über die Mutter beugte, sah ich, dass das Baby nur eine Puppe war. Da wurde ich auch schon gepackt und sie zogen mir einen Sack über den Kopf. Das Nächste, was ich gesehen habe, war dieser Pool.«

»Es stinkt hier«, sagte Daniel Radcliffe, »alles stinkt hier und ich will nach Hause.«

Mehr hatte Daniel Radcliffe nicht zu sagen.

Brad Pitt nieste.

»Irgendwie bin ich allergisch auf diese Algen«, sagte er, »und ich verstehe nicht, was diese Klamotten sollen. Und wieso habe ich diesen komischen Helm auf?«

Der Helm war aus Plastik und an dem Brustschutz hing noch ein Preisschild. Brad Pitt sah aus wie ein übergewichtiger Legionär. Seine behaarten Beine waren kalkweiß.

»*Troja*«, kam ich ihm zu Hilfe.

»Was?!«

»Du bist Achilles«, sagte ich.

Sie sahen mich an, als wäre ich vollkommen verrückt. Offensichtlich wusste keiner von ihnen, dass Brad Pitt in *Troja* die Rolle des Achilles gespielt hatte. Er selbst schien es auch vergessen zu haben. Wahrscheinlich hatte er den Kinofilm nicht einmal gesehen.

»Sie haben dich als Achilles verkleidet«, erklärte ich.

Brad Pitt sah überrascht an sich herab.

»Ach so«, sagte er.

Michael Jackson schüttelte sich, dass sein Stuhl knarrte.

»Mir ist so richtig übel«, sagte er. »Wenn die Entführer herausfinden, dass ich längst schon tot bin, werden sie kurzen Prozess mit mir machen.«

»So was haben sie noch nie getan«, beruhigte ihn Daniel Radcliffe.

»Woher willst du das wissen?«, fragte Michael Jackson zurück.

»Ich bin seit fünf Wochen in Mumbai. Die Zeitungen berichten jeden Tag über die Entführer. Also wenn es da einen Mord gegeben hätte, wäre das längst im Fernsehen zu sehen gewesen. Nein, sie werden dich laufen lassen. Mach dir keine Sorgen.«

»Moment mal«, meldete sich Leonardo DiCaprio, »wie kannst du schon fünf Wochen in Mumbai sein und jetzt erst entführt werden? Das hier ist erst mein dritter Tag in der Stadt.«

Daniel Radcliffe seufzte.

»Ich will nicht darüber reden.«

»Nun mach schon«, sagte Jennifer Lawrence.

Daniel Radcliffe zögerte, dann sagte er kleinlaut:

»Mir war so heiß, schon seit Wochen leide ich unter der Hitze. Also habe ich mir heute Morgen den Bart abrasiert. Das war wohl ein Fehler.«

Außer mir stöhnten alle auf und fragten ihn, wie er nur so dämlich sein konnte. Als sie sich wieder beruhigt hatten, wandte sich Jennifer Lawrence mir zu. Ihre Pupillen trafen sich dabei fast in der Mitte. Ich hatte noch nie so ein schlimmes Schielen gesehen.

»Und wer sollst du sein?«, fragte sie.

»Mein Name ist Domingo Yglesias De Sacramento, ich---«

»Nein«, unterbrach mich Brad Pitt, »sie meinte, wer du sein *sollst*?«

Ich verstand die Frage nicht. Sie sahen mich alle fünf konzentriert an. Leonardo DiCaprio war am schnellsten. Er lachte los, dann sahen auch die anderen, was er gesehen hatte, und lachten mit ihm. Brad Pitt sprach es schließlich aus.

»Ryan Gosling!«, sagte er.

»Was?!«, sagte ich.

Sie lachten und lachten.

Die Wahrheit ist manchmal wie eine von diese bunten Seifenblasen, die in der Luft schweben und aussehen, als wären sie aus Regenbogen und Zauber gesponnen. Aber irgendwann pikst jemand rein oder sie zerplatzen einfach so, und was zurückbleibt, ist ein wenig Lauge und feuchte Luft. Meine Seifenblase der Ahnungslosigkeit war von Anfang an kein bisschen zauberhaft, aber sie zerplatzte trotzdem mit einem Knall, als ich erfuhr, warum wir gefesselt auf diesen Stühlen saßen.

Brad Pitt hieß in Wirklichkeit Andrez Simic und kam aus Polen. Jennifer Lawrence war eine Kassiererin aus Weilheim und hieß Nadja Borschmidt. Daniel Radcliffe war in Istanbul bekannt als Karim Salik, wo ihm ein Blumenladen gehörte. Leonardo DiCaprio kam aus Schweden und reiste mit seiner Freundin, die ihn noch nie für Leonardo DiCaprio gehalten hatte, ihn aber Schatzi nannte, obwohl er Ragnar Olsson hieß. Und Michael Jackson erinnerte so sehr an Michael Jackson wie ich an Ryan Gosling. Sein richtiger Name war Ivanko Jabuka, er kam aus Kroatien und arbeitete dort als Schlosser.

»Sieh mich an«, bat er. »Siehst du Michael Jackson?«

Ich war ehrlich und schüttelte den Kopf. Wenn die Verkleidung nicht gewesen wäre, hätte er mich nie im Leben an Michael Jackson erinnert. Die Entführer hatten ihm die typischen Klamotten des verstorbenen Popstars übergezogen – weiße Handschuhe, schwarze Lederjacke mit silbernen Ketten über der Brust und hochstehendem Kragen, dazu hingen ihm zwei müde Locken in die Stirn.

»Was genau passiert hier?«, fragte ich.

Leonardo DiCaprio antwortete mir.

»Die Entführer schnappen sich Touristen, die Stars ähnlich sehen«, sagte er. »Sie bieten sie dann über das Internet dem Meistbietenden an.«

»Unsinn«, sagte ich und musste lachen.

»Lach ruhig«, sprach Leonardo DiCaprio weiter. »Als ich das erste Mal davon gehört habe, musste ich auch lachen. Ich habe es für einen Scherz gehalten. Und jetzt sieh mich an: Ich sitze hier seit den frühen Morgenstunden auf dem Grund eines stinkenden Swimmingpools und mir ist nicht nach Lachen.«

Ich konnte es noch immer nicht glauben.

»Wer bietet denn für Leute wie uns Geld?«, wollte ich wissen.

Sie hoben gleichzeitig die Schultern.

»Ich habe gelesen, dass das höchste Gebot bei einer Million Dollar lag«, erinnerte sich Daniel Radcliffe. »Ein Ölscheich aus Kuwait soll die Million für eine Italienerin bezahlt haben, die im Februar in Mumbai gewesen ist. Sie soll der echten Beyoncé unfassbar ähnlich gesehen haben. Popstars sind sehr gefragt.«

Als Michael Jackson das hörte, senkte er das Kinn auf seine Brust.

»Und wenn uns keiner kaufen will?«, fragte ich.
»Dann lassen sie uns wieder gehen«, sagte Brad Pitt.
»Einfach so?«
»Einfach so.«
»Behaupten zumindest die Zeitungen«, murmelte Leonardo DiCaprio.
»Und die Verkleidungen?«
»Sie sollen es dem Käufer leichter machen«, sagte Jennifer Lawrence.

Sie trug ein schlecht sitzendes Kostüm aus den *Tributen von Panem* und über ihrer Schulter hing ein Pappbogen mit einem Köcher voller Papppfeilen. Auf Daniel Radcliffes Nase saß eine schwarze Brille, die ihn aussehen ließ wie eine billige Kopie von Harry Potter. Mit Kugelschreiber hatten sie ihm sogar eine Narbe auf die Stirn gemalt. Am schlimmsten hatte es aber Leonardo DiCaprio erwischt. Er trug ein Bärenfell, und eine Bibermütze saß auf seinem Kopf. An seinen Füßen waren Fellstiefel und in seinem Gesicht klebte ein zotteliger Bart. Ich war mir sicher, der Mann verlor alle zehn Minuten einen ganzen Liter Schweiß.

»Sie hätten jeden anderen Film wählen können«, sagte er. »Warum nicht *Titanic* oder *Romeo & Julia*? Aber nein, sie wählen den einzigen Film, in dem DiCaprio wie ein Trapper aussieht.«

Ich sah an mir herab. Ich trug nichts Besonderes.
»Du wirst wohl für sie singen müssen«, sagte Brad Pitt.
Michael Jackson seufzte mal wieder.
»Mich werden sie nie singen lassen«, sagte er. »Wenn sie herausfinden, dass Michael Jackson längst tot ist, wer weiß, was sie mir dann antun.«

»Ich hoffe ja, ich muss nicht auf einem Besen durch die Gegend fliegen«, sagte Daniel Radcliffe.

»Besser, als mit einem Pappbogen rumzuschießen«, sagte Jennifer Lawrence.

Und wie sie das sagte, begriff ich endlich, aus welchem Film ich kommen sollte.

»Ich bin aus einem Musical«, sagte ich erschrocken. »Ich bin aus *La La Land*.«

»Willkommen im Club der entführten Stars!«, sagte Brad Pitt ohne großen Begeisterung.

AUS DEN PRIVATEN CHRONIKEN
VON PANDEKRASKA PAMPERNELLA

Wir fuhren eineinhalb Stunden mit dem Bus quer durch Mumbai und wann immer jemand um mich herum ausspuckte, gelang es mir, dem roten Sabber auszuweichen. Zwischen dem Ausspucken, dem Herumgeholper des Busses und der brütenden Hitze, dachte ich unentwegt an Don Pluto.

Der Verkehr auf den Straßen wurde immer dichter. Nicht nur Autos, sondern auch Mopeds, Fahrräder und Menschen drängelten sich und schienen kein so richtiges Ziel zu haben – sie redeten und diskutierten, sie standen auf der Straße herum und telefonierten, ließen sich die Ohren reinigen und die Haare schneiden. An einer Ecke war ein Korbsessel aufgestellt, auf dem ein Mann den Leuten die Zähne zog. Vier Patienten warteten, dass sie an die Reihe kamen. Und dann waren überall diese heiligen Kühe. Die Autos umschifften sie und die Menschen schoben sie beiseite, wenn sie ihnen den Weg versperrten.

Als ich schon dachte, die Fahrt würde kein Ende mehr nehmen, hielt der Bus vor einem schneeweißen Haus, das über und über mit Blüten behangen war. Über dem bogenförmigen Eingang stand in bunten Buchstaben *Salon Deluxe*. Wir stiegen aus. Xien Xien Yu hatte sofort sein Handy am Ohr und versuchte erneut Don Pluto zu erreichen. Es war vergeblich.

»Ich gebe ihm noch eine Stunde«, sagte mein Leibwächter.

»Und dann?«

»Dann gehen wir zur Polizei.«

Nisha hielt nichts davon.

»Die Polizei wird euch auslachen«, sagte sie. »Seid ohne Sorge, Rami wird euren Freund schon finden. Er ist ein Profi.«

Sie hakte sich bei mir unter.

»Komm, wir werden erwartet.«

Wir gingen auf den *Salon Deluxe* zu und die Freundinnen folgten uns wie ein schnatternder Wolkenbruch.

»Erst mal kleiden wir dich ein«, sagte Nisha.

»Was ist an meiner Kleidung falsch?«, fragte ich.

»Tststs, du bist zwar eine Prinzessin, aber wir wollen doch heute eine Königin sein, Pandi, oder?«

»Nisha«, bat ich sie, »sag nicht Pandi zu mir.«

»Aber, Pandi, dass du so albern bist!«

Es war zum Auswachsen, ich kam einfach nicht gegen sie an. Es war, als würde ich eine Sprache sprechen, die sie nicht verstehen wollte. Erneut schlug sie mir gegen den Arm und erneut war ich eine Dreijährige, die Unfug gemacht hatte. Es war wirklich zum Auswachsen.

Kurz bevor wir den *Salon Deluxe* erreichten, schwangen die Doppeltüren auf und eine Gruppe von Frauen trat nach draußen. Sie umschwirrten uns wie Motten das Licht. Finger zupften an meiner Kleidung herum und wanderten über meinen Rücken, als würden sie Maß nehmen. Sie schoben mich voran, durch den Eingang und an einem Springbrunnen vorbei und direkt in einen breiten Sessel hinein. Ehe ich mich beschweren konnte, hatten sie mir die Turnschuhe ausgezogen.

»Das ist Insi«, sagte Nisha, »sie wird deine Füße machen.«

Meine Füße wurden in eine Schale mit Wasser getaucht, gewaschen und maniküert. Die Waden wurden mir massiert und mit Sandelholzöl eingerieben.

»Das ist Jagassa«, sagte Nisha, »sie wird---«

Meine Hand schnellte hoch und griff zu.

Nisha verstummte, alle verstummten.

Endlich hatte ich die Bremse gezogen. Wer auch immer Jagassa war, sie hatte sich meinen Haaren genähert. Ich umklammerte ihr Handgelenk.

»Nein«, sagte ich.

»Nein?«, fragte Nisha und ließ es wie ein Ja klingen.

»Nein heißt Nein«, wiederholte ich. »Diese Frisur bleibt.«

Nachdem wir gestern von Dublin losgeflogen waren, hatten wir den ersten Zwischenstopp am Abend in Frankfurt gehabt. Der zweite Zwischenstopp war dann sieben Stunden später am frühen Morgen in Abu Dhabi gewesen, wo uns Sookie schon erwartet hatte. Nach der langen Nacht im Flugzeug sah mein *Greek Braid Deluxe* aus wie ein ausgefranster Wischmopp. Meine Coiffeuse verpasste mir einen fantastischen *Nofretetes War Path*, der sich eng an meinen Kopf schmiegte und keine Faxen machen würde, ob es jetzt regnete oder stürmte. Es war die ideale Frisur für die indische Hitze.

»Diese Frisur bleibt«, wiederholte ich ein zweites Mal lauter, damit es alle anderen auch mitbekamen.

Und so blieb die Frisur.

Ganz vorsichtig setzten sich die Frauen wieder in Bewegung, und ich ließ sie machen. So wurde ich nicht nur maniküert und massiert, sondern auch geschminkt und man verpackte mich in einen seidenen Sari und zog mir Schuhe an, die mich an Vickys Plateauschuhe erinnerten. Wenn ich lächelte, konnte ich spüren, wie sich die Schminke dagegen wehrte. Als ich es wagte, einen Blick in den Spiegel zu werfen, wirkten meine Augen groß und überrascht und überhaupt nicht wie meine Augen.

»Muss ich mir Sorgen machen?«, fragte Xien Xien Yu hinter mir.

»Weswegen?«

»Weil du dich nicht wehrst.«

»Ich will, dass es diesmal funktioniert«, gestand ich ihm, »und ich will nicht, dass ihr glaubt, ich mache das nur zum Spaß.«

»Du siehst nicht aus wie jemand, der Spaß hat.«

»Ich gebe mir Mühe.«

»Du weißt, dass du uns nichts beweisen musst, oder?«

»Ich glaube, ich muss mir selbst was beweisen.«

Nisha kam angerauscht. Sie hatte ihre Wollmütze abgenommen und darunter war eine Flut aus blauschwarzem Haar zum Vorschein gekommen. Sie wirkte vollkommen anders. Weicher und jünger. Ihre schrillen Klamotten hatte sie gegen ein bodenlanges Kleid eingetauscht.

»Und jetzt«, verkündete Nisha und applaudierte sich selbst, »werden wir bei *Isos* erwartet!«

Die Freundinnen kreischten los und tanzten umeinander. Auch sie hatten sich innerhalb der letzten halben Stunde verwandelt – neue Kleidung, neue Schuhe und neue Frisuren und mehr Make-up, als ein Gesicht vertragen konnte. Und wie ich ihnen so beim Jubeln zusah, stieg plötzlich eine komische Ahnung in mir auf. Irgendwas an dieser Situation war nicht echt. Ich konnte es nicht benennen. Ich spürte es nur. Und dann kam mir ein Gedanke: *Was, wenn sie alle nur so tun als ob?* Bevor ich diese komische Ahnung weiterverfolgen konnte, packte mich Nisha an der Hand und zog mich hinter sich her aus dem *Salon Deluxe*.

»*Isos, Isos, Isos*«, sangen die Freundinnen.

»Was ist das *Isos*?«, fragte ich.

»Njamnjam«, antwortete mir Nisha.

AUS DEN PRIVATEN CHRONIKEN
EINES CHRONISTEN, DER ENTFÜHRT WURDE

Ich wäre gerne in dem *Salon Deluxe* mit dabei gewesen, ich wäre noch viel lieber mit Pandekraska Pampernella und Xien Xien Yu durch Mumbai spaziert, um das Restaurant *Isos* aufzusuchen, das in jedem Touristenführer angepriesen wurde. Aber ich saß noch immer mit meinen fünf Mitentführten in einem trockengelegten Swimmingpool fest und wir hatten nichts Besseres zu tun, als zu plaudern.

Ich erfuhr, was sie alle in Indien verloren hatten, wann ihr Urlaub zu Ende ging und was ihnen bisher an Mumbai gefallen hatte. Nach gut zwanzig Minuten fühlte ich mich beobachtet und schaute zum Poolrand hoch.

Zwei Windhunde schauten zu mir runter.

»Seht ihr die Hunde?«, fragte ich meine Mitentführten.

Auch sie sahen hoch. Ein Pfiff erklang. Ich erkannte nicht nur die Hunde wieder, auch der Pfiff war mir bekannt. Die Windhunde verschwanden.

»Streunende Hunde gibt es hier überall«, sagte Leonardo DiCaprio.

»Mich hat einmal einer angefallen«, sagte Jennifer Lawrence.

»Und was ist passiert?«, fragte Michael Jackson.

»Er hat sich mit der falschen Person angelegt.«

Ich hörte nur halb zu, ich hatte noch immer die Windhunde vor Augen, als ein Geräusch von oben zu hören war.

Die zwei Entführer kletterten wieder in den Pool und begannen eine Kamera aufzustellen. Sie sagten, die Auktion würde bald losgehen und wir sollten bitte viel lächeln und auf keinen Fall um Hilfe rufen, denn das würde das Geschäft nicht fördern. Unsere Entführer gaben sich keine Mühe, ihre Gesichter zu verbergen. Sie trugen T-Shirts und abgeschnittene Jeans und wirkten so gefährlich wie zwei Kirschkerne in einem Kirschkuchen.

Ich wusste, ich musste was unternehmen. Ich glaubte, die Bedrohung regelrecht atmen zu können. Was hatte Böff Stroganoff in Mumbai verloren? War Pandekraska Pampernella in Gefahr? Waren wir alle in Gefahr?

Ich räusperte mich.

Die beiden Entführer sahen mich an.

Ich ruckte mit dem Kopf vor und zurück, damit sie zu mir kamen.

Einer von ihnen stellte sich vor mich hin.

»Näher«, sagte ich.

Er beugte seinen Kopf vor. Ich kramte meinen besten kanadischen Akzent heraus und flüsterte ihm ins Ohr. Er zuckte zurück und sah mich erschrocken an, dann brachte er sein Ohr wieder nahe an meinen Mund. Ich flüsterte dieselben Worte noch einmal, dieses Mal etwas lauter, vielleicht war er ja schwerhörig. Er war nicht schwerhörig, er war einfach nur ungläubig. Aber dieses Mal glaubte er mir und trat einen großen Schritt von mir weg. Auf diesen Abstand hin betrachtete er mich gute dreißig Sekunden lang, dann verdrehte er die Augen und fiel in Ohnmacht.

Alle sahen mich erschrocken an.

»Was hast du getan?!«, kreischte Daniel Radcliffe.

»Ich habe ihm gesagt, wer ich bin«, sagte ich.

»Du hast *was*?!«, fragten sie im Chor.

»Ruhe!«, rief der andere Entführer und hockte sich neben seinen ohnmächtigen Kollegen. Er schüttelte ihn ein wenig. Als das nichts brachte, baute er sich vor mir auf und packte mich so fest am Hemdkragen, dass sich mein Hintern von dem Stuhl löste.

»Was hast du zu ihm gesagt?!«, wollte er wissen.

Aus den Augenwinkeln konnte ich sehen, wie die anderen die Köpfe schüttelten, ich sollte die Klappe halten. Ich dachte nicht daran und wiederholte den Satz, der den anderen Entführer umgepustet hatte. Ich sagte:

»Bitte, erschreck dich nicht, aber ich bin wirklich Ryan Gosling.«

Der zweite Entführer reagierte fast identisch – er ließ mich los, sodass ich wie ein Sack Kartoffeln auf dem Stuhl landete, riss die Augen weit auf und bekam denselben Blick wie sein Kollege. Nur leider wurde er nicht ohnmächtig. Stattdessen grinste er breit, nahm den schwarzen Leinenbeutel aus seiner Jacke und stülpte ihn mir über den Kopf. Kurz darauf wurde ich wieder vom Stuhl hochgezogen und aus dem Pool geschleppt.

Vielleicht hätte ich doch die Klappe halten sollen.

AUS DEN PRIVATEN CHRONIKEN
VON PANDEKRASKA PAMPERNELLA

Das *Isos* lag eine Ecke entfernt von dem *Salon Deluxe*, sodass wir nur die Straße überqueren mussten.

Es hört sich einfach an, es war aber ein Albtraum.

Bei jedem Schritt fühlte ich mich wie ein Storch, der laufen lernt. Die hochhackigen Schuhe waren gar nichts für mich. Autos hupten uns an, Mopeds dröhnten vorbei und ihre Fahrer traten nach uns, als wären wir Hühner, die man verscheuchen musste. Keiner von ihnen dachte auch nur daran, zu bremsen. Da war es auch egal, dass elf Mädchen in langen Kleidern und todschicken Frisuren panisch durch die Gegend rannten.

Niemand machte sich was daraus.

Fahrräder bimmelten und schlenkerten von links nach recht, sodass wir nicht wussten, wohin wir ausweichen sollten. Dazwischen rannten knurrende Hunde auf uns zu und wurden von den Bettlern verscheucht, die an unserer Kleidung zupften und ihre Hände in unsere Taschen schoben.

Als wir dann endlich auf dem Bürgersteig standen, trat ein klapperdürrer Mann aus dem Restaurant. Er stellte sich als Onkel Barum vor und winkte uns mit einer Verbeugung herein.

Kaum waren wir im Restaurant, begann Onkel Barum durch die Gegend zu brüllen und die Kellner zu befehligen.

»Er ist der Bruder meines Vaters«, erklärte mir Nisha. »Er will einen guten Eindruck auf dich machen.«

»Wer macht denn bitte schön Eindruck auf jemanden, indem er rumbrüllt?«

»Ein Inder«, antwortete Nisha.

Wir wurden in einen Festsaal geführt, in dem eine lange Tafel für uns gedeckt war. Nisha und ich setzten uns nebeneinander in die Mitte, während die Freundinnen links und rechts von uns Platz nahmen. Xien Xien Yu wurde kein Stuhl angeboten, doch das störte ihn nicht. Er hielt sich lieber im Hintergrund und behielt alles im Auge. Aber er sollte da nicht alleine stehen.

Eine Gruppe von Frauen und Männern hatte sich am anderen Ende des Saals hinter einer roten Kordel versammelt. Sie waren herausgeputzt und tuschelten aufgeregt miteinander. Ich hatte keine Ahnung, wer sie waren und wieso sie hinter der Kordel standen. Bevor Xien Xien Yu sich zu ihnen stellte, hockte er sich neben meinen Stuhl.

»Don Pluto geht noch immer nicht an sein Handy«, sagte er, »aber das macht mir gerade weniger Sorgen. Sieh dich mal um, Pandekraska Pampernella, irgendwas stimmt hier nicht. Diese Mädchen sind mir zu verrückt. Niemand kann so aufgedreht sein. Sie freuen sich ja über jeden Blödsinn.«

»Wollen wir lieber verschwinden?«, fragte ich zurück.

»Noch nicht. Aber ich will, dass du vorbereitet bist. Lass dir bis dahin das Essen schmecken und lass deinen Charme spielen, ich werde in der Zwischenzeit bei den Erwachsenen herumhören und in Erfahrung bringen, was hier los ist.«

Xien Xien Yu verschwand von meiner Seite und im gleichen Moment kamen die Kellner. Teller mit Vorspeisen wurden vor uns abgestellt – Pakoras, Papadams und Samosas. Wir bekamen Soßen in sieben Farben, wir bekamen Pickles und ofenfrische Naans. Ich konnte beobachten, wie Xien Xien Yu hinter der Kordel mit ein paar Leuten sprach.

Nachdem die Kellner wieder gegangen waren, erklangen Schellen und Trommeln und eine Gruppe von Tänzern begann mit dem Unterhaltungsprogramm. Dachte ich zumindest. Die Tänzer aber waren Jungen in meinem Alter, die alle so taten, als wären sie Tänzer. Ich hatte schon lange nicht mehr so etwas Albernes gesehen. Einige von ihnen hatten Kajal um die Augen, andere hielten seidene Tücher in den Händen und wedelten damit herum. Nisha beugte sich zu mir herüber.

»Sie sind nur wegen dir hier«, ließ sie mich wissen.

»Oje«, sagte ich.

»So macht man das in Indien, Pandi.«

»So macht man was in Indien?«

»Normalerweise ist es andersherum.«

»Nisha, wovon redest du?«

Sie sah mich konzentriert an.

»Du bist doch elf, oder?«

»Natürlich bin ich elf.«

»Du hast aber noch keine Brüste.«

»Ich sagte doch, ich bin elf.«

Ich sah an Nisha herab.

»Außerdem hast auch du keine Brüste.«

»Die kommen noch.«

»Meine etwa nicht?«

Nisha wackelte mit dem Kopf, als wäre sie sich nicht sicher.
»Manchmal ist es schon zu spät, wenn man zwölf ist«, sagte sie.
»Was? Zu spät für Brüste?!«
»Nein, natürlich nicht, Pandi.«
Sie lächelte gütig.
»Ich hasse es, wenn Leute drum herumreden«, sagte ich.
Nisha hörte auf zu lächeln und seufzte.
»Du willst die Wahrheit?«
»Ich bitte dich darum.«
»Es ist eine Bräutigamwerbung.«
»Eine Bräutigam *was*?!«
»Ich wollte dich damit überraschen, Pandi, und jetzt ist es raus.«
»Was ist denn eine Bräutigamwerbung?«
»Siehst du, wie viele Jungs gekommen sind? Normalerweise wählt der Bräutigam die Braut aus, bei dir ist das natürlich andersherum. Du hast zwanzig Jungs zur Auswahl, weil du so bekannt bist. Sie alle wollen dich heiraten. Wie wunderbar ist das denn?«
»Aber ...«
Ich klang wie ein Frosch, der einen Frosch verschluckt hat.
»... ich will doch nicht heiraten.«
Nisha lachte und schlug mir gegen den Arm und machte mich wieder zu einer Dreijährigen, aber dieses Mal war ich eine stinkige Dreijährige, die zurückschlug.
Gut, das war gelogen.
Ich schlug nicht zurück, ich boxte ihr fest gegen die Schulter.
Und zwar mit Schmackes.
»Aua, warum hast du das getan?!«, jammerte Nisha und rieb sich den Arm.

»Sag mal, bist du vollkommen irre?!«, zischte ich.

Ich zischte es nicht leise, ich zischte es so laut, dass selbst die Erwachsenen hinter der roten Kordel es hören konnten. Die Freundinnen unterbrachen ihr Essen, die Jungs hörten auf zu tanzen. Nisha rieb sich den Arm.

»Pandi«, sagte sie, »alle Mädchen *wollen* heiraten. So ist das Leben. Außerdem willst du doch die Schwiegereltern nicht enttäuschen, oder?«

Jetzt wusste ich zumindest, wer da hinter der Kordel stand und mir neugierige Blicke zuwarf. Ich hatte zwar davon gehört, dass die Mädchen in Indien jung verheiratet wurden, aber elf war doch echt zu jung.

»Schenk ihnen ein nettes Lächeln«, sprach Nisha weiter, »und such dir den Jungen aus, der dir am besten gefällt. Der Rest geht dann schneller, als du …«

Nisha verstummte, weil ich aufgestanden war.

»Liebe Leute«, sagte ich laut, »es tut mir leid, aber ich habe nicht vor zu heiraten. Nicht heute und auch nicht morgen. Aber ich will keine Spielverderberin sein, denn ich glaube, dass die anderen Mädchen hier auf jeden Fall heiraten wollen. Onkel Barum?!«

Der Restaurantbesitzer kam angelaufen.

»Wir brauchen noch zwanzig Stühle extra und dann rutschen wir alle an der Tafel zusammen.«

»Sehr wohl«, sagte Onkel Barum und bellte dann einen Befehl, dass mir die Ohren klingelten. Sofort kamen die Kellner mit Stühlen angelaufen. Die Jungs setzten sich zu uns an den Tisch und dann wurde geplaudert und gegessen.

»Ich bin Nori«, stellte sich der Junge mir gegenüber vor.

»Ich bin Pandekraska Pampernella«, sagte ich.
»Aber du kannst Pandi zu ihr sagen«, ließ ihn Nisha wissen.
»Nein, kannst du nicht«, sagte ich scharf und lächelte den Jungen an. Mein Lächeln reichte nicht aus.
Der Junge stand auf und suchte sich einen anderen Platz.
»So bekommst du nie einen Ehemann«, sagte Nisha.
»Ich will keinen Ehemann«, sagte ich. »Ich will eine Freundin.«
»Aber ich bin doch da«, flötete Nisha und schmiegte sich an meine Seite wie eine Katze, die eigentlich ein Tiger war.

Während des Hauptganges quatschte keiner der Jungen mit mir, und wäre Nisha nicht gewesen, die alles über mein Leben wissen wollte, ich glaube, ich hätte mich ein klein wenig einsam gefühlt. Nach dem Hauptgang bekamen wir Gewürztee mit Honig serviert, der so heiß war, dass ich das Glas nicht anfassen konnte. Xien Xien Yu liebte diesen Tee. Als ich mich nach meinem Leibwächter umschaute, sah ich ihn hinter der roten Kordel mit einer Frau reden.

Und dann setzte mein Herz zwei Schläge aus.

Böff Stroganoff stand nicht einmal einen Meter entfernt von Xien Xien Yu. Er zwinkerte mir zu, als hätte er nur darauf gewartet, dass ich ihn bemerkte.

»Alles in Ordnung?«, fragte Nisha neben mir.

Ich konnte ihr nicht antworten. Meine Augen waren Laser, die sich auf Xien Xien Yu richteten.

Sie mich an, sieh mich doch an, dachte ich.

Xien Xien Yu redete weiter mit der Frau, plötzlich zuckte er zusammen und sah zu mir rüber.

Endlich.

Ich ruckte mit dem Kopf nach links.
Mein Leibwächter schaute nach links.
Im selben Moment schaute Böff Stroganoff nach rechts.
Ihre Blicke trafen sich.
Böff Stroganoff rannte davon.

Der Weltrekord im 100-Meter-Lauf liegt bei 9,58 Sekunden. Mein Leibwächter zögerte ganze 0,02 Sekunden länger, ehe er die Verfolgung aufnahm. Auch wenn er nur einen Kopf größer war als ich und aussah, als sollte er dringend abnehmen, war Xien Xien Yu unfassbar schnell. Er hatte mal zu mir gesagt, dass man das Laufen den Beinen überlassen sollte und nicht dem Kopf. Wie auch immer mein Leibwächter es anstellte, niemand hing ihn mal so eben ab.

Auch nicht ein Typ, der nach einem russischen Gericht benannt war.

Alles, was ihr jetzt lest, hat mir Xien Xien Yu später im Detail erzählt. Also wundert euch nicht, ich habe keine Garantie, dass es wahr ist. Aber mein Leibwächter ist bekannt dafür, nie zu übertreiben.

Böff Stroganoff verschwand durch den Hintereingang des Restaurants und Xien Xien Yu zögerte einen Moment lang, ehe er die Verfolgung aufnahm. Mein Leibwächter trat auf einen Hinterhof und stand in einer schmale Gasse, die zur Hauptstraße führte. Als er die Straße erreichte, war Böff Stroganoff spurlos verschwunden und ein Auto fuhr mit quietschenden Reifen davon. Doch quietschende Reifen bringen nicht viel, wenn die Straße überfüllt ist.

Xien Xien Yu sprintete los.

Das Auto wich Mopeds und Fußgängern aus, dann bog es um die Ecke und blieb in einem Stau stecken.

Xien Xien Yu kam um die Ecke gerannt.

Die hintere Tür des Autos wurde aufgestoßen, Böff Stroganoff sprang raus und rannte in eine Marktstraße.

Xien Xien Yu blieb ihm auf den Fersen.

Die Käufer sprangen zur Seite und die Verkäufer fluchten und warfen mit fauligem Obst nach den beiden. Böff Stroganoff und Xien Xien Yu wurden nicht langsamer.

Dreimal wäre mein Leibwächter beinahe vom Kurs abgekommen.

Einmal geriet er in eine Gruppe bettelnder Kinder, die an seiner Kleidung zupften und sich an seinen Beinen festhielten. Es war ein wenig, wie durch Schlamm zu waten. Mein Leibwächter schleifte die Kinder ein paar Meter mit sich, dann ließen sie von ihm ab. Erst später sollte er herausfinden, dass sie ihm das Handy aus der Jacke geklaut hatten.

Das zweite Mal wurde ihm eine Schubkarre in den Weg geschoben, auf der ein totes Schwein lag. Xien Xien Yu sprang drüber hinweg, schlug einen Salto in der Luft und landete wieder sicher auf den Beinen.

Das dritte Mal ließ nicht lange auf sich warten.

Sechs Männer tauchten am Marktausgang auf. Sie waren Muskelpakete mit Tattoos auf den Armen. Zwei von ihnen hielten Eisenstangen in den Händen, zwei hatten Messer und die übrigen zwei ließen die Fingerknöchel knacken.

Niemand musste es meinem Leibwächter erklären, das hier war kein Zufall mehr.

Auch hier zögerte Xien Xien Yu nicht.

Er schnappte sich im Lauf zwei gusseiserne Woks von dem Karren eines fahrenden Händlers und benutzte sie wie Schilde. Die Muskelpakete kamen nicht einmal dazu, ihre Waffen oder Fäuste zu heben. Sie flogen nach links und rechts davon, als wären sie Kegel und Xien Xien Yu die Bowlingkugel.

Kaum war er an den Männern vorbei, ließ er die Woks fallen und schaute sich um.

Von Böff Stroganoff war keine Spur zu sehen.

Xien Xien Yu dachte, er hätte ihn verloren.

Da hörte er den Pfiff.

Böff Stroganoff saß im Schatten eines Baumes an einem Tisch und hatte die Taschenuhr in seiner Hand. Er hatte die Beine übereinandergeschlagen und wirkte recht entspannt. Links und rechts von ihm saßen seine Windhunde auf dem Boden und ließen die Zunge raushängen. Xien Xien Yu hatte keine Ahnung, woher die Hunde plötzlich kamen. Es interessierte ihn auch nicht wirklich. Er blieb vor dem Tisch stehen und stützte sich mit beiden Händen auf die Tischplatte, sodass der Tisch unter dem Gewicht knarrte. Bedrohlich beugte sich mein Leibwächter vor.

»Ich denke nicht, dass wir uns eben zufällig im Restaurant begegnet sind«, sagte er.

»Zufall wird überschätzt«, erwiderte Böff Stroganoff und strich sich über seinen Bart.

»Was soll das Ganze?«, wollte Xien Xien Yu wissen.

Die Antwort war nicht das, was er erwartet hatte – Böff Stroganoff klappte seine Taschenuhr auf und schüttelte verwundert den Kopf.

»Du warst hier schneller, als ich dachte«, sagte er. »Ich habe zwar erwartet, dass du mir folgst, aber doch nicht so flott. Das war ja eine Reaktionszeit von fünfzehn Sekunden.«

»Zehn«, korrigierte ihn Xien Xien Yu und begriff plötzlich, was er eben gehört hatte.

»Du hast *erwartet,* dass ich dir folge?«, sagte er.

»*Geplant* ist das bessere Wort.«

»Aber warum?«

»Um zu sehen, wie groß deine Furcht ist, Xien Xien Yu. Ich sehe es immer als eine persönliche Herausforderung, wenn Leute nicht auf mich hören. Ich habe dir gesagt, dass ihr nicht genug Sicherheitsmaßnahmen habt. Und was passiert? Kaum lockt dich jemand weg, lässt du die Prinzessin allein.«

Als mein Leibwächter das hörte, überkam ihn eine leichte Nervosität.

»Wenn ich *Jetzt* sage«, fügte Böff Stroganoff hinzu, »bleiben dir noch genau fünf Minuten.«

»Fünf Minuten wofür?«

»Um in das Restaurant zurückzukehren. Sollte dir das nicht in diesem Zeitrahmen gelingen, wird die Prinzessin nicht mehr da sein.«

»Du bluffst doch.«

»War es etwa auch ein Bluff, dass der Chronist verschwunden ist?«

Xien Xien Yu bekam einen trockenen Mund.

»*Du* hast Don Pluto entführt?«

»Nicht wirklich, aber vielleicht etwas nachgeholfen.«

Mein Leibwächter hatte große Mühe, sich zu beherrschen. Seine Hände umklammerten den Tischrand so fest, dass das Holz knackte. Die Windhunde kamen auf die Beine und bleckten die Zähne, ohne einen Laut von sich zu geben.

»Warum nur?«, fragte Xien Xien Yu.

»Weil ich es kann«, antwortete ihm Böff Stroganoff und sah auf seine Taschenuhr. »Bist du bereit?«

Xien Xien Yu sparte sich eine Antwort.

»Jetzt«, sagte Böff Stroganoff und klappte die Uhr zu.

Xien Xien Yu machte auf dem Absatz kehrt und rannte los.

Er brauchte keine fünf Minuten, er erreichte das Restaurant eine knappe Minute vorher, riss die Eingangstür auf und stürmte hinein.

Die Kellner schauten überrascht auf. Sie waren gerade dabei, die Tische abzuräumen.

Das Restaurant war verlassen und die Gäste verschwunden.

Auch ich war nicht mehr da.

AUS DEN PRIVATEN CHRONIKEN
EINES CHRONISTEN, DER ENTFÜHRT WURDE

Die Entführer setzten uns vor dem *Taj Mahal Palace* ab. Sie waren übertrieben höflich und halfen uns beim Aussteigen. In der Hotellobby verabschiedeten sie sich mit Handschlag und gemurmelten Entschuldigungen von uns. Mir flüsterten sie zu, ich sollte mich bald melden. Erst als die Entführer das Hotel wieder verlassen hatten und in ihrem VW-Bus davongefahren waren, wagte es Michael Jackson zu fragen, was denn passiert war, nachdem man mich aus dem Pool geschleppt hatte.

»Sie haben mir Essen aufgetischt«, antwortete ich, »danach musste ich alles signieren, was sie mir entgegenhielten. Selbst die Mutter des einen Entführers kam vorbei und wollte ein Autogramm auf ihren Unterarm haben. Nach dem Essen bat ich sie, uns alle in den *Taj Mahal Palace* zu fahren, denn da hätte ich eine Suite und wollte gerne duschen, bevor ich wieder nach Hollywood flog. Als sie das Wort Hollywood hörten, wäre der eine beinahe wieder ohnmächtig geworden.«

Meine Mitentführten waren fassungslos. Ich hatte ein wenig mehr Jubel erwartet. Doch keiner jubelte und Jennifer Lawrence schielte so nervös, dass mir ein wenig schwindelig wurde.

»Sie haben dir *ernsthaft* geglaubt, dass du Ryan Gosling bist?«, sagte sie und konnte die Zweifel in ihrer Stimme nicht verbergen.

»Sonst wären wir jetzt nicht hier«, sagte ich.

»Und was passiert jetzt?«, fragte Brad Pitt und ich glaubte, eine Spur Enttäuschung in seiner Stimme zu hören. »Ich meine, ich war schon neugierig, was sie für mich geboten hätten. Ihr nicht?«

»Mich hätte das auch interessiert«, gab Leonardo DiCaprio zu.

»Mir geht es genauso«, sagte Jennifer Lawrence.

Daniel Radcliffe schüttelte den Kopf. Er war einfach nur froh, aus dem Swimmingpool raus zu sein.

»Ich verziehe mich jetzt für eine Woche auf mein Hotelzimmer und lass mir wieder einen Bart wachsen«, sagte er und verabschiedete sich von uns mit einem knappen Winken.

Brad Pitt ging als Nächster.

»Es war zwar nett, für eine Weile Brad Pitt zu sein«, sagte er, »aber das glamouröse Leben ist nichts für mich. Ich bin lieber ich.«

Auch Brad Pitt spazierte davon.

»Und was erzähl ich meiner Freundin?«, wollte Leonardo DiCaprio wissen.

»Bloß nicht die Wahrheit«, riet ich ihm.

Leonardo DiCaprio wünschte uns allen das Beste und winkte ein Taxi heran.

Jennifer Lawrence gab mir einen Kuss auf die Wange.

»Ich merk mir den Trick«, sagte sie. »Wenn ich das nächste Mal entführt werde, lasse ich sie gleich wissen, dass ich Jennifer Lawrence bin. Und jetzt brauche ich erst mal einen starken Cocktail.«

Sie ging zur Hotelbar.

»Bleiben nur noch wir zwei«, sagte Michael Jackson und umarmte mich kräftig und dankbar und sagte, ich hätte ihm das Leben gerettet und wann immer ich Hilfe bräuchte, sollte ich mich bei ihm melden. Danach verschwand auch er in den Tag hinein und ich blieb allein in der Hotellobby zurück und fühlte mich wie jemand, der einen Flugzeugabsturz überlebt hat.

An der Rezeption standen vier Leute vor mir. Während ich wartete, sah ich einen dicken Mann mit einem zitronengelben Helm auf dem Kopf durch die Lobby gehen und die Gäste ansprechen. Er trug einen eng sitzenden Anzug und erinnerte an einen Mops, den man von der Leine gelassen hatte. Immer wieder hielt er den Gästen sein Handy unter die Nase. Sie schüttelten den Kopf und er ging weiter. Natürlich kam der Mops auch zu mir.

»Sorry, Sir«, sagte er mit einer flüsternden Stimme, als würde er mir ein großes Geheimnis anvertrauen, »haben Sie diesen Mann gesehen?«

Ich blickte auf das Handy und vergaß zu atmen. Ich hatte keine Ahnung, woher der Mops das Foto von mir hatte. Aus reinem Instinkt schüttelte ich den Kopf und sagte, ich hätte diesen Mann noch nie gesehen. Es erschrak mich ein wenig, dass mich der Mops nicht erkannte, obwohl er mein Foto rumzeigte.

Hatte ich mich so sehr verändert?

Der Mops bedankte sich bei mir und suchte den nächsten Gast auf. Er schenkte mir keinen zweiten Blick. Auf diese Weise bin ich für einen kurzen Moment Privatdetektiv Rami begegnet.

»Herzlichen Willkommen im *Taj Mahal Palace*!«, sagte die Frau an der Rezeption.

Ich war an der Reihe und fragte, ob Xien Xien Yu und Pandekraska Pampernella schon eingecheckt hätten. Sie hatten nicht. Ich ließ mir meinen Zimmerschlüssel geben.

Im Fahrstuhl nahm ich mein Handy heraus, in das die Entführer ihre Kontaktdaten eingetragen hatte. Ich löschte sie und sah dann, dass Xien Xien Yu elfmal angerufen hatte. Ich wählte seine Nummer. Eine meckernde Kinderstimme brüllte mich an und dann war die Verbindung wieder unterbrochen.

Ich probierte es noch mal.

Jetzt wurde am anderen Ende nur noch gekichert.

Während der Fahrt in das sechste Stockwerk warf ich einen Blick in den Wandspiegel des Fahrstuhls und erkannte mich nicht wieder. Ich sah nicht aus wie Ryan Gosling, ich sah aber auch nicht wirklich aus wie Don Pluto.

Wäre ich ein Teller, hätte ich jetzt bestimmt ein paar Risse, dachte ich.

Mir fehlten meine Freunde. Ich stellte mir vor, wie sie gemütlich in einem Café saßen und sich fragten, was ich gerade tat. Keinen Moment wäre ich auf die Idee gekommen, dass Xien Xien Yu gerade über einen Markt rannte und einen Salto über einem toten Schwein schlug, um einen fliehenden Böff Stroganoff einzuholen, oder dass Pandekraska Pampernella von zehn hysterischen Mädchen umgeben war, die sie verheiraten wollten.

AUS DEN PRIVATEN CHRONIKEN VON PANDEKRASKA PAMPERNELLA

Während mein Chronist im Fahrstuhl des Hotels stand und sich kritisch im Spiegel betrachtete, während mein Leibwächter über den Markt rannte und Böff Stroganoff auf den Fersen war, saß ich noch immer im Restaurant und fühlte mich hilflos. In meinem Kopf schrillten die Alarmglocken.

Ich sollte Xien Xien Yu folgen, dachte ich, *denn wenn …*

»Rikschas!«, unterbrach eine Stimme meine Gedanken. »Rikschas!«

Ein Mann stand in der Eingangstür und ließ das grelle Tageslicht in das Restaurant herein.

»Rikschas!«, rief er ein drittes Mal, dann war er weg und die Tür fiel zu.

»Rikschas?«, wiederholte ich.

Nisha stellte sich auf ihren Stuhl und verkündete, es sei an der Zeit, dass wir weiterzogen.

»Die Rikschas sind da!«, rief sie triumphierend.

»Nisha, wohin geht es?«, wollte ich wissen.

»Was für eine lustige Frage«, sagte Nisha. »Liest du denn gar nicht meinen Blog?«

Ich schüttelte den Kopf und Nisha schnappte sich meine Hand und hielt sie hoch in die Luft, sodass ich mich fühlte wie nach einem Boxkampf – müde und erschöpft und überhaupt nicht wie die Siegerin.

»Jetzt gehen wir shoppen!«, rief Nisha mit Enthusiasmus.

Die Freundinnen kreischten los und sprangen auf. Sie rissen alle die Arme in die Luft, als wäre das die beste Nachricht des Tages, dann winkten sie den Jungs zum Abschied und strömten nach draußen.

»Wir sollten auf Xien Xien Yu warten«, sagte ich.

»Der geht uns schon nicht verloren«, beruhigte mich Nisha.

Aber vielleicht geh ich ja verloren, dachte ich und griff automatisch an mein Handgelenk und bereute es sehr, das Armband an Vicky verschenkt zu haben.

Sechs Fahrradrikschas warteten vor dem Restaurant auf uns. Die Freundinnen drängelten und schoben, als würde es nicht genug Plätze geben. Nisha setzte sich mit mir in die vorderste Rikscha. Der Fahrer drehte sich zu uns um und grinste. Er war klein und gedrungen und halb so alt wie ich.

»Das schafft er doch nie«, sagte ich.

»Natürlich schafft er das«, sagte Nisha. »Er fährt jeden Tag dicke Touristen durch die Gegend. Er wird nicht einmal merken, dass wir hier sitzen.«

Ich glaubte ihr kein Wort.

»Wie alt bist du?«, fragte ich den Jungen.

Er hielt sechs Finger in die Luft.

Ich stieg von der Rikscha und wedelte ihn aus dem Fahrersitz. Mir war das zu blöde, ich hatte heute genug mitgemacht.

»Steig mal ab«, bat ich ihn.

Der Junge stieg ab und wollte sich neben Nisha auf die Rückbank setzen. Nisha fragte ihn, ob er sonst keine Träume hätte. Sie drückte ihm ein paar Geldscheine in die Hand und der Junge verbeugte sich und rannte davon.

»Du bist verrückt«, sagte Nisha zu mir.

»Nicht verrückt genug, um mich von einem Sechsjährigen herumfahren zu lassen«, erwiderte ich und raffte meinen Sari bis zu den Knien zusammen, dann erst setzte ich mich in den Sattel.

Die ersten Minuten waren schlimm, ich kam vielleicht vier Meter voran, dann rollte die Rikscha plötzlich wie von selbst und von da an ging es leichter.

»Aber, Pandiiiiiiiiiiiiiii!«, hörte ich Nisha hinter mir vor Freude kreischen.

Wir fuhren in die Viviane Mall, die wie jedes Einkaufszentrum war, was ich bisher betreten hatte. Danach fuhren wir in den Bombay Store und danach in die Growel's 101 Mall und mir schwirrte der Kopf. Nisha und ihre Freundinnen flatterten in die Boutiquen rein wie lärmende Papageien und flatterten wieder raus. Sie kauften nichts, begeisterten sich aber für alles. Bald schon brannten meine Augen und die Nase war verstopft, weil man uns vor jedem neuen Laden mit Parfüm einsprühte.

»Warum sprühen sie uns immer ein?«, wollte ich wissen.

»Weil sie uns mögen«, sagte Nisha.

»Oh, Schals!«, rief eine der Freundinnen.

»Oh, Handtaschen!«, rief eine andere.

Nach der siebten Mall konnte ich nicht mehr. Ich bekam kaum noch Luft und weigerte mich, das nächste Geschäft zu betreten.

Eine der Freundinnen schlug vor, wir sollten zum Bazar am Colaba Causeway fahren und ein Mangoshake trinken. Da wäre mehr Luft und weniger Parfüm.

Wir stiegen auf unsere Rikschas und weiter ging es.

In der Zwischenzeit hatte Xien Xien Yu nicht nur entdeckt, dass ich aus dem Restaurant verschwunden war, sondern auch, dass ihm eines der bettelnden Kinder sein Handy gestohlen hatte. Kurzerhand betrat er ein Internetcafé und sah sich Nishas Instagramseite an. Sie postete alles, auch was sie an diesem Tag vorhatte und wohin sie mich führen wollte. Damit ihre Follower wussten, wo sie zu jeder Stunde zu finden war, hatte Nisha einen detaillierten Plan samt Uhrzeiten aufgelistet.

Xien Xien Yu machte sich auf den Weg zu den Malls.

Er muss uns um Minuten verpasst haben.

Es sollte noch eine halbe Stunde dauern, ehe er mich fand.

Diese halbe Stunde sollte die merkwürdigste meines Leben werden.

Der Bazar war genau nach meinem Geschmack. Kleine Geschäfte, kein Lärm und weniger Leute. Wir tranken an einem Stand Mangoshakes und knabberten dazu Kokoschips. Danach führten mich die Freundinnen in einen gemütlichen Klamottenladen. Sie kramten hier, sie kramten da und dann hielt mir Nisha ein blaues Kleid entgegen.

»Das wollen wir dir schenken«, sagte sie.

»Probier es an!«, riefen die Freundinnen und klatschten. »Probier es an!«

Ich wurde in Richtung der Umkleidekabinen geschoben. Ich

hätte mich wehren können, ich wollte ihnen aber nicht die Freude verderben. Also gab ich ihnen mein bestes Lächeln und wedelte mit dem Kleid herum, als könnte ich es kaum erwarten, es anzuziehen.

Am Flurende befanden sich drei Kabinen. Die Freundinnen dachten nicht daran, mich auch nur eine Sekunde allein zu lassen. Sie drängten sich mit mir in die mittlere Kabine. Elf Mädchen in langen raschelnden Kleidern und so viel Make-up in den Gesichtern, dass sie wie Gemälde aussahen. Auf die Nähe roch ich ihre Kaugummis, das Lipgloss und ungefähr vierzig Parfümsorten gleichzeitig. Drei der Freundinnen stellten sich auf die Sitzbank, die anderen standen Nase an Nase mit mir und ich musste lachen, denn so konnte ich mich niemals umziehen.

Nisha schloss die Tür und wandte sich mir zu.

Zwanzig Augenpaare sahen mich an, und dann war alles anders.

Die Verwandlung ging so schnell vonstatten, dass ich nicht reagieren konnte.

Das Kreischen, Zwitschern und Quaken verstummte, die Hysterie verschwand und die Mädchen waren keine lärmenden Papageien mehr, sondern schauten jetzt vollkommen ernst.

Auch Nisha.

Ihr ewiges Lächeln löste sich auf, sie war nicht mehr das quietschige Partygirl, das mich am Flughafen begrüßt hatte.

»Was passiert hier?«, fragte ich.

»Danke, Pandekraska Pampernella«, sagte Nisha.

»Danke wofür?«

»Dafür, dass ich mich nicht in dir getäuscht habe.«

Eine der Freundinnen sagte, sie hätte es die ganze Zeit gewusst, eine andere sagte, sie sei sich auch ganz sicher gewesen, und eine dritte erklärte, sie hätte noch nie gesehen, dass jemand so wenig Spaß beim Shoppen hatte wie ich.

»Leute, was passiert hier?«, wiederholte ich.

Nisha antwortete mir mit einer Gegenfrage.

»Hast du dich gar nicht gewundert, wieso das Programm deiner Tante aus Millionen von Mädchen so eine durchgeknallte Göre wie mich ausgewählt hat?«

Ich musste zugeben, ich hatte mich gewundert. Ich sah von einer der Freundinnen zur anderen. Langsam dämmerte es mir. Mein komisches Gefühl im *Salon Deluxe* hatte mich also nicht getäuscht.

»Ihr seid nicht, was ihr vorgebt zu sein«, sagte ich.

Die Freundinnen schüttelten den Kopf, nein, sie waren nicht, was sie vorgaben zu sein.

»Was seid ihr dann?«

Nisha beugte sich ein vor. Ihre Worte klangen wie ein Donnern in meinen Ohren.

»Rebellinnen«, sagte sie. »Wir sind alle Rebellinnen und wir hätten dich in das Meer geworfen, wenn du uns quergekommen wärst.«

Ich fand, das war eine Ansage.

Und Nisha fand, jetzt konnte sie mir alles erzählen.

Sie kamen aus reichen Familien und ihre Eltern hatten keine Ahnung, was ihre Töchter taten. Sie gaben das Geld mit vollen Händen aus, doch sie kauften sich selbst kaum was. Sie nannten sich die Rebellinnen und die Polizei jagte sie. In Mumbai gab es sogar eine Spezialeinheit, deren einzige Aufgabe es war, diese Rebellinnen aufzuspüren. Sie aber blieben unauffindbar, weil niemand auch nur annähernd auf die Idee kam, dass es sich bei den Rebellinnen um Nisha und ihre Freundinnen handeln konnte.

»Vor einem Jahr haben wir uns zusammengetan«, sagte Nisha. »Wir helfen Familien, indem wir ihre Kinder aus der Sklaverei holen. Du musst von dieser Ungerechtigkeit gehört haben, Pandekraska Pampernella, denn es ist ein weltweites Thema und alle leiden hier darunter.«

»Sklaverei?«, sagte ich und fühlte mich ahnungslos.

Die Freundinnen nickten.

»In Indien werden mehr als 50 Millionen Kinder versklavt und ausgebeutet«, sprach Nisha weiter. »Sie arbeiten für einen Hungerlohn in Fabriken, auf den Feldern oder auf der Straße. Du findest sie überall und überall werden sie gleich mies behandelt. Die Fabriken sind ständig auf der Suche nach neuen Kindern. Sie schicken Anwerber, die den Eltern Geld und eine goldene Zukunft versprechen. Wenn die Eltern zustimmen, landen die Kinder entweder im Bergbau oder sie müssen Tag und Nacht in Spinnereien oder Restaurants schuften, mit bloßen Händen Ziegel herstellen oder Wertstoffe auf den Mülldeponien einsammeln. Natürlich werden nicht nur Kinder ausgebeutet, doch was den Erwachsenen widerfährt, interessiert uns nicht, die sollen sich selbst helfen. Wir sind Kinder, wir helfen Kindern. Im letzten Jahr haben wir es geschafft, dass elf solcher Fabriken schließen mussten. Wir haben halb verhungerte Kinder aus Arbeitshäusern befreit, in denen sie wie Vieh lebten. Die Sklaventreiber da draußen fürchten uns, Pandekraska Pampernella. Wir sind jeden Tag unterwegs und retten, wen wir retten können. Und dich …«

Sie lächelte entschuldigend.

»… mussten wir testen, denn so einfach wird man keine Rebellin.«

Ich sah sie nur an, ich wusste nicht, was ich sagen sollte. Ich hatte aber einen klaren Gedanken: *Ich bin eine Menge, aber ich bin doch keine Rebellin.* Noch behielt ich den Gedanken für mich.

»Nachdem mir deine Patentante ihre Anfrage geschickt hatte«, sagte Nisha, »haben meine Freundinnen und ich alles über dich in Erfahrung gebracht. Wir wissen, wo du gewesen bist und was für Bücher du liest, was du magst und was du nicht magst, welche Stars du kennst und zu welchen Partys du eingeladen wurdest. So wie wir auch wissen, dass du einen sehr eigenen Kopf hast. Ich bin mir sicher, du kannst nachvollziehen, was wir hier tun. Wäre das nicht so, hätte ich dich nicht eingeladen. Dennoch war es nötig, dich zu testen, denn wir konnten ja nicht wissen, wie du wirklich bist und wie du reagierst.«

»Dann war das mit der Rikscha und dem Jungen ein Test?«, fragte ich.

»Einer von vierzehn. Ich hoffe, du verzeihst uns.«

»Vierzehn?«, sagte ich und überlegte, wo sie mich noch getestet hatten.

»Sorry«, murmelten die Freundinnen um mich herum.

Ich sah von einer zur anderen. Nichts hier passte richtig zusammen.

»Ich verstehe das nicht«, sagte ich. »Ihr seid Rebellinnen und lebt im Luxus?«

»Richtig«, antwortete Nisha, »wir leben im absoluten Luxus, das macht uns frei und wir können großzügig sein. Glaub mir, wir wissen genau, was wir tun. In ein paar Jahren werden wir die Schule abschließen, in ein paar Jahren werden wir studieren und uns Arbeit suchen, die unser Land von Grund auf verändern wird. Ohne das Geld unserer Eltern könnten wir das nicht tun, Pandekraska Pampernella. Es ist unsere Tarnung und unsere Absicherung zugleich. Die Polizei hält nach Rebellinnen Ausschau, die in den Slums leben. Da können sie lange suchen. Bisher haben wir über dreihundert Kinder gerettet. Wir unterstützen ihre Familien und jetzt arbeiten diese Kinder mit ihren Eltern für uns. Sie warnen andere Familien und helfen einander. Nur so kommen wir voran, nur so bauen wir langsam ein System auf, das uns alle schützt. Die Polizei fährt in der Zwischenzeit ahnungslos an uns vorbei und sieht nette aufgedrehte Mädchen aus reichem Haus, die kichernd in der Gegend herumstehen. Doch wir sind nicht nett und wir kichern nicht unentwegt. Wir sind wütend und werden wütend bleiben, bis diese Welt etwas gerechter ist und ihr Gleichgewicht wiederfindet. Und jetzt fragst du dich sicher, was das alles mit dir zu tun hat.«

Ich nickte. Ich fragte mich auch, in was ich da nur reingerasselt war. Keiner von uns hat das kommen sehen. Nicht mein Chronist und auch nicht mein Leibwächter. Erst recht nicht meine Patentante, die es in die Wege geleitet hatte.

Nisha legte mir eine Hand auf die Schulter.

»Wir sind uns ähnlich«, sagte sie, »das habe ich von der ersten Sekunde an gespürt, darum gehören wir auch zusammen. Es ist die Zeit der Veränderungen, Pandekraska Pampernella, denn wenn wir nichts tun, geschieht auch nichts. Auch du bist ein Teil des Ganzen, auch in deiner Seele lebt eine Rebellin, du weißt es nur noch nicht. Sieh dir meine Freundinnen an. Jede von ihnen würde alles geben, damit es einem anderen Menschen besser geht. Würdest du das auch tun?«

»Ich weiß es nicht«, gab ich zu, »ich mag mein Leben, wie es ist.«

Ich erwartete, dass sie alle vor Enttäuschung aufstöhnten. Sie taten es nicht.

»Niemand will dir dein Leben nehmen«, sprach Nisha weiter. »Es gibt aber zwei Fragen, die du dir stellen solltest. Wie viel willst du opfern, Pandekraska Pampernella, und wie viel Verantwortung bist du bereit zu übernehmen? Wenn du diese zwei Fragen beantwortet hast, dann komm wieder und wir können die besten Freundinnen sein.«

Ich war erschlagen von ihren Worten.

Ganz ehrlich erschlagen.

Ich wurde rot und kam mir plötzlich so unbedeutend vor.

Eine Prinzessin aus Florin, die jeden Tag eine andere Frisur trägt.

Aber das bin ich, dachte ich, *das und vieles mehr.*

Nisha umarmte mich und sagte mir ins Ohr, dass sie an mich glauben würde. Als sie mich wieder losließ, wurde gedrängelt und geschoben, denn jede der Freundinnen wollte mich in die Arme schließen. Danach verließen sie die Umkleidekabine und fingen wieder an zu kreischen und zu lachen. Sie verwandelten sich so schnell zurück, dass es unheimlich war.

Die Tür fiel hinter ihnen zu.

Ich blieb allein in der Kabine zurück und setzte mich auf die Bank. Noch knisterte die Luft um mich herum von der Energie, die Nisha und ihre Freundinnen zurückgelassen hatten. Ich atmete diese Energie tief ein und saß einfach nur da und sah auf das blaue Kleid, das ich noch immer in den Händen hielt.

Ich wusste nicht, was ich denken sollte.

Keine Ahnung, wie lange ich da saß. Es fühlte sich an wie eine ganze Woche. Irgendwann glitt ein Blatt Papier unter der Tür durch. Eine Sekunde später folgte ein Kugelschreiber.

»Nee, oder?«, sagte ich laut.

»Mach es uns nicht so schwer«, sagte Böff Stroganoff von der anderen Seite der Tür.

»Wo sind mein Leibwächter und mein Chronist?«, fragte ich.

»Ich habe dich gewarnt, Pandekraska Pampernella, ich habe dich gewarnt.«

Ich schaute auf den Vertrag und den Kugelschreiber hinab.

»Unterschreib schon«, sagte Böff Stroganoff. »Dein Leben wird danach um einiges leichter sein.«

Ich kniete mich auf den Boden und nahm den Kugelschreiber in die Hand. Ich unterschrieb, dann schob ich das Blatt unter der Tür durch. Ich konnte hören, wie es aufgehoben wurde. Ein Moment der Stille folgte.

»Sehr witzig«, sagte Böff Stroganoff schließlich. »Wer ist bitte schön Prinzessin Pampelmuse?«

»Sie ist die blöde Prinzessin, die so was unterschreiben würde«, antwortete ich.

Böff Stroganoff seufzte.

»Du lässt mir also keine andere Wahl?«

Ich antwortete nicht.

»Lernst du denn gar nicht dazu, Pandekraska Pampernella? Ich habe dir versprochen, dass du die Menschen um dich herum verlieren wirst. Und was ist passiert? Ich habe dich schon einmal vor dem *grand malheur* gewarnt. Ich warne dich erneut. Das hier ist deine letzte Chance. Wenn es hart auf hart kommt, wird das *grand malheur* dein ganzes Leben wegfegen, und glaub mir, das willst du um jeden Preis verhindern. Also hör auf mich. Langsam solltest du doch begriffen haben, dass ich meine Versprechen halte.«

»Auch ich halte meine Versprechen«, sagte ich, »und deswegen verspreche ich dir, dass meine Erzfeindin nie und nimmer meine Freundin sein wird. Das ist ein Versprechen und ein Schwur zugleich. Bring ihr diese Nachricht. Und sag ihr, sie soll mich in Ruhe lassen.«

Von der anderen Seite der Tür kam keine Reaktion. Also schob ich hinterher:

»Und dieses dämliche *grand malheur* kann mich mal von hinten sehen, hast du verstanden?«

Auch darauf reagierte Böff Stroganoff nicht.

Ich wartete fünf Minuten, dann hatte ich genug. Sollte er noch immer da draußen stehen, würde ich ihm gegen das Bein treten, wie ich es bei dem Wilderer getan hatte.

Ich riss die Tür auf.

Mein Leibwächter stand vor der Kabine.

»Seit wann stehst du da?«, fragte ich.

»Ein paar Sekunden. Du wirst nicht glauben, was mir passiert ist. Dieser---«

Xien Xien Yu verstummte.

»Warum schaust du so traurig?«, fragte er.

Ich sah auf meine linke Hand, die noch immer das blaue Kleid umklammert hielt. Ich wusste nicht, was ich ihm antworten sollte. Also hob ich nur meine Schultern und sah Xien Xien Yu wieder an.

Dann kamen mir die Tränen.

Könnt ihr mich verstehen? Könnt ihr ein klein wenig verstehen, dass mich das alles umgepustet hat? Es war zu viel. Und damit meine ich nicht Böff Stroganoff oder diesen dämlichen Vertrag. Ich meine Nishas Worte. Sie hallten in meinem Kopf wider und stellten mich infrage.

Ich weiß, ich bin ein guter Mensch. Ich habe zwar meine Macken und lasse mir nichts sagen und stelle die Welt um mich herum auf den Kopf, wenn mir danach ist, aber im Großen und Ganzen bin ich ein guter Mensch.

Und ich bin fair.

Dann taucht plötzlich diese Gruppe von Mädchen auf und lässt mich wissen, dass das auch anders geht. Natürlich konnte ich mehr tun, jeder konnte mehr tun, aber war ich auch mutig genug, um die Welt zu verändern?

Ich war es.

Aber wollte ich das auch?

Ich wusste es nicht.

Wollte ich das um jeden Preis?

Ich wusste es einfach nicht.

Als Xien Xien Yu und ich aus dem Laden traten, waren Nisha und ihre Freundinnen verschwunden. Wir verließen den Bazar und nahmen ein Taxi zum Hotel. Mein Leibwächter war in seinen Gedanken versunken, mir ging es nicht anders. Während der Fahrt rauschte Mumbai an mir vorbei wie ein Märchen aus Staub und Farben.

Ich sah so viele Menschen.

Und ich erkanne mich in so vielen Menschen wieder, dass es wehtat.

AUS DEN PRIVATEN CHRONIKEN EINES CHRONISTEN, DER ENTFÜHRT UND WIEDER FREIGELASSEN WURDE

Es fiel mir leicht, Xien Xien Yu wiederzuerkennen, es fiel mir aber sehr schwer, das geschminkte Püppchen mit dem traurigen Blick zu erkennen, das an seiner Seite aus dem Taxi stieg und überhaupt nicht wie Pandekraska Pampernella aussah.

Nur die Frisur verriet sie.

Die beiden bemerkten mich nicht, wie ich da auf der Hotelterrasse saß und an meinem Lassi nippte.

»Hier!«, rief ich und winkte ihnen.

Sie schirmten ihre Augen gegen die untergehende Sonne ab und versuchten mich zwischen den Hotelgästen ausfindig zu machen. Pandekraska Pampernella entdeckte mich als Erste. Sie rannte los und umarmte mich. Wir waren alle drei wieder vereint.

Nachdem sich die beiden zu mir an den Tisch gesetzt hatten, erzählte uns Pandekraska Pampernella, dass Nisha und ihre Freundinnen nicht das waren, wofür wir sie gehalten hatten.

»Rebellinnen?«, sagte Xien Xien Yu danach verwundert. »Aber sie waren so …«

»… oberflächlich«, sprach ich für ihn weiter.

»Richtig«, sagte Xien Xien Yu. »Und das alles nur, um dich zu testen!?«

Pandekraska Pampernella zuckte mit den Schultern. Etwas verwirrte mich an ihr, und wie ich sie da so sitzen und mit den Schultern zucken sah, begriff ich, was es war. Sie lächelte nicht, sie war tiefernst.

»Und was halten Nisha und ihre Freundinnen jetzt von dir?«, fragte ich.

»Sie sind der Meinung, dass ich eine von ihnen bin.«

»Und? Bist du jetzt eine Rebellin?«

»Ich weiß nicht, was ich bin.«

»Soll ich ehrlich sein?«, fragte Xien Xien Yu.

Pandekraska Pampernella nickte.

»Das Leben einer Rebellin klingt nicht nach deinem Leben.«

»Überhaupt nicht«, stimmte ich ihm zu.

»Das habe ich auch gedacht«, gab Pandekraska Pampernella zu, »dennoch habe ich das Gefühl, ich *muss* was tun.«

»Du könntest Geld spenden«, sagte ich.

Pandekraska Pampernella schüttelte den Kopf.

»Das ist zwar *eine* Hilfe, aber in meinen Augen keine richtige. Ich muss …«

Sie dachte nach, sie korrigierte sich.

»… ich *will* was ändern, aber auf meine Weise.«

»Und was ist deine Weise?«, fragte ich.

»Genau das muss ich noch herausfinden.«

Danach erzählte uns Xien Xien Yu, wie er Böff Stroganoff verfolgt hatte. Im Gegenzug erfuhren die beiden alles von meiner

Entführung und den falschen Berühmtheiten, denen ich auf dem Grund des Pools begegnet war.

»Zwar habe ich Böff Stroganoff nicht gesehen«, sagte ich, »aber seine Windhunde waren auf jeden Fall da gewesen. Ich tippe, er hat die Entführer auf mich angesetzt und ihnen erzählt, ich sei Ryan Gosling.«

Pandekraska Pampernella legte den Kopf schräg, als müsste sie mich aus einem anderen Blickwinkel betrachten.

»Du siehst Ryan Gosling überhaupt nicht ähnlich«, sagte sie.

»Sag das nicht mir, sag das den Entführern.«

Xien Xien Yu rieb sich den Nacken.

»Ich verstehe noch immer nicht, was Böff Stroganoff hier verloren hat«, sagte er. »Niemand reist um die Welt, nur um einen Mönch zu belehren. Was soll das?«

»Ich habe keine Ahnung«, gab ich zu.

»Ich schon«, sagte Pandekraska Pampernella mit leiser Stimme.

Wir sahen sie an.

»Schaut nicht so«, sagte sie.

Endlich erfuhren wir, was Pandekraska Pampernella vor uns geheim gehalten hatte – wie Böff Stroganoff im Gebirge aufgetaucht war und von dem Wiedersehen in Paris. Wir erfuhren auch, dass er bisher drei Versuche unternommen hatte, um unsere Heldin einen Vertrag unterschreiben zu lassen.

»Könnt ihr verstehen, warum ich euch das alles nicht erzählt habe?«, fragte Pandekraska Pampernella danach. »Ihr hättet mich ganz sicher aufgehalten. Ihr wärt niemals mit mir nach Irland oder nach Indien gereist.«

Sie hatte recht.

»Wenn ihr mich fragt«, sagte Xien Xien Yu, »dann ist es an der Zeit, dass wir diese Erzfeindin aufsuchen und mit ihren Eltern ein paar Worte wechseln.«

»Ich will das nicht«, sagte Pandekraska Pampernella. »Ich will---«

»Mir ist egal, ob du das willst oder nicht«, unterbrach sie Xien Xien Yu.

Pandekraska Pampernella sah ihn erschrocken an.

»Ich bin dein Leibwächter«, sprach er ruhig weiter. »Ich kann nicht auf dich aufpassen, wenn ich die Gefahren um dich herum nicht einschätzen kann. Dieser Böff Stroganoff ist unberechenbar, Pandekraska Pampernella, das Risiko ist zu groß, dass dir was passiert. Ich will das nicht.«

»Ich verstehe«, sagte unsere Heldin leise.

»Danke«, sagte Xien Xien Yu.

Wir schwiegen und schauten von der Hotelterrasse auf das Meer und die Menschen, die am Ufer entlangflanierten.

»Habt ihr auch so eine Ahnung, als würden wir nicht mehr lange in Mumbai bleiben?«, fragte ich.

»Ich habe das Gefühl, dass wir schon seit einer Weile nirgends lange bleiben«, gab Xien Xien Yu zu.

»Darf ich kurz stören?«, meldete sich eine Stimme hinter uns.

Wir drehten uns um.

»Jennifer Lawrence!«, sagte Xien Xien Yu überrascht.

Ich wollte ihm gerade sagen, dass er sich täuschte, da lächelte mich Jennifer Lawrence an und ihre Augen schielten nicht mehr. Ich verstand die Welt nicht mehr.

»Die Welt ist klein«, sagte ich.

»So was würde Ryan Gosling nie sagen«, stellte Jennifer Lawrence mit einem Grinsen fest.

Ich verstand die Welt noch immer nicht. Es war mir ein absolutes Rätsel, wie es ihr gelungen war, die Entführer und uns auf dem Grund des Swimmingpools so gut zu täuschen. Jennifer Lawrence las mir die Verwunderung vom Gesicht ab.

»Eine Schauspielerin zeigt nie, wer sie wirklich ist«, sagte sie und wandte sich dann an Pandekraska Pampernella: »Ich weiß, es ist albern, aber könntest du mir ein Autogramm geben? Meine Nichte Alice ist dreizehn Jahre alt und ein riesiger Fan von dir. Sie wird umfallen, wenn sie hört, dass ich dir in Mumbai begegnet bin.«

»Kein Problem«, sagte Pandekraska Pampernella und schnappte sich eine der Servietten. Xien Xien Yu reichte ihr einen Kugelschreiber und sie signierte die Serviette mit Schwung.

»Man sieht sich«, sagte Jennifer Lawrence zu uns dreien und winkte mit der Serviette.

Drei Stunden später waren wir im Flieger und auf dem Rückweg nach Florin.

Pandekraska Pampernella weckte mich, indem sie mich anstarrte.

»Ich wusste, dass du aufwachst«, flüsterte sie.

»Ich wache immer auf, wenn man mich so anstarrt«, flüsterte ich zurück.

Pandekraska Pampernella saß zwischen Xien Xien Yu und mir auf einem Sessel. Ich sah auf die Uhr, wir waren seit vier Stunden in der Luft. Pandekraska Pampernella hatte sich eine Decke um die Beine gewickelt und die Kopfhörer abgesetzt, aus denen noch der Ton eines Actionfilms zu hören war.

»Du solltest auch schlafen«, sagte ich, »du siehst müde aus.«

»Ich *bin* müde, aber ich wollte dich was fragen.«

»Ich höre.«

»Wir werden doch eine Freundin für mich finden, oder?«

In dem Moment hätte ich ihr alles versprochen. Bestimmt ist es euch nicht entgangen, dass mir dieses Mädchen sehr ans Herz gewachsen ist. Mit jedem Jahr mehr und mehr. Wann immer sie traurig oder ängstlich war, wollte ich einen Schutzwall um sie herum bauen. Also gab ich ihr an diesem Tag im Flugzeug ein Versprechen. Auch weil ich wusste, wie sehr sie Versprechen liebte. Ich versprach ihr, dass wir keine Minute ruhen und jedes Land bereisen und jedes Mädchen kennenlernen würden, bis wir die richtige Freundin für sie gefunden hatten. Ich bat sie, keine Zweifel an sich zu haben, nie aufzugeben und mich bloß nicht so traurig anzusehen, woraufhin Pandekraska Pampernella meinen Arm tätschelte und feststellte, ich sei heute aber melodramatisch.

Xien Xien Yu lachte. Er saß am Fenster und ich beugte mich vor, um ihn anzusehen.

»Wieso lachst du?«, fragte ich.

»Weil Pandekraska Pampernella recht hat«, antwortete er. »Es gibt wohl kaum jemanden, der so melodramatisch ist wie du.«

Ich zeigte ihm die Faust, er zeigte mir seine Faust, die doppelt so groß war.

»Typisch Chronist«, sagte er und grinste.

»Typisch Mönch«, sagte ich und grinste zurück.

»Und du?«, fragte Pandekraska Pampernella ihren Leibwächter. »Glaubst du, wir werden eine Freundin für mich finden?«

Xien Xien Yu hörte auf zu grinsen und versuchte sich bequemer hinzusetzen, was bei der Enge der Sitze und seinem Körperbau recht sinnlos war.

»Deine beste Freundin ist irgendwo da draußen, Pandekraska Pampernella«, sagte er, »diese Hoffnung darfst du nicht aufgeben. Ich weiß, du wirst sie finden. Don Pluto weiß das auch. Wir müssen aber in Betracht ziehen, dass du sehr wählerisch bist. Wenn du wolltest, könntest du durch Florin spazieren und innerhalb von wenigen Minuten eine Freundin finden. Doch du willst jemand Besonderen. Toja war dir sehr ähnlich, aber sie hat dich enttäuscht, wohingegen Vicky VI. dir sehr gefiel und du sie am liebsten zur besten Freundin gehabt hättest, doch sie war zu verrückt und unberechenbar. Zu viel Chaos bringt dich durcheinander. Über *Vicky Vicky* müssen wir nicht reden, sie war dir sofort ein Dorn im Auge. Und dann haben wir Nisha, die dir einen großen Schritt voraus ist und du weißt nicht, ob du ihr ebenbürtig bist.«

Pandekraska Pampernella ließ den Kopf sinken. Ich wusste genau, wie sie sich fühlte. Manchmal konnte die Wahrheit brutal und ungerecht sein. Dennoch war es gut, dass Xien Xien Yu seinen Gedanken freien Lauf ließ. Ich wünschte, ich könnte das öfter tun, ohne mich gleich schuldig zu fühlen.

»Vielleicht ist das der Knackpunkt«, fügte Xien Xien Yu hinzu. »Vielleicht haben wir in die falsche Richtung geschaut.«

Pandekraska Pampernella hob den Blick.

»Ich verstehe nicht«, sagte sie.

»Du suchst die ganze Zeit über jemanden, der dir ähnlich ist und zu dir passt«, sprach Xien Xien Yu weiter. »Wenn du aber jemanden an deiner Seite haben willst, der genau so ist wie du, dann musst du nicht lange suchen, da musst du nur in den Spiegel schauen.«

Pandekraska Pampernella runzelte die Stirn.

»Und was heißt das jetzt?«, fragte sie.
»Das heißt, du brauchst einen neuen Kurs.«
»Und was heißt *das*?«, fragte ich.
»Das heißt, wir fangen wieder bei null an.«

Kaum hatten wir das Schloss betreten, verschwand unsere Heldin auf ihr Zimmer. Sie hätte gerne mit ihrer Patentante geredet, aber die Professorin war noch immer in Ägypten und würde erst am Ende der Woche nach Florin kommen.

Pandekraska Pampernella erlaubte nur Bonita und Sookie den Zugang zu ihrem Zimmer. Sie wollte über Nishas Fragen nachdenken, sie wollte recherchieren und herausfinden, was sie tun wollte und wie sie es tun konnte.

Wir wussten, das würde eine Weile dauern, also ließen wir sie in Ruhe.

AUS DEN PRIVATEN CHRONIKEN
VON PANDEKRASKA PAMPERNELLA

Am fünften Tag weckte mich die Stimme meines Unterbewusstsein und rief laut: *Jetzt reicht es, Pandekraska Pampernella, du bist ja so elendig wie ein Schluck Wasser in der Wüste. Reiß dich zusammen, denn die Welt dreht sich auch ohne dich weiter.*

Ich schrak aus meinem Schlaf und hörte auf die Stimme.

Erst wusch ich mir das Gesicht, dann rief ich nach Sookie. Es war fünf Uhr morgens und meine Coiffeuse gähnte elfmal, während sie mir einen *Chignon Le Chat* zauberte. Sookie wunderte sich, was ich so früh anstellen wollte. Ich log ein wenig und sagte, ich wüsste es noch nicht. Dann bedankte ich mich bei ihr für die Frisur und Sookie verschwand wieder in ihr Bett. Ich zog mir den Bademantel über den Schlafanzug, band ihn fest zu und lief auf dicken Socken durch das Schloss.

Überall war es still.

Ich wusste genau, was ich wollte.

In der Küche badete das digitale Licht der Herduhr alles in einen grünen Schein und ließ mich an ein Aquarium denken. Ich schaltete nur die Lampe über dem Tisch an, nahm mir ein

Stück Kuchen aus dem Kühlschrank und dazu goss ich mir ein Glas Milch ein. Zufrieden saß ich an dem Tisch und wippte mit den Füßen. Der Kuchen war lecker und die Milch so kalt, dass ich nur kleine Schlucke nehmen konnte.

Ich fühlte mich wie jemand, der Ballast abgeworfen hatte.

In den letzten Tagen hatte ich so viel nachgedacht, dass ich im Gehirn einen Muskelkater hatte.

Jetzt waren die Gedanken ruhig und klar.

Nachdem ich den Kuchen aufgegessen hatte, räumte ich das Geschirr in die Spülmaschine. Ich wollte mich eben wieder schlafen legen und war schon auf dem Weg nach oben, als ich im Kaminzimmer ein Flackern sah.

Zwei Teelichter brannten noch in ihren Glasbehältern und auf dem Beistelltisch lag das Notebook meiner Patentante. Sie war also wieder im Schloss! Ich freute mich, ich wollte ihr unbedingt erzählen, was Nisha gesagt hatte. Wenn mir jemand einen guten Rat geben konnte, dann war es meine Patentante.

Ich setzte mich auf das Sofa und weckte das Notebook aus dem Ruhezustand. Ich wusste, wo das Programm zu finden war, und scrollte mich durch all die Informationen, die die Professorin für mich gesammelt hatte.

Es war wie eine Reise zurück.

Da waren Fotos von Toja und der Ranch ihrer Eltern. Da war sie als Kind auf dem Rücken eines Esels, da war sogar ein Foto von ihrer Jurte, die ich nie zu sehen bekommen hatte, weil sie in Flammen aufgegangen war. Eine Sehnsucht überschwemmte mich, die sich fast wie Hunger anfühlte. Und natürlich kamen mir Zweifel.

Hatte ich mich zu schnell gegen sie entschieden? War ich voreilig gewesen?

Toja hatte mir auf dem Ritt zur Jurte erzählt, wie sie einmal einer Stute geholfen hatte, ein Fohlen zur Welt zu bringen. Sie sagte, es wäre ein wenig so gewesen, als wäre sie selbst neu geboren worden.

Wie kann man so jemanden nicht zur Freundin haben wollen?

Ich seufzte und fühlte mich so tonnenschwer wie an dem Abend, als Toja und ich am Lagerfeuer gesessen hatten. Ich schrieb ihr eine Mail und ließ sie wissen, dass ich sie und ihren Mut vermissen würde.

Ich suchte weiter.

Über Vicky fand ich nichts auf dem Notebook, da meine Patentante nur ihre berühmte Schwester recherchiert hatte. Also suchte ich im Internet nach Vicky Norsestrom VI. und entdeckte zwei witzige Videos auf YouTube – in dem einen machte Vicky in einem Pub Armdrücken mit einem Seemann und verlor sechsmal hintereinander; in dem anderen Video putzte sie sich die Zähne und rappte dabei zu Bob Dylans *Blowin' in the Wind*, sodass ihr der Schaum aus dem Mund sprühte. Ich kicherte vor mich hin und erinnerte mich daran, wie Vicky in dem Friseurstuhl gesessen, Grimassen gezogen und so getan hatte, als wäre ihr Paris vollkommen egal. Ich wusste nicht, wie ich ihr eine Nachricht zukommen lassen konnte, ob sie ein Handy besaß oder wo sie sich gerade befand. Ich wünschte mir sehr, sie würde sich über das Armband bei Xien Xien Yu melden.

Alles wird gut, Vicky, dachte ich und schickte ihr diesen Gedanken.

Über Nisha hatte meine Patentante am meisten Informationen gesammelt. Ich war beeindruckt, wie gut dieses indische Mädchen mit ihren Freundinnen die Welt täuschte. Fotos über

Fotos von ihnen konnte man sich ansehen. Rezepte, Musiktipps und oberflächlicher Quatsch waren dort aufgelistet. Die zehn Freundinnen lachten auf den Fotos miteinander und hatten scheinbar pausenlos Spaß. Ihre Leben waren wie ein Zuckerschock aus grellen Farben und süßen Gedanken. Es war mir unmöglich, auf einem der Fotos die Rebellinnen wiederzuerkennen.

Auch Nisha schickte ich eine kurze Nachricht.

Ich arbeite an mir.

Ich wollte das Notebook eben herunterfahren, als ich mich erinnerte, was Xien Xien Yu auf dem Flug hierher gesagt hatte. »Du suchst die ganze Zeit über jemanden, der dir ähnlich ist und zu dir passt. Wenn du aber jemanden an deiner Seite haben willst, der genau so ist wie du, dann musst du nicht lange suchen, da musst du nur in den Spiegel schauen.«

Er hatte recht. Ich hatte nicht vor, meine eigene Freundin zu sein. Vielleicht fehlte mir jemand, der das Gegenteil von mir war. Jemand, den dieses Leben hier nicht interessierte, der nicht alles bekam, was er wollte, und den es nicht kümmerte, ob er es bekam oder nicht. Natürlich wollte ich nicht in allem das Gegenteil von mir haben. Ich wollte zum Beispiel nicht mit einem Feigling befreundet sein, niemand will das. Aber ich wollte jemanden, der mir die Stirn bot.

Dann fange ich mal bei null an, dachte ich und mit diesem Gedanken begann ich zu tippen. Nach zehn Minuten hatte ich den Großteil der Einstellungen verändert und spürte am ganzen Körper, wie nervös ich war. Ich startete das Programm neu. Das Menü erschien und der Button *Worldwide Search* tauchte in der Mitte des Bildschirms auf.

Ich tippte drauf.

Kein Geräusch war aus dem Notebook zu hören, während das Programm seine Arbeit tat. Der goldene Balken erschien am unteren Bildrand und bewegte sich einen Zentimeter voran, dann noch einen und dann fror er ein.

Ich bekam einen Schluckauf.

Bei der ersten Suche hatte das Programm 3,2 Sekunden gebraucht.

Ich schielte auf die Uhr.

Nach fünf Minuten war der Balken noch immer festgefroren.

Ich tippte auf den Bildschirm.

Nichts geschah.

Ich rutschte auf dem Sofarand herum und wartete auf das Pling, das den Abschluss der Suche ankündigen sollte.

Nichts geschah.

Ich behielt den Bildschirm im Auge und versuchte, nicht zu blinzeln. Das Notebook gab komische Geräusche von sich. Es klang, als ob die Maschine in dem flachen Ding heißlaufen würde. Die weltweite Suche kostete den Kasten eindeutig eine Menge Energie. Meine Augen begannen auszutrocknen, so sehr starrte ich auf den Bildschirm. Der Schluckauf verschwand wie von selbst, aber der goldene Balken bewegte sich keinen Zentimeter voran.

Vielleicht hatte ich das Notebook kaputt gemacht.

Vielleicht hatten meine Einstellungen das Programm verwirrt.

Alles war möglich.

Ich kniff die Augen fest zu und öffnete sie wieder. Ich stand kurz davor, das Notebook auszuschalten und mich ganz unschuldig ins Bett zu legen. Vier Tage lang hatte ich gegrübelt und war erschöpft und ratlos. Ich wusste noch immer nicht, ob ich diese Welt überhaupt verändern wollte. Mir ging es ja gut, ich hatte nichts zu beklagen. Wollte Pandekraska Pampernella nicht mehr Pandekraska Pampernella sein? Es war zum Verzweifeln. Ich hatte alles gelesen, was mich interessierte, und mir Dokumentationen angesehen und war vollgestopft mit Informationen. Ich wusste jetzt, dass es der Welt nicht gut ging, aber das war keine große Überraschung gewesen. Dennoch bin ich zu einem Ergebnis gekommen: Nisha hatte recht gehabt. Es war die Zeit der Veränderungen. Leoparden durften nicht einfach erschossen und Kinder nicht versklavt werden. Wenn wir nichts taten, geschah auch nichts.

Ein Gleichgewicht fehlte.

Und wie ich das dachte, erinnerte ich mich an den Moment, als der Buntfalke von meinem Finger aufgeflogen war und ich meine Balance verlor. Ich war mir vollkommen sicher gewesen, dass mir bei meinem Sturz nichts geschehen konnte. Warum tat ich nicht mehr mit dieser Zuversicht? Wenn ich etwas wirklich wollte, wurde es auch möglich gemacht. Natürlich war ich nicht vollkommen naiv. Ich wusste, wenn sich die Welt von heute auf morgen verändern ließe, wäre das längst geschehen. Es brauchte also Zeit, es brauchte einen Willen und viel Entschlossenheit.

Ich besaß all das.

Pling.

Ich blinzelte verwirrt. Meine Gedanken hatten mich davongetragen. Draußen war der Morgen angebrochen und hatte das Wohnzimmer in ein blaues Licht getaucht.

Ich sah verwundert auf das Notebook.

Das Programm hatte seine Suche abgeschlossen.

48 Minuten und 17 Sekunden waren vergangen.

Mir brannten die Augen und mein Rücken war ganz steif. Ich hatte mir geschworen, so lange zu warten, bis ich eine Antwort hatte. Und ich hatte mir geschworen, wenn ich diese besondere Freundin gefunden hatte, würden wir zusammen alles unternehmen, um aus dieser Welt eine bessere Welt zu machen.

Ich sah auf die Antwort auf dem Bildschirm.

Ein einziger Name leuchtete mir entgegen.

Ich las ihn, ich las ihn ein zweites und drittes Mal.

»Milli Van Sandberg«, sagte ich leise, »wer bist du?«

ENDE

WIE PANDEKRASKA PAMPERNELLA ENDLICH WIEDER LÄCHELTE

Natürlich war das nicht das Ende.
Was wäre das auch für ein Ende?
Nein, so ging es weiter.

Die Professorin entdeckte Pandekraska Pampernella drei Stunden später im Kaminzimmer, als sie ihr Notebook holen wollte. Unser Heldin lag wie eine Mumie auf dem Sofa – flach auf dem Rücken, Arme auf der Brust verschränkt und die Beine ausgestreckt. Xien Xien Yu und ich kamen fünf Minuten später nach unten.

»Sie sieht ausgeruht aus«, sagte Xien Xien Yu.

»Wollen wir sie wecken?«, fragte ich.

»Sie ist schon längst wach«, sagte meine Patentante, »sie lauscht.«

»Pöh«, machte Pandekraska Pampernella und setzte sich auf.

Ihre Augen funkelten und da war wieder diese Entschlossenheit in ihrem Blick, die ich so sehr mochte. *Wenn sie jetzt nur einmal lächeln würde,* dachte ich. Sie tat es nicht. Sie sagte zu ihrer Patentante:

»Ich habe dein Notebook zum Qualmen gebracht.«

Die Professorin drehte das Notebook in ihrer Hand.

»Xien Xien Yu hatte recht«, sprach Pandekraska Pampernella weiter, »ich wollte eine Freundin haben, die so ist wie ich. Aber genau das brauche ich nicht. Also habe ich gestern Nacht die Parameter umgeschrieben. Danach ist mir das Notebook beinahe um die Ohren geflogen.«

»Und?«, fragte Xien Xien Yu. »Warst du erfolgreich?«

Pandekraska Pampernella nickte.

»Ihr Name ist Milli Van Sandberg«, sagte sie.

»Milli Van Sandberg?«, wiederholte die Professorin.

»Wer soll diese Milli Van Sandberg sein?«, fragte ich.

»Keine Ahnung«, sagte Pandekraska Pampernella. »Ehe ich nach ihr suchen konnte, bin ich eingeschlafen.«

Die Professorin klappte das Notebook auf und begann zu tippen. Xien Xien Yu sagte, er könnte ohne Tee nicht denken und ging in die Küche, um eine Kanne aufzubrühen. Ich holte die Tassen und eine Schale mit Keksen, während Pandekraska Pampernella auf die Toilette verschwand. Wir trafen alle zur gleichen Zeit wieder im Wohnzimmer ein. Die Professorin schaute von ihrem Notebook auf.

»Ich finde diese Milli Van Sandberg nirgends«, sagte sie verwirrt. »Ich habe den hintersten Winkel des Internets durchleuchtet. Es scheint sie nicht zu geben. Wie hat mein Programm sie nur entdecken können?«

Keiner von uns hatte darauf eine Antwort. Pandekraska Pampernella runzelte die Stirn und versank in ihren Gedanken. Ich goss den Tee ein und reichte die Tassen herum, wir nippten und überlegten.

»Was ist mit ihren Eltern?«, brach Xien Xien Yu das Schweigen.

»Was soll mit ihnen sein?«, fragte ich.

»Vielleicht sind sie ein Anhaltspunkt, von dem aus …«

Xien Xien Yu verstummte, als die Professorin mit dem Fuß aufstampfte.

»Natürlich, *jetzt* weiß ich, woher ich den Namen kenne!«

Sie beugte sich wieder über ihr Notebook, nach zwei Minuten drehte sie uns den Bildschirm zu.

»Die Van Sandbergs führten ein Team von Archäologen an, die vor zehn Jahren Ausgrabungen am Amazonas gemacht haben. Dort fanden sie die sagenumwobenen Schalen von Punur. Damals habe ich diese Ausgrabung mit Interesse verfolgt. Es kam in allen Nachrichten.«

Wir sahen auf dem Bildschirm ein Foto von den Van Sandbergs. Sie lächelten glücklich in die Kamera. Die Mutter hatte ein Baby auf dem Arm, der Vater hielt eine Schale in die Luft.

»Das Baby muss Milli sein«, sagte Pandekraska Pampernella.

»Und wo sind ihre Eltern jetzt?«, fragte ich.

Die Professorin öffnete das nächste Fenster im Browser. Wir sahen Wigwams, wir sahen Büffel und eine verschneite Straße, auf der Bremsspuren zu sehen waren.

»Nach ihrer letzten Ausgrabung sind die Van Sandbergs nach Kanada zurückgekehrt, wo sie ursprünglich herkamen«, sprach die Professorin weiter. »Sie sind in die Wildnis gezogen, um ihren großen Traum zu leben. Sie haben ein uraltes Indianerdorf wiederaufgebaut und es selbst bewohnt. Ihr müsst davon gelesen haben, es gab sogar eine Dokumentation im Fernsehen. Doch das Glück der Van Sandbergs hielt nicht lange. Vor zwei Jahren ist ihr Jeep während eines Schneesturms von der Straße abgekommen und in eine Schlucht gestürzt. Ihre neunjährige Tochter blieb von dem Unglück verschont, weil sie an dem Tag mit Fieber in dem Indianerdorf geblieben war. Da in den Zeitungen nie ihr Name genannt wurde, war sie für mich unauffindbar.«

»Was ist nach dem Unfall mit Milli Van Sandberg passiert?«, fragte ich.

»Nach dem Tod ihrer Eltern wurde das Sorgerecht einer Tante aus Toronto übertragen, die sich um die Kleine kümmern sollte, aber die Tante wartete vergeblich auf die Ankunft ihrer Nichte. Während der Zugfahrt von Whitehorse nach Toronto verschwand Milli Van Sandberg spurlos. Seitdem hat niemand mehr was von ihr gehört.«

Die Professorin wandte sich an Pandekraska Pampernella.

»Es tut mir leid«, sagte sie, »das war wohl ein Schlag ins Wasser.«

»War es nicht«, sagte unsere Heldin.

»Wieso nicht?«

»Weil niemand so viel Pech haben darf.«

Bevor einer von uns ihr widersprechen und sagen konnte, dass das Pech niemanden verschont und auch nicht gerecht verteilt wird, fügte Pandekraska Pampernella hinzu:

»Und weil ich weiß, wo sich Milli Van Sandberg jetzt befindet.«

Unsere Heldin sah uns mit großen Augen an.

»Mach es nicht so spannend«, sagte Xien Xien Yu.

»Auch wenn Milli Van Sandberg in vielem das Gegenteil von mir sein soll«, sagte Pandekraska Pampernella, »so sind wir uns in bestimmten Punkten sicher ähnlich, sonst hätte das Programm sie nicht ausgewählt. Darum glaube ich, dass wir ähnlich denken. Und wenn wir ähnlich denken, dann hat Milli Van

Sandberg einen Entschluss gefasst, nachdem ihre Eltern verunglückt sind. Sie wäre nie …«

»… zu ihrer Tante gereist«, sprach ich für sie zu Ende.

»Richtig«, sagte Pandekraska Pampernella. »Niemals hätte sie alles, was ihre Eltern sich aufgebaut hatten, einfach so hinter sich gelassen.«

»Du meinst, sie ist noch in dem Indianerdorf?«, sagte die Professorin.

»Wenn ich Milli Van Sandberg wäre, wäre ich auf jeden Fall noch dort.«

»Aber hätte man in dem Indianerdorf nicht als Erstes nach ihr gesucht?«, fragte ich.

»Vielleicht wollte sie nicht gefunden werden.«

Xien Xien Yu wackelte mit dem Kopf.

»Mich überzeugt das nicht«, sagte er. »Wie soll dieses Mädchen zwei Jahre lang in einem verlassenen Indianerdorf überlebt haben, ohne dass das jemandem aufgefallen ist?«

»Ich habe keine Ahnung«, sagte Pandekraska Pampernella, »aber ich werde es herausfinden.«

Sie sprang vom Sofa und verließ das Kaminzimmer, ohne ein weiteres Wort zu sagen.

Wir Erwachsenen sahen uns an.

»Denkt ihr, was ich denke?«, fragte ich.

»Wahrscheinlich exakt das Gleiche«, sagte die Professorin.

Xien Xien Yu seufzte.

»Und ich habe mich so sehr auf ein paar ruhige Tage gefreut.«, sagte er.

Ich warf einen Blick auf meine Uhr.

»Glaubt ihr, sie schafft es unter fünf Minuten?«

»So wie sie vom Sofa gesprungen ist, bleibt sie garantiert unter fünf Minuten«, sagte die Professorin.

»Ich sage zehn Minuten«, sagte Xien Xien Yu, »denn sie war nicht vorbereitet.«

»Ich sage acht«, sagte ich.

Die Professorin sollte recht behalten.

Pandekraska Pampernella trat nach vier Minuten wieder in das Kaminzimmer. Wir hatten keine Ahnung, wie irgendein Mensch auf diesem Planeten innerhalb dieser kurzen Zeit duschen, einen Koffer packen, sich umziehen und neu frisieren lassen konnte. Der *Half Open Bubble Tail* war ein Kunstwerk in seiner Schlichtheit und gab die Stimmung unserer Heldin wieder – entspannt und konzentriert zugleich.

»Ich bin so weit«, sagte Pandekraska Pampernella, »Kanada erwartet uns.«

Und plötzlich lächelte sie.

Es war, als würde die Sonne direkt auf uns scheinen. Wir wussten in dem Moment, dass alles gut werden würde, weil alles gut und besser wird, wenn Pandekraska Pampernella plötzlich lächelt. Wir wechselten einen Blick, wir waren zuversichtlich, wir waren auch abenteuerlustig und hatten überhaupt keine Ahnung, was uns in der kanadischen Wildnis erwartete.

Und damit war es beschlossen.

Wir waren so weit.

ENDE

ZEHN SEKUNDEN SPÄTER
ODER WIE DIESE GESCHCHTE WEITERGING
UND UNS SPRACHLOS ZURÜCKLIESS

Ich wollte es euch ersparen.
Ich dachte, wir brauchen das nicht.
Aber wie ich schon vor einigen Seiten sagte: *Ohne die Wahrheit gibt es keine Chronik.*

Wir sind nicht sofort aufgebrochen.
Ich glaube, das war unser Fehler.
Wir waren einfach zu langsam.
Wir begannen zu planen und uns eine Route zu überlegen.
Xien Xien Yu buchte über sein Handy die Flüge, die Professorin bedauerte es sehr, dass sie nicht mitkommen konnte, die Ägypter erwarteten sie, während ich mir Gedanken darüber machte, ob es in Kanada jetzt Sommer war oder ob ich Wintersachen einpacken musste.
»Warum fahren wir nicht einfach?«, fragte Pandekraska Pampernella.
»Weil nicht jeder so schnell packen kann wie du«, sagte ich.
Wir taten alle das Falsche.

Wir hätten einfach aus dem Schloss rennen und in den Rolls-Royce springen müssen, damit uns Bobby B zum Flughafen fuhr und wir blindlings nach Kanada reisten.
Wir taten nichts davon.
Wir waren aufgeregt und freuten uns auf das nächste Abenteuer, als wäre das Leben ein Picknick, zu dem wir einmal in der Woche eingeladen wurden.
Mitten in unsere Aufregung hinein wurden wir von einem Räuspern unterbrochen.
Wir drehten uns um.
Diener Pierre stand im Türrahmen des Kaminzimmers und hielt ein silbernes Tablett in der Hand.
»Darf ich stören?«, fragte er.
Wir ahnten nichts Böses und winkten ihn herein.
Diener Pierre trat auf Pandekraska Pampernella zu und verbeugte sich, damit sie leichter den Brief von seinem Tablett nehmen konnte.
»Prinzessin, Post für sie«, sagte er.
Auf den Umschlag war der Name unserer Heldin geschrieben. Pandekraska Pampernella nahm ihn mit spitzen Fingern vom Tablett und bedankte sich bei Pierre. Der Diener wollte wieder gehen, ich hielt ihn zurück.
»Woher kommt der Brief?«, fragte ich.
»Er lag heute Morgen zwischen den Tageszeitungen.«
Ein Ratschen war zu hören.
Pandekraska Pampernella hatte nicht gezögert und den Umschlag aufgerissen. Wir sammelten uns um sie herum. Selbst die Professorin konnte ihre Neugierde nicht verbergen.
Ich wünschte, wir hätten das nicht getan.

Ich wünschte, wir hätten Pierre nie das Kaminzimmer betreten lassen und der Brief wäre noch einen Tag länger zwischen den Zeitungen verborgen geblieben.

Sein Auftauchen war das schlimmste Ende für diese Geschichte.

Das *grand malheur* hatte uns ohne Trompeten und Fanfaren erreicht.

Nur ein Blatt Papier befand sich in dem Umschlag.

Pandekraska Pampernella zog es heraus.

Auf dem Blatt stand:

Liebe Pandekraska Pampernella,

hast du dich nie gewundert,
wer deine Eltern wirklich sind?

Mit besten Grüßen
Böff Stroganoff

ENDE

… aber auch das ist natürlich noch nicht
das Ende dieser Geschichte.

ANHANG

DIE VERLORENEN JAHRE DER PANDEKRASKA PAMPERNELLA

Mit 3 Jahren

Pandekraska Pampernella läuft über die Wiese und kichert, sie zupft an ein paar Grashalmen und denkt über die Energiekrise nach.

Pandekraska Pampernella entdeckt beim Frühstück das Wunder des gefüllten Croissants. Sie zögert nicht und beschließt, Konditorin zu werden. Aus Lyon fliegt ein Meisterkonditor ein. Sein Name ist Duke Duchamp, er hat einen Schnurrbart und seine Spezialität sind Croissants mit Kokoscremefüllung. Vier Tage lang backen sie zusammen, danach hat Pandekraska Pampernella genug von Croissants und Duke Duchamp reist wieder ab.

Pandekraska Pampernella erfährt, dass das Licht im Kühlschrank verlöscht, sobald die Tür geschlossen wird. Sie will den Kühlschrank verstehen, also bewaffnen sich der Chronist und die Prinzessin mit Schraubenziehern und beginnen den Kühlschrank auseinanderzunehmen.

Die Königin erwischt uns dabei. Nachdem der Kühlschrank wieder zusammengebaut ist, wirft er nur noch runde Eiswürfel aus. Wir haben keine Ahnung, was mit den eckigen Eiswürfeln passiert ist.

Mit 4 Jahren

Pandekraska Pampernella will ihr erstes Auto fahren. Am liebsten den Alfa Romeo Spider 1967, der das Herzstück der Sammlung des Königs ist. Das Königspaar sagt Nein. Pandekraska Pampernella zieht ihre Autohandschuhe empört aus und wirft sie auf den Boden.

In der Woche darauf versucht Pandekraska Pampernella den Alfa Romeo zu stehlen. Sie kommt aber nicht an die Pedale und weckt mich mitten in der Nacht, damit ich ihr helfe. Ich bin zu groß und passe nicht in das Auto hinein. Pandekraska Pampernella erfindet daraufhin eine Gerätschaft, mit der sie die Pedale erreichen kann. Als sie mit einem dicken Kissen unter dem Hintern im Schritttempo aus der Garage fährt, steht der König davor und schüttelt den Kopf.

Pandekraska Pampernella versucht von zu Hause wegzurennen. Auch mit diesem Vorhaben kommt sie nicht weit. Alle in Florin kennen sie. Am selben Abend bringt die freundliche Bibliothekarin sie zurück in das Schloss. Pandekraska Pampernella sagt, das war nur ein Probelauf.

Mit 5 Jahren

Auch wenn ich nicht darüber schreiben darf, schreibe ich darüber, wie Pandekraska Pampernella ihrer Erzfeindin das erste Mal begegnet ist und wie das Schicksal danach seinen Lauf nahm.

Im Anhang ist alles erlaubt.

Wanda Brockovich ist die Tochter des Ölbarons Felix Brockovich, der Amerika verließ und nach Europa zog, weil seine Frau einen Tapetenwechsel brauchte. Ein Jahr später wurde Wanda geboren. Die zwei Mädchen sind sich das erste Mal begegnet, als sie mit drei Jahren in Kitzbühel auf Skiern standen. Wanda hob ihren Skistock und schlug ihn Pandekraska Pampernella quer über die Nase. Die Narbe ist heute noch zu sehen. Sie zieht sich als Strich über das zarte Nasenbein unserer Heldin und wird weiß, sobald Pandekraska Pampernella wütend ist. Wann immer sie sich aufregt, reibt sie mit dem Zeigefinger darüber.

Es sollte leider nicht das letzte Zusammentreffen mit Wanda Brockovich sein.

Die Mädchen trafen jeden Winter auf den verschiedensten Skipisten aufeinander. Erst mit der Zeit sollten wir herausfinden, dass Wandas Vater sich große Mühe gab, an den gleichen Orten Urlaub zu machen wie die Königsfamilie. Jede Berühmtheit wollte in das Schloss Florin eingeladen werden, auch ein Ölbaron aus Texas, der Zahnstocher aus Gold benutzt. Die Tochter des

Öbarons nutzte diese Treffen ausschließlich dafür, um über Pandekraska Pampernella herzufallen.

Einmal stieß Wanda unsere Heldin eine Treppe hinunter, einmal wurde ich Zeuge, wie sie mit einer Stahlzange einen brennenden Holzscheit aus dem Kamin hob und Pandekraska Pampernella zuwarf, und ein anderes Mal verschwand unsere Heldin mitten am Tag spurlos und mit viel Glück fanden wir sie an einem Baum festgebunden vor – sie war von Kopf bis Fuß mit Honig eingeschmiert. Natürlich leugnete Wanda Brockovich alles und behauptete, sie wüsste nicht einmal, wer diese komische Pandekraska Pampernella sein sollte.

Es war schon ein wenig unheimlich.

Von außen schien Wanda ein braves, normales Mädchen zu sein, das kein Wässerchen trüben konnte. Sie besaß nur eine Frisur, was Pandekraska Pampernella vom ersten Tag an misstrauisch gemacht hat. Es war ein Pagenschnitt, der nie zu lang oder zu kurz wirkte. Wanda hatte eine sanfte Stimme, ein bezauberndes Lächeln und in Gesellschaft von Erwachsenen zeigte sie die besten Manieren. Xien Xien Yu stellte einmal fest, das Unscheinbare ist manchmal unheimlicher als ein Axtmörder, der laut an die Tür klopft.

Jedes Jahr an ihrem Geburtstag erhielt Pandekraska Pampernella per Post ein gemaltes Bild von Wanda. Auf den Bildern verlor unsere Heldin auf diese oder jene Art ihr Leben. Mal wurde sie geköpft, mal von einem Pferd durch die Gegend geschleift, mal stürzte eine Lawine auf sie nieder oder ein Rudel Wölfe lauerte ihr auf.

Die Bilder waren sehr detailgetreu.

»Fantasie hat sie ja«, stellte Pandekraska Pampernella trocken fest und schrieb Wanda zurück. Sie bedankte sich für die Bilder und schickte der Ölbaronin im Gegenzug Fotos von Blumenwiesen und kleinen Hunden, die mit kleinen Katzen spielten.

Außer mir nahm niemand im Königshaus die Bedrohung wirklich ernst. Bis eines der Zusammentreffen zwischen diesen beiden Kräften mich beinahe mein Leben gekostet hätte.

Pandekraska Pampernella war fünf Jahre alt, als sich das Königshaus entschied, den Urlaub im berühmten Skigebiet Serfaus-Fiss-Ladis in Tirol zu verbringen. Damals war ich der alleinige Begleiter unserer Hoheit, weil es noch keinen Leibwächter an ihrer Seite gab.

All das sollte sich nach diesem Urlaub ändern.

Selbstverständlich kamen die Brockovichs im selben Hotel unter wie wir. Langsam kannten sich die Eltern untereinander, sodass der König spontan eine Einladung in das Schloss aussprach. Der Ölbaron war daraufhin so glücklich, dass er auf den Tisch stieg und tanzte. Diese Einladung änderte aber nichts an der Einstellung seiner Tochter. Ein Blick in Wandas schmale Augen genügte und ich wusste, Pandekraska Pampernella war in Gefahr. Also schützte ich unsere Heldin, so gut ich konnte.

Ich ging dazwischen, als ein Schlitten auf Pandekraska Pampernella zuraste, als eine Lawine aus dem Nichts von einem Dach stürzte und auch als Wanda mit den

Skiern ausscherte, um unsere Heldin an den Knien zu treffen. Es war mühevoll und ich hatte nach einer Woche so viele blaue Flecken, dass ich mir wie ein Stuntman vorkam. Wandas Wut hatte einen neuen Level erreicht.

Das Essen am letzten Tag in Serfaus-Fiss-Ladis war immer ein besonderes Festmahl. Ich hatte mich für den Kürbisauflauf entschieden, Pandekraska Pampernella hatte sich den Linseneintopf ausgesucht, der ihr aber nicht mehr gefiel, als sie meinen Kürbisauflauf sah. Ich bin da nicht kompliziert. Wir tauschten die Teller und aßen und ich erwachte erst wieder, nachdem sie mir im Krankenhaus den Magen ausgepumpt hatten. Angeblich war ich vom Tisch aufgestanden, hatte mich übergeben und war gegen eine Wand gelaufen.

Wie sehr sie im Krankenhaus auch suchten, sie fanden die Ursache für die Übelkeit nicht in meinem Körper. In Florin angekommen, gab sich der Hausarzt des Königshauses damit nicht zufrieden. Er studierte mein Blutbild ausgiebig und fand darin winzige Spuren von Bufotoxin, das als Krötengift bekannt ist und das ich anscheinend mit dem Linseneintopf löffelweise zu mir genommen hatte.

»Darf ich dir einen Rat geben?«, fragte ich Pandekraska Pampernella, als sie an meinem Krankenbett stand und mir einen Zwieback zum Knabbern reichte.

Sie nickte.

»Du brauchst einen Leibwächter.«

»Wieso denn?«

»Diese Wan---«

»Sag ihren Namen nicht!«, kreischte Pandekraska Pampernella.

»Dieses verrückte Mädchen aus Texas«, korrigierte ich mich, »ist anscheinend sehr wütend auf dich. Ich weiß den Grund nicht, ich weiß nur, dass ich dich allein nicht beschützen kann. Da muss ein Profi her. Du brauchst einen richtigen Leibwächter, Pandekraska Pampernella, ich bin nur ein Chronist.«

Unsere Heldin dachte nach.

»Ich könnte meine Patentante fragen. Sie weiß immer, was gut für mich ist.«

»Tu das.«

Am selben Tag sprach Pandekraska Pampernella mit ihrer Tante und fragte sie um Rat.

Am selben Tag rollte Xien Xien Yu in Tibet seine Bambusmatte zusammen und machte sich auf den Weg nach Florin.

Mit 6 Jahren

Pandekraska Pampernella wird sechs und zuckt mit den Schultern. Sie behauptet, sie ist viel, viel älter und da müsste es einen Irrtum geben. Sie schnappt sich mein Handy und ruft Bobby B an. Bobby B ist in Florin der Mann für alles. Wenn Pandekraska Pampernella etwas braucht, meldet sie sich bei ihm. Er ist zwar der offizielle Butler des Königspaares, doch er reagiert immer innerhalb von Sekunden auf die Anrufe unserer Heldin und zweifelte nie ihre Wünsche an.

»Bobby B«, sagt Pandekraska Pampernella, »ich brauche meine Geburtsurkunde.«

An ihrem sechsten Geburtstag befinden wir uns in einem kleinen Dorf in der Nähe von Athen und essen frittierten Käse und schwarze Oliven. Pandekraska Pampernella hat in diesem Jahr ihre griechische Phase. Wir haben schon das Theater des Dionysos und den Parthenon besucht. Nach unserem Snack wollen wir noch ein wenig durch die Nationalgalerie spazieren. Florin ist gute zweitausend Kilometer entfernt, aber schon fünfzehn Minuten nachdem Pandekraska Pampernella Bobby B angerufen hat, rast ein Geländewagen durch das verschlafene Dorf und hält vor dem Restaurant. Der Fahrer springt raus, tritt an unseren Tisch und überreicht Pandekraska Pampernella eine Papierrolle.

»Jetzt werden wir ja sehen, wie alt ich wirklich bin«, sagt sie darauf und öffnet ihre Geburtsurkunde.

Sie starrt und starrt auf das Papier, dann bittet sie Xien Xien Yu, ihr Feuer zu geben. Der Leibwächter reicht ihr eine Schachtel mit Steichhölzern und die Geburtsurkunde geht in Flammen auf. Pandekraska Pampernella lässt das verkohlte Papier auf den Boden fallen und spricht die nächste halbe Stunde nicht mit uns.

Acht Wochen darauf sitzen wir auf Hawaii und der Tauchlehrer weigert sich, eine Sechsjährige alleine tauchen zu lassen. Auch nicht für das dreifache Honorar.

»Ich bin nicht sechs«, lässt ihn Pandekraska Pampernella wissen. »Ich bin älter.«

»Wie viel älter?«

»So um die neun.«

Der Tauchlehrer ist nicht überzeugt von dieser lauwarmen Lüge. Unsere Heldin streckt ihre Hand aus, ich reiche ihr mein Handy, Bobby B ist sofort am anderen Ende und verspricht, eine neue Geburtsurkunde zu schicken.

»Aber dieses Mal die richtige!«, mahnt ihn Pandekraska Pampernella.

»Selbstverständlich«, sagt Bobby B.

Nach einer Stunde nähert sich ein Hubschrauber dem Strand. Ein Bote springt mit einem Fallschirm ab und landet im Wasser.

Xien Xien Yu schwimmt ihm entgegen und übernimmt die versiegelte Rolle. Der Bote wird von einem Seil wieder in den Hubschrauber gezogen, während Xien Xien Yu an Land schwimmt.

Unsere Heldin schraubt die Rolle auf und schüttelt die Geburtsurkunde heraus. Sie liest und liest, sie faltet aus der Urkunde ein kleines Boot und schiebt es in die Wellen hinaus.

Das Boot schwimmt davon, ohne Schlagseite zu bekommen.

Als der Tauchlehrer vorbeispaziert, ruft ihm unsere Heldin zu, ihr sei die Lust am Tauchen für immer vergangen.

Was natürlich eine weitere lauwarme Lüge ist.

Mit 7 Jahren

Pandekraska Pampernella schreibt ihr erstes Haiku und beschließt, dass sie in Japan leben will. Das Königspaar schüttelt den Kopf. Pandekraska Pampernella lässt sich daraufhin von Xien Xien Yu das Ringen beibringen, lernt Japanisch und lässt den berühmten Sushi-Meister Naruto einreisen. Nach zwei Wochen verabschiedet sich der Meister und Pandekraska Pampernella beherrscht alle Sushi-Variationen, die sie mit ihren kleinen Fingern so schnell rollt, dass mir schwindelig wird. Das Königspaar ist beeindruckt, will sie aber noch immer nicht nach Japan auswandern lassen.

»Wozu habe ich denn Sushi machen gelernt?«, fragt sie.

»Das wüsste ich auch gern«, sagt der König.

Mit 8 Jahren

Pandekraska Pampernella will ihren Flugschein machen. Sie hat eine Dokumentation über Löschflugzeuge und Feuerwehrmänner gesehen, die Waldbrände bekämpfen. Sie will in die Krisengebiete reisen und ihr Leben riskieren. Weil sie nicht glauben kann, dass sie zu klein für ein Löschflugzeug ist, lässt der König eines vor dem Schloss landen. Selbst mit vier Kissen unter dem Hintern kann unsere Heldin nicht aus dem Cockpit schauen. Ihren Vorschlag, ein Löschflugzeug für ihre Größe bauen zu lassen, lehnt das Königspaar entschieden ab. Als das Löschflugzeug wieder abhebt, steht Pandekraska Pampernella ein wenig verloren in der Gegend herum und hat das Gefühl, nichts in ihrem Leben erreichen zu können.

Mit 9 Jahren

Pandekraska Pampernella erhält eine Einladung zur Oscar-Verleihung, weil Johnny Depp ein großer Fan von ihr ist und weiß, dass sie eine Ausbildung zur Sushi-Meisterin gemacht hat. Wir reisen nach Los Angeles und machen es uns bei Johnny Depp auf der Terrasse bequem. Xien Xien Yu mixt einen unfassbaren Matcha-Shake, während unsere Heldin ein Sushi nach dem anderen rollt.

Johnny Depp traut seinen Augen nicht.

Danach spazieren wir durch Los Angeles und entführen einen Papageien, der mies gelaunt in einem Käfig sitzt. Wir bringen ihm komplizierte Fremdwörter bei und lassen ihn wegfliegen. In einem Café treffen wir Pierce Brosnan und Jackie Chan, die Schach spielen. Unsere Heldin will nicht angeben, macht es aber dann doch und schlägt einen Schauspieler nach dem anderen, ohne dabei ihre Dame ein einziges Mal zu berühren. Am Abend sitzen wir wieder auf der Terrasse von Johnny Depp. Pierce Brosnan spielt Banjo und trägt nur eine Badehose und Cowboystiefel, Jackie Chan macht einen Salto rückwärts in den Swimmingpool und taucht nicht mehr auf. Xien Xien Yu rettet ihn und wir pflegen den verbeulten Kopf von Jackie Chan, den er sich auf dem Beckenboden angeschlagen hat. Die Nacht schlafen wir alle in Hängematten, die Johnny Depp zwischen den Bäumen gespannt hat. Wer uns nicht kennt und zufällig vorbeiläuft, könnte denken, wir wären eine besondere Art von Seidenspinnern, die in ihren Kokons hängen.

Mit 10 Jahren

Nachdem sie eine Reportage über Schlachthöfe gesehen hat, beschließt Pandekraska Pampernella, ihre ersten Demonstrationen zu organisieren. Sie wählt dafür Berlin, Bukarest und Wien aus, malt Plakate und druckt Flugblätter. Dann stellt sie ein Team zusammen, das im Internet für sie trommelt. Eine Homepage entsteht und unsere Heldin dreht einen Kurzfilm, in dem sie erklärt, wie blöde sie es findet, dass die Leute Tiere essen.
»Es gibt doch genug anderes zu essen«, sagt sie.
Im Sommer reisen wir dann quer durch Europa, von einer Hauptstadt zur anderen. Zur ersten Demonstration kommen über zehntausend Menschen und das macht unsere Heldin ein wenig nervös, sodass sie feuerrot wird, als sie auf die Bühne tritt. Xien Xien Yu steht ihr zur Seite. Ein paar Idioten mit T-Shirts, auf denen EAT ME aufgedruckt ist, versuchen Pandekraska Pampernella mit Hamburgern zu bewerfen. Xien Xien Yu verknotet die Idioten miteinander, sodass sie wie Presswurst aussehen, danach gibt es keine Zwischenfälle mehr.

Eine Woche darauf meldet sich die Stiftung Mars One und bittet unsere Heldin im Jahr 2024 als Gast mit ihnen ins Weltall zu fliegen. Pandekraska Pampernella fragt, ob Xien Xien Yu und ich mitkommen dürften. Mars One sagt, das wäre leider nicht möglich. Darauf lehnt Pandekraska Pampernella dankend die Reise zum Mars ab.

MEIN DANK GEHT

an all die vergessenen Freunde,
die kamen und verschwanden
und alles verändert haben,
die Freude brachten und Wunden schlugen,
die für eine Weile ein loderndes Feuer waren,
ehe sie der Wind davontrieb
und nur die Erinnerung blieb

an all die gegenwärtigen Freunde,
die da sind und nicht daran denken
zu verschwinden,
die alles verändern
und mich zum Leuchten bringen,
die ein loderndes Feuer sind,
daß kein Wind löschen,
kein Wind davonwehen kann

ÜBER DEN AUTOR

Zoran Drvenkar wurde in Kroatien geboren und zog als Dreijähriger mit seinen Eltern nach Berlin. Seit dreißig Jahren arbeitet er als freier Schriftsteller und schreibt Romane, Gedichte, Theaterstücke und Drehbücher über Kinder, Jugendliche und Erwachsene. Er wurde für seine Bücher mit zahlreichen Preisen ausgezeichnet und lebt in der Nähe von Berlin in einer ehemaligen Kornmühle. Bei Beltz & Gelberg erschien von ihm bisher der Jugendroman »Licht und Schatten« sowie das Kinderbuch »Oh je, schon wieder Ferien« in der Reihe »Lust auf Lesen«.

Wenn der Riese erwacht!

Wieland Freund

Krakonos

Roman
ab 11
292 Seiten
Beltz & Gelberg (82322)
Gulliver (74989)
E-Book (76193)

In einer hochtechnisierten Welt, in der es kaum noch Natur gibt, entdecken die Brüder Nik und Levi bei einem ihrer nächtlichen Streifzügen einen Raben. Dieser verwandelt sich vor ihren Augen zunächst in einen fremden Mann, kurz darauf nimmt er Levis Gestalt an ... Der echte Levi ist fasziniert von dem geheimnisvollen Gestaltenwandler, der sich "Krakonos" nennt. Doch der sagenhafte Krakonos, auch bekannt als Berggeist Rübezahl, wird erbarmungslos gejagt. Er gilt als unberechenbar und niemand weiß, was er vorhat. Mit ihm geraten Nik und Levi ebenfalls ins Visier der Verfolger und fliehen mit Krakonos. Können Sie ihm trauen?

Nominiert für den Deutschen Jugendliteraturpreis

www.beltz.de

»Vielleicht wirst du das Rätsel lösen, Noé«

Verena Petrasch

Der Händler der Töne

Roman
Ab 10 Jahre
Gebunden, 350 Seiten
Beltz & Gelberg (75825)
E-Book (75826)

Der Waisenjunge Noé ist 10 Jahre alt, als ein fahrender Händler in sein Dorf kommt und besondere Töne feilbietet: Faunflötenspiel als Badezusatz, Gräserrascheln und Tautropfenglucksen für die Tiere. Dank seiner Begabung, seltene Töne aufzuspüren, kann Noé sich dem kauzigen Per anschließen. Es beginnt eine Zeit voller Abenteuer in fremden Welten für Noé, der ganz neue Stärken in sich findet. Nur seine Freundin Minu vermisst er sehr. Und auch Per bleibt abweisend, denn er trägt ein dunkles Geheimnis mit sich herum …

www.beltz.de

B wie Blattkäfer, G wie Giganten, K wie Kanada

Karen Foxlee

Alles, was wir träumten

Roman
Aus dem Englischen von
Annette von der Weppen
Gebunden, 352 Seiten
Beltz & Gelberg (75550)
E-Book (75569)
Ab 11 Jahre

Lenny und ihr kleiner Bruder lieben es zu träumen. Ihr Lichtblick ist ein Lexikon, das ihnen die Wunder der Welt offenbart: Lenny interessiert sich für Käfer und Davey für Vögel. Davey ist zwar erst sechs, aber schon so groß wie ein Fünfzehnjähriger. Er hört nicht auf zu wachsen. Lenny gelingt es immer weniger, das zu ignorieren. Ein bewegender Roman über Trauer und Hoffnung, beeindruckend und einfühlsam erzählt.

»So vieles in diesem Buch ist unfassbar traurig. Und so vieles unfassbar schön.« *1001 Buch*

Die besten 7 im Mai 2020 (Die Zeit)

www.beltz.de